以心印心 心心不异

商务印书馆(成都)有限责任公司出品

孙小宁 著

印心

【序】以此，炼就生命

林谷芳（禅者）

看电影，像参公案，如此切入者少，小宁却是其中明白的一个。

电影是作品，作品是艺术家的分身，一部部电影就是一个个生命。小宁写电影，与一般评论不同，总有生命的观照，说来贴切深刻，娓娓道得，都从胸臆流出。

艺术家敏于一根，富于情性，作品这分身就因其敏，乃常见人所未见，由之而能触动生命之极限与幽微，以之为公案，所得自深。

但艺术家既敏于一根，富于情性，也常就自限于一根，自溺于情性。而观影读书，则如遍参诸家公案，既博取十方，乃能炼得诸根，不限一隅，以此印心，就有人生的全面观照，更可以是

印 心 / 序

生命的整体修行。

　　就如此,即便没看过原作,只读小宁的书写,依然可以在其中见到一个个活生生的生命,这活生生,是作品里的角色,是演员、作家、导演,更就是一个以此切入、以此观照的行者——孙小宁。

2015 年 12 月 27 日于台北

目录

生之旅

爱，就是阳子被记录下的一切 / 003

经典的"危险关系" / 006

欲饮之茶，饮尽之沙 / 012

比爱更复杂的疆界 / 020

信如平如，贞如海棠 / 032

父子之间：谜一样的存在 / 037

一副麻将看到老 / 048

孤独的美食何以欢愉 / 054

有一种渴望创造了橡树本身 / 059

镜中像

苦，就能免罪？ / 067

源头：从骗子到英雄？ / 075

说《套马杆》，也说一种精神 / 080

香水有毒，人间难辞 / 084

许鞍华的施与受 / 088

千锤百炼：一个没有拳王的故事 / 093

一个春秋孤儿的现代难题 / 096

苦难与记忆的另一种叙述 / 100

念念如晤

刘别谦的微笑　/ 109

犹疑而不确信的力量　/ 114

自由、幸福,还有那棵苹果树　/ 119

黑泽明心中的三只虎　/ 128

毛姆,毛姆　/ 143

"打开窗,看风"　/ 151

山川异域,风月同天　/ 157

20 世纪,怎样记忆?　/ 161

从一个人身上辨出契诃夫　/ 166

闻风相悦 | 世界，就藏在鸢尾花的花药里 /175

千年繁华，寻常生活的惊艳 /184

神意不可度，命运需参详 /189

羞愧的三十三颗牙齿 /199

树凋叶落时如何 /206

生命之殇与灵魂告慰 /211

及身之哀，及那种与自己必死命运的相遇 /217

如果这是一次告别 /222

优人神鼓，击鼓者谁？ /235

清寒与丰饶：一种感官开启的日本文学阅读 /240

附录：如是谈	李缨：靖国神社问题，是战争后遗症　/ 253
	林白：心开了，世界也开了　/ 266
	宁肯：小说是小说家看世界的方式　/ 280
	赵柏田：风雅的起处，是一颗随四季而动的心　/ 294

后　记	但于见闻觉知处认本心　/ 305

First / 生之旅

爱，就是阳子被记录下的一切

过去的很多老碟，是否到今天这个年岁，才看得出滋味？这个周末，看完两小时片长的《东京日和》，就涌起了这样的感慨。记忆不差，这仍旧是一部当年买来就看过的片子，中山美穗演的摄影家妻子阳子，第一个镜头就是站在阳台上，背后是晾晒中的白布被单，她快乐而手足无措，因为她的爱人，正用镜头捕捉着她。当年对这部电影的印象，就停在这里。当年还觉得这部电影缺点什么，或许是情节的有力组织，或者是情绪的烘托。现在不这样认为了，有关爱的记忆，就是这细碎缤纷的片断，有时就是一个情境，就像这被风不时吹起的被单。

摄影师叫荒木经惟，当今最有影响力的日本艺术家之一，出版过有关他与阳子新婚旅行的摄影集《感伤的旅程》——基本上是爱人的写真集。阳子是他当年所在的电通公司的职员，确实温柔可人，却患有飞蚊症。她常常受此所扰，精神上也稍有问题，经常无缘无故就离家出走，还会让邻家的小男孩穿上女孩的花衣。但这一切都无损她的可爱，顶多是有些小小的怪异而已。她34岁离开人间，患的是子宫瘤，没有孩子。

《东京日和》算是荒木经惟对妻子的纪念。由他亲自编剧，竹中直人执导，并兼男主角。演职员表中有一串熟悉的名字：周防正行、浅野忠信与三浦友和，作曲为坂本龙一。也可以说，这是一圈艺术界朋友的友情之作，但却同样是电影史上的经典。

影片没有中心事件与核心冲突，任摄影师的回忆之墨在画面上洇开：阳子的笑，阳子在风中的奔跑，阳子在船上睡熟的姿势，阳子偶尔的失神与消失，这就是影片的一切了。而我看着看着，就流下泪来，为那个时不时拿起相机对准爱人的摄影师，还有他四处寻找爱人终于找到时珍宝复得般的表情。阳子离世四年，他偶然在厨房看到墙上一个名字，想到阳子曾因叫错客人名字而对他恼怒不已，禁不住孩子般痛哭失声。而他的哭声，也拉开了我泪水的闸门。

也许爱就是这么一回事，是日常生活中的一颦一笑，一个小小的冲突，一些怪异的举动。当一部电影通过镜头一一记录下来时，我们分明能感到，它已连缀成长长的丝线，布满那个阳子已经不在的空间。所有微而细小的触动，都能让它抖颤开来，进而是甜蜜与酸楚，进而是那说不清是委屈还是伤心的眼泪。

影片演绎到最后，留下一句话，来自荒木经惟：我的摄影始终与阳子相关。作为摄影师，荒木经惟还拍过其他女性。并不都是美好的，甚至大部分处于受虐的情境，很难与通常的美联系在一起。歌手比约克做过他的模特，她说，他的寻美之心已经被阳子带走了。那也可能的。因为这世上并非所有的美，都与爱的情感相关。

因为爱，他曾说过一句，他最欣赏的人体是"阳子被记录下的一切"。重温这部《东京日和》，我深信不疑。也是这几年，荒木经惟的名字常常被国人提起，他到中国办展，但我竟然错过。好在网上还有他办展的视频记录。对照那些非阳子的照片，真是觉得，这个被他从电通公司拐走的女孩，是无比幸运的。因为别的女人出现在他镜头里，都只让人想到一种物的存在，而只有她，让人体会到充溢满满的爱。

经典的"危险关系"

对男女而言,秘密到底是一种信任与分享,还是彼此的掌控?

人类对秘密的态度,永远是矛和盾的两面。既想要保守,又想与人分享。那种带进坟墓也不公开的秘密,对于世人来说,没有意义。因为,它等于没有过。

这或许可以解释,明明在外人看来是玩火者的游戏,身在其中的人,却玩得那么忘我。而这经典的危险游戏之建立,来自一位十八世纪法国作家一部书信体小说《危险的关系》。虽然历经几个世纪争议不断,但无疑,现在它已经是不折不扣的名著,甚至在二十世纪就彻底咸鱼翻身,成为法国作家眼中"十八世纪最伟大的小说"。它同时也是电影人眼中的香饽饽。由张东健、章子怡、张柏芝们共同演绎的中国版,也只是翻拍浪潮中的一个。

就其翻拍过的影片来看，属韩国电影《丑闻》最为香艳，我也是在看了它之后，返身读的原著。为小说中德·梅尔特伊侯爵夫人与德·瓦尔蒙子爵所确立的危险关系做一些规则概括，大致如下：一、两个自以为风月场上的无敌高手——他们同时也是开放型的恋人——建立一种高度的默契。他们允许对方猎艳，但这猎艳的过程自己必须全程知道。二、猎艳过程中他们不能流露出任何爱意，否则会招致另一方的嘲笑。三、越难征服的人，越是磨炼他们猎艳技艺的对象。那些轻易获取的胜利根本不值一提。四、男人之所以倾注全力，还因为女人承诺，将自己作为最高的奖赏，在最后奉献给他。而作为搭档的女人，同样面临考验：她必须做到永远只观看不妒忌，必要时还得玩些技巧，敲打敲打恋爱得手后沾沾自喜的男人。

出于共玩的游戏规则，他们必定选定一位纯真姑娘作为目标——就是书中的少女塞西尔。而把这少女引入情感歧途，又同时实现各自的报复，最是一举两得。书中少女塞西尔有婚约在身，她即将嫁给的对象，不同程度都得罪过他们，所以他们乐得看这位少女与年轻人当瑟尼骑士展开一段朦胧恋情。他们以爱情"导师"自居，结果危险关系渐渐转变成：德·瓦尔蒙以帮助当瑟尼的名义，占有了塞西尔；年轻人当瑟尼，成为德·梅尔特伊子爵夫人的情感玩物。

但这还不是故事主线。因为在德·瓦尔蒙心里，他并不看重对塞西尔的征服，他要攻坚的目标是端庄贞洁的德·都尔维尔院长夫人。在写给德·梅尔特伊的信中，可看出他对此倾力最多。

塞西尔之于他，只是一件顺带手的事情。而这个公认最难征服的对象，也终于被他拉入怀抱。

勾勒这个经典故事的轮廓，容易带给读者肉欲的联想，但阅读原著却是另一番感受。首先你会被叙述者的态度所慑服：这么一个端不上台面的游戏，在书信文字的转来送去中，竟然呈现出倾心投入才有的某种缜密严谨，其令人叹为观止的步步为营，不免让你忽略其邪恶之目的，转而像观一场战斗。而那转负为正的过程之中，所有人心的起伏与微妙，最是让人手不释卷，观之、叹之。

思量是在合上书之后，思量最多的莫过于：是什么打动了情感单纯的都尔维尔夫人，让她对这个公认的花花公子从心怀戒备，到彻底缴械？而这位有着文学底蕴但又是驻防军人的作者拉克洛，又是出于什么样的动机写出了《危险的关系》？要知道在拉克洛生活的年代，他被人认知，并不是以作家身份，而是作为军人与政客。他有多年军旅生涯，同时还参加过法国大革命，与丹东等有密切的交集。他最后的身份是意大利那不勒斯地区炮兵司令，他在那里死于一场疾病。与小说中显现的作者印象不同的是，他有一个温馨的家，始终守护着一种传统而固定的情感关系。而从他给家人写的信中可以看出，他肯定不是他笔下的德·瓦尔蒙子爵。

为什么写，写作者不解释，后来者只能揣测。面对很多的争论，拉克洛似乎只说了一句："虽然小说家的职责是观察、感受和描写，但富于感情的心灵在一个作家身上远比世间所有的才华来得重要。"

我慢慢也开始同意，如果一个读者同样有富于感情的心灵，阅读这本小说的感受，肯定也是复杂莫名。一个对人类情感来说伤心的事实是：德·瓦尔蒙子爵之所以能征服善良而品行端庄的都尔维尔夫人，并不是用他惯常用的色诱手段，而是利用了她的德行与善。他在一封封求爱信中一再展示，她的品德如何让他倾慕与爱，而她不给一个回头浪子爱的机会，他多么受伤。当他以决然离去的行动表明他得不到眷爱后的放弃时，善良的人怎可以看着别人为自己自甘毁灭？于是乎，一种伴随着拯救、又伴随着更大自我牺牲感的爱在都尔维尔夫人心中产生。

我们当然不能说，德·瓦尔蒙对这种爱没有感应——其实德·梅尔特伊夫人回信中那些带有敲打性的文字已经显示，这位风月场上的高手，已经感到来自都尔维尔夫人的威胁。包括韩国电影《丑闻》在内的所有改编剧，多少也表现出，浪子在这场恋爱游戏中的心理转变。只是，只要爱了，你就输了。这就是这场游戏的本质。德·瓦尔蒙不愿服输，所以他故伎重演又来了一次抛弃，但心理已经无法释然。《丑闻》中的那个浪荡画家，也就是韩国版的德·瓦尔蒙，在这场危险关系中必要到来的角斗（充当当瑟尼角色的是贞洁夫人的小叔子）中，放弃抵抗，主动寻死。同样是这种心理的确证——一种真爱，确实在他不知觉的情况下悄然滋生。

但这惨然的结局又似乎在昭示，这一场游戏中没有谁胜算：真心付出者，要么死，要么投身更大的苦行与善行——像都尔维尔夫人进修道院那样，以期获得灵魂的拯救；而那始终游戏人间的，最终众叛亲离，财产失去，更大的惩罚如侯爵夫人那般，得了天花失去美貌，丑陋的灵魂因此被翻到了外面。

善与恶究竟在这场游戏中怎样制衡？是这本书最值得探究之处。慢慢我得出了自己的结论：我们道德的天平固然倾向于同情德·都尔维尔夫人，但有时又不免觉得，她纯正的品性，因为少了些人间的历练而有些单薄。而当浪荡子德·瓦尔蒙子爵说出一句："细枝末节产生了真实性；有了真实性，撒谎就没什么要紧了，谁也不想去核实一下。"我们会觉得，坏人的"歪"理中，其实也有把你逼向人性最复杂幽微处的精到。

说来暴露德·梅尔特伊夫人和德·瓦尔蒙子爵这一对男女恶行的，仍然是他们之间的秘密书信。秘密在这对男女之间，是一种信任与分享，又岂不是彼此的掌控？而对从来都不把道德放在眼里的游戏男女来说，要求对方更高意义上的忠诚，哪是那么容易。很明显的事实是：德·梅尔特伊夫人一旦觉出梅·瓦尔蒙子爵爱上他所征服的对象，她就毫不犹豫地展开了报复，而德·瓦尔蒙也迅速反击，将所有书信公之于众。共同分享的秘密，此时成为他们彼此厮杀的利刃。他们两败俱伤，阴阳两隔。

因此也可以看出，对于一种行诸于地下的东西建立共享与契约关系，首先就是悖论一个，因为共享首先源于高度的信任与默契。但信任首先又与德行有关，你怎能让没有德行的人彼此守信呢？

说到底，情感是人类最动荡最复杂的关系，在这里没有谁会成为上帝,绝对的操控别人,也让自己免于伤害。即使在智商情商完全不对等的危险关系中,好人、坏人也都不会有绝对的胜算。所谓天道有序,或许可以这样说,"好人"固然容易低估恶人的能量,但恶人,常常也会在以恶制恶的较量中,彼此消耗掉自己的能量。

欲饮之茶,饮尽之沙

——沙漠篇 1

> 前世的乡愁啊,铺展在眼前,啊,一匹黄沙万丈的布……当我当我被这天地玄黄牢牢捆住。
>
> ——三毛《沙漠》歌词

一 沙漠,闯入者

第一次知道撒哈拉,是因为三毛。在大银幕第一次睹其真容,是因为一部电影:《情陷撒哈拉》。贝鲁托维奇导演,它还有一种译名叫《沙漠之茶》。我爱第二个片名胜于第一个,尽管影片看完,我也没搞清,它到底为什么叫沙漠之茶。那还是我在小西天早期观影时遇到的片子，印象最深的画面是：宽阔的银幕舒展成一片沙漠，起起伏伏，走投无路的女主人公毅然而又漠然地将手中的行李箱交给驼队，自己坐上高高的驼峰。沙漠因为晚霞的映照，红红黄黄，激起人无来由的乡愁，那是沙漠中的黄昏，一如三毛歌中所唱："前世的乡愁啊，铺展在眼前，啊，一匹黄沙万丈的布……当我当我被这天地玄黄牢牢捆住。"

当年，那个不管不顾的台湾女人，披着她野性不羁的长发，一头闯进了撒哈拉，她用笔诠释这里的故事，也诠释自己的爱情。青春时期的读本，如此醉心，只因她笔下书写的活力，连忧郁都有声有色，所以，也不能不爱上她作词的这首歌：《沙漠》。已然把她想象成传奇，但这传奇却那么快落幕：1991年，我在大学寝室听到她自缢身亡的消息。而这部电影，上映日期是1990年。那么，她到底看没看过这部电影呢？

不管怎么说，斯人已去，当年那个被她吸引过的女孩已经长大。再和这沙漠的影像相遇，虽然美得令人窒息，心底已是一片苍茫。

一个要问的问题是：对于生长在现代文明社会的都市人，沙漠到底有什么样的吸引力，可以让人不管不顾地奔它而去呢？对于三毛，疑问似乎不再——在她身后，有那么多资讯供我们解读。原来生活中的她很纠结，并不像笔端那么潇洒地自由来去。她勾勒撒哈拉沙漠的奇趣人生，只为了将它当成心灵的遁逃地。那么这部电影的主人公呢？故事发生的年代是1939年，二战的硝烟已然在欧洲大陆燃起。但撒哈拉属于法国殖民地，生活的节奏还暂时一如往常。旅游业在继续，也依旧会迎来欧洲游客，因为有人相信：总有战争到不了的地方。

船在港口靠岸，我们首先就看到了一个奇怪三人组。之所以说奇怪，是因为它由一对夫妻与他们一位共同的朋友特纳组成。都来自纽约，丈夫是音乐家，妻子是作家，特纳身份不详，而且看不出，他们怎么就成了可以做伴旅行的朋友。很明显他们彼此有嫌隙，丈夫聊天说自己的梦，妻子会不高兴地打断。她不高兴的缘由竟然是：要是这个被特纳作为谈资，日后在他们返回的圈子里谈起，该是多烦一件事。一个梦而已，至于这么小题大作么？再往下，妻子开始对着丈夫承认：有这个特纳在旁，不知为什么，她会莫名的紧张。做丈夫的表面没说什么，后来还是对妻子吉特追问："你到底紧张什么？"倒是特纳，表现随和，左右逢源，对吉特一路的安危尽心尽职。

他们到底有什么默契与相同之处呢？或许，共同的地方在于：有钱有闲，可以在战时，横跨大西洋，来到北非撒哈拉，一个暂时不被战争打扰的地方。这也是一种逃遁吗？或许还有对久处的文明世界的厌倦。

影片开始，他们就在讨论观光客（tourist)与旅行者(traveler)的区别。音乐家丈夫说："观光客是到了一个地方就想回家的人，一个旅行者就是永远不回去。"他把自己归为旅行者。而身为作家的妻子说："那我则是一半一半。"这随随便便的话语却终于一语成谶：丈夫魂断沙漠，成为真正的旅人；特纳身心完整地回到原有的生活中。身为作家的妻子则在沙漠中漂泊，做过沙漠头人的情人。她重返文明世界的开始是特纳开车将她从沙漠带出，她孤身走向电影开头那个酒吧。那个仿佛知晓人类密码的老者（据说是小说原著作者，当时已经 79 岁）依旧还在那里，张口问她："你迷路了吗？"她说："是的。"眼神飘忽。

"一个人能有几次看到满月的升起？"这诗意的问答中，留着无尽的悬念：毕竟她已饮过沙漠这杯茶。

二 激情与灰烬

电影中演妻子的演员面孔陌生，饰演丈夫的则是我熟悉的约翰·马尔科维奇。我对他留有印象，是因为在同一家影院，看过一部以他名字命名的电影：《成为约翰·马尔科维奇》。他的脸部特写，常被放大定格在银幕上，虽不特别英俊，却很奇怪地令人印象深刻。不是因为其中丰富的悲喜变幻，即使什么表情都无，也能映现出某种深刻的虚无。影片中，这种虚无感，在这对夫妻骑车散步、在沙漠中做爱那一幕就泄露无余。沙漠、旷野，天地玄黄，唯此二人，那本该是电影中最浪漫唯美的一幕，但他们的激情竟然没有高潮。因为他们始终没有中止交谈，而那言语，很像在给一盆炭火倒炉灰，连银幕下的我都能感到，两具激情燃烧的身体，在交合中慢慢冷却，灵魂越离越远，终至分离。他们共同的眼神里写的，就是这种虚无。

这是电影让我无法忘却的第二幕，后来，我读到了 2006 年引进的原版小说，与之对应的文字与对话是这样的：

"日落时分总是很忧伤。"吉特说。

"我每看一天结束时——随便哪一天——我总觉得那是一个世纪的结束。还有秋天！也很像一种完结，"波特说，"这也是让我讨厌寒带的原因，我总偏爱那些没有冬天的温暖地带。每当夜幕降临时，你会感到一种新生的开始，而不是完结。你没有那种感觉吗？"

"有。"吉特说，"但我不肯定自己是不是更喜欢温暖地区，不知道。至于我没感觉到逃避黑夜和冬季有什么不好这一点，我也不大肯定。有付出才有所得。"

"哦，吉特！你真是疯了。"……

吉特没有回应波特的话。她伤心地发现，虽然他们两个人之间常常有着同样的感应，同样的感受，却从来没有得到过同样的结论，因为他们的人生观之间犹如直径上面的两个端点——驶向了完全相反的方向。

爱而不能合一，生又怀揣对死的恐惧，原来他们最不堪承受的是这个。之前，丈夫在阿拉伯人帐篷里的偷欢——虽然真实的情况是，这是当地人配合默契的一次诱骗；妻子醉酒后与特纳的同床——虽然那也是一次遭逢火车混乱的恐惧后饮酒带来的副产品，而非真情投入——在这个大命题下，其实都算不得什么。他们原来是怀揣着这样的恐惧与绝望来到沙漠的，而沙漠的荒凉与纯粹，也医治不了它。相反，还放大了它的轮廓。在一个没有熟悉的文明秩序维系的地方，他们都只是旅人、异域的闯入者，以及途中的过客。他们固然可以卸掉一些文明的负累，却要应付更严峻的考验：炎热、酷暑、苍蝇、疟疾、人心原始的贪欲与狡诈。那是他们共同的敌人，太强大，以至于他们不得不和一起旅行的人联手对抗。有时也包括，内心并不喜欢的特纳，以及根本就很厌恶的一对母子旅行者。

"这边的天很奇怪。每次我抬头看的时候，总感觉它是一块坚固的物体，好像在保护我们抵挡它背后的什么东西。"

"背后的什么东西？"

"我想没什么，就是一片黑暗吧。纯粹的黑夜。"

这是身为丈夫的波特对撒哈拉沙漠的感觉。他最终被这沙漠的黑夜吞噬。沙漠死神以小小的伤寒击垮了他，这多像给这个文明世界来的人开的玩笑。而更大的玩笑是，他在临死前才确认，他其实是爱吉特的。"这些年我都是在为你而活。我以前不知道，可我现在知道了！可是你却要走了。"

这也是被天空遮蔽的东西吗？为什么不步入这纯粹的黑夜，就看不清楚它呢？

三 命运，黄沙

无法解释的东西，都可以归为命运。所以，看失去了丈夫的吉特，选择从收住他们的军营逃离，一个人走向沙漠中的驼队，那么平静而不做挣扎——哪怕是对方已经对她的身体做了强烈暗示，你也只能说，这是一种交付：人对沙漠妥协，就像对命运妥协。什么样的命运不是命运，人只是沙漠中的一粒黄沙。

她的面孔在旅途中变得黢黑，她还穿上了阿拉伯人的长袍。这样的旅途如果没有中止，你可以想见，她也就就此下去了。而它又是有终点的。那就是后来，在沙漠家庭中，成为成群妻妾中的一员。

也许在这时，她体内的欧洲因子才会被唤醒，令她想到要逃离。而曾经的文明世界，能理解她这一段命运旅途吗？连我们都为她悸痛、惶然。

不过看原著小说时，这一段旅途还有另外一种荒诞的悲喜感。文字，还是比影像更能承载一些驳杂的东西。与影片不同，小说中波特还没死时，朋友特纳已经找到了夫妻二人的军营住所，如果她愿意，她完全可以被带回原来的世界。而她这时心里想的却是：逃。

她说了一个与特纳碰面的时间，却放了他鸽子。然后便逃向自己也未明确目标的地方。先是躲在一个帮助过她的小商店主人家，然后在夜里逃出。听着远处阿拉伯人的鼓声，她躲到一段围墙与花园里面，一个清亮的水池似乎激起了她心中的什么，她脱光衣服，赤裸裸跳了下去。此时仍是黑夜，但头顶有月亮。小说这一段描写非常奇特：

她往四下看了看，这才发现这是自己儿时以来第一次如此清楚地看东西。生命忽然出现了，她身在其中，不再是只能从窗户里向外望了。生命的力量和庄严产生了一种高贵感，这种感觉很熟悉，只不过那是多年以前的事情了，她早都记不得了。

她一直都知道它就在那儿，就在所有事情的背后，只不过很久以前，她自然地把它当成了生命的一个条件。现在她又把它找回来了，快乐地活着。她对自己说，无论花什么样的代价，都一定要保持住这种状态。她从口袋里揪出一片面包，大口大口地嚼了起来。

原来，她之所逃，也是她的新生。如此想来，她选择驼队，内心并非一味的怆然。波特与她探讨共同的问题，曾经说：我们都在生活的表面，而没有深入下去。难道这一次，她要纵身投入沙漠，饮尽沙漠这杯茶？

也所以，后来被禁锢在沙漠家庭中一间小屋，她仍然有等待的激情，有情欲秘密实现的欢喜。只是，沙漠之茶，难以保鲜，阿拉伯男人，换女人，也像换杯茶。吉特很快发现，宠她的那个阿拉伯男人不来光顾她了，而众多他的妻子，则对她又妒又恨。再次出逃，就只能是回归原来的世界。这一点不难预想。

电影的结尾，是她走向最初到达时待过的酒吧。小说结尾，则结束于一辆正在行驶的拥挤的汽车，"车里面灯光昏暗，站着的乘客不停地来回摇晃。汽车鸣着笛，拐过街角，开始上了山路，经过……经过……开到……在阿拉伯区的边上,满载乘客的汽车拐了一个大大的 U 形弯,停了下来。到站了……"

谁在车上,谁到站了。都没有交代,作家也是作曲家的保罗·鲍尔斯,让这部沙漠小说在此靠了港。他给它正式的命名是"遮蔽的天空"。而沙漠之茶的隐喻,我也在小说中找到。竟然是在波特那次独自猎艳中,由打算偷他钱包的阿拉伯女孩玛尼亚在帐中讲述:

> 有三个山区姑娘,她们去马扎布赚钱。她们最想做的事情,是在撒哈拉喝上一口茶。马扎布的男人都丑,而且没钱给姑娘们。有一天,来了一个英俊富有的塔尔吉人,他和她们三人聊天做爱,最后还给她们各人一块银币。从此,姑娘们看马扎布男人越来越丑,只想着住在撒哈拉的高大的塔尔吉人。最后她们决定把所有的钱凑在一起,买了一个茶壶,一个盘子,三个玻璃杯。还有三张去撒哈拉的车票。她们到达撒哈拉,一直想找一个最高的山丘,看看整个撒哈拉是什么样子,于是一个一个地爬。爬到她们认为最高的山丘,她们累得睡着了。被人发现时,她们已经死去,茶壶、盘子、玻璃杯还在那儿,里面已全是沙子。

比爱更复杂的疆界

——沙漠篇 2

一 沙漠、爱情

看《英国病人》,最初是在一家台北的影院,应该是 1997 年 5 月,香港还未回归。无比新鲜,是因为之前,我还从未在大陆的影院大银幕上,看到过纯英文对白、中文字幕的电影。那个时候,大片的概念刚刚引进,中文字幕的形式,只在影碟中流行,VCD,而不是 DVD 与蓝光碟。

台湾人将它译成《英伦情人》,我也觉得贴切,因为那不就是在沙漠发生的一段爱情吗?当然,加上了二战背景。导演安东尼·明格拉一开场就说:"这是一部关于沙漠、地图、飞机、壁画、战争、爱情和背叛的电影。"然后，我们就看到了，一个面目模糊的病人，被沙漠中的贝都因人救治，后来又辗转到盟军医院。他最后的余生是在意大利南部一座老房子中度过，有美丽的护士陪他，还有一个想要辨明他身份的断手人，以及一位印裔扫雷兵。他说他是失忆者，回忆却在断断续续中持续。回忆中始终有一个美丽高贵的女子，和他相遇相恋，爱得那样炽烈狂放，同时又充满痛苦挣扎。"两个圣城里的罪人"，大概是这段爱情的另一种印记。女子已有婚约在身，她来到沙漠，尚处于蜜月期，就偷偷和别人相恋。婚姻若是一种疆界，这对密爱之人，就都属于越界者，越界当然会有隐秘的激情，但那种地下式的遮掩与躲藏，还是冲不破他们的认知壁垒。

猜忌、吵架，然后分手。女子退回自己的家庭，他回归原有的轨道。几年后，应该是1939年，有一天，他返身曾经待过的沙漠营地，一架飞机向他俯冲下来，他躲过危难，驾机者却没有躲过。死了的人，是知道隐情的丈夫。他载着妻子飞行，原是要三人同归于尽，没想到先死的是他自己。一对越界恋人在此重逢。北非沙漠的岩洞，做了他们生死诀别之地。

美丽的女子凯瑟琳，曾留下这样的遗言：她是带着和凛冽的洞窟一般的、深藏于内心的恐惧一起死去，也是带着对爱人的爱死去。"风之殿堂，那是我所向往的。在那样的天空与你携手共享无须地图、无须国界的乐土。"

当年看电影至此，潸然泪下。女人的表白啊，一个再也无须掩饰的爱！爱，同时又夹杂恐惧，那复杂而战栗的恐惧，另一部电影中的女人也曾流露,就是《失乐园》中的凛子:"每次都不同,好像越走越远,害怕。"凛子身上没有凯瑟琳那种"我要你吃了我"的不驯,但她依旧恐惧,说到底,那是对一种没有边界的爱的怀疑——固然婚姻疆界里的人,不一定是灵肉合一,但谁又能保证,这越界相爱的两人,就一定是灵魂的伴侣?

恐惧还包括,沙漠中突至的爱,靠什么来支撑,让他们可以携手共对世俗投来的目光,而不把它只视为一般意义上的偷情,一种被看轻了的男欢女爱?

当初看电影,不会在意这些问题。因为那是被银幕铺得满满的爱,真挚而又狂热,几乎连每一个毛孔都渗进了爱的甜蜜与痛苦。何况最后,还有凯瑟琳凄美的遗言。拉尔夫·费因斯饰演的情人,托起恋人那洁白而冷却的躯体走出岩洞的时候,泪眼迷蒙。他的哭泣就是我的哭泣,爱到生死不离,夫复何求,对着这段爱再要什么?

疑问是后来起的,在远离这部电影而靠近生活的某一刻,我想到的是:如果没有这最后的命运突变,他们还会彼此坦诚说出自己的爱吗?"我觉得你根本不在乎——我们之间发生的这一切。你带着对占有和被占有的恐惧及仇恨把一切置之度外。你以为这是一种品德。我觉得你没有人性。如果我离开你,你会去找谁?你会再找一个情人吗?"这难道不是最初的狂爱之后,背负着婚外情名义的女人该有的怀疑?而作为恋人的艾尔麦西,竟然没做正面回应。他只是恼怒于她在舞场上的风情万种,向别人暗送秋波,她是不是移情别恋?他恨恨地想知道这一切。

有一种东西或许能让人免除伤害，但也可能让人错过许多。那就是自尊与骄傲。女人的自尊，男人的骄傲。上帝既然没有勾勒出爱清晰的模样，人又不可能两次踏入同一条河，自尊的女人与骄傲的男人，就只好隐在这个假面后面，决定自己是整个交付，还是部分保留。说到底，造化弄人，如果不是决然的天真与自我感觉良好，恐惧与爱总是致命的相伴而生，因为你怎可轻易就觉得：上帝就把一桩恰好的爱，交到自己的手上？

岩洞里的爱之所以动人而又使人感慨，是因为终于有一个东西，来帮他们除去假面。一个迟来的确认，屹立于生死的界碑面前。

生死，是比爱更清晰的疆界，但又是多么严酷的界限。意识到这个，怎能不令心生哀伤？

也许正是在这个意义上，看电影的我们并没有细究，一个蜜月中的女子，怎么就那么轻易地背叛？仅仅是因为和情人沙漠中的几次独处？

宝玉见黛玉见宝钗，眼神里都是充满爱意的，是经历了多少辗转之后，他才确认，他灵魂的伴侣，唯有黛玉一个。沙漠中的人，坠入爱河太快，也就难免，患上越界者的怀疑症。

二　沙漠、界限

还有一个疑虑是《英国病人》原著小说提示出来的：在沙漠里很容易丧失界限。看电影十年后，我对书里这句话变得非常敏感，大概是因为，它部分解答了我上面的疑问，同时还包括：凯瑟琳身处岩洞,情人艾尔麦西为她走出沙漠求助,四处遇阻之后,他把沙漠地图给了纳粹军,并借着他们再次返回岩洞。那是比爱情更大的背叛,却在我们心中不起波澜,仿佛那就是在爱的名义下,最天经地义的事情。

都市人情感偏离,会归于一种致命诱惑,但是人在沙漠中移情别恋,也许只需一种"狎昵"。"沙漠中的狎昵"。这个译法真好,是我们在看电影中能感觉到但抓取不住的词,它其实就是汽车里有限空间的身体接触。一种大漠风暴来临时的共同抵挡。大漠广大,生死无常,是境遇让人狎昵,忘却沙漠之外还有尘世的樊篱。难道不是吗?

同样,看拉尔夫·费因斯——原谅我总是想用演员的名字,因为他演得真是忧郁动人——在沙漠边缘为濒死的凯瑟琳求助,一脸的绝望而憔悴,被拒后近乎抓狂的歇斯底里,谁又会觉得,他不该抓住那唯一的救命稻草——那能给他帮助的人?这个人是盟军,是纳粹军,到底在此刻有多重要?要说那是对正义的背叛,为什么,偏偏在他需要帮助时,正义的一方会将他当敌军来抓捕,只因他有一个可疑的名号。

沙漠中的界限,就是被这迫在眉睫的生死弥平的,但它又实际存在。也是在这两年,我看与沙漠有关的小说,开始探寻它的归属。比如看《沙漠之茶》,我就无数次站在家中的地球仪前,寻找那些地名的落脚之处。它们虽然个个生僻,但我还是在请教了一位职业旅行家之后印证出,旅行者走过的路线,到底在哪一带。针对这部小说,字里行间的信息都在提示,这让英国病人发生爱情的沙漠，在埃及红海附近。疆界一出，头脑里就同时映出许多关于这个国家的政治与历史。现代人的头脑，已经不可能把沙漠，单纯地看作蛮荒，一片文明没有入侵之地。

丧失界限并不代表不为其所限，这不是自然的悲剧，而是人的悲剧。迈克尔·翁达杰在这部小说中说，北非的这片沙漠，在很长一段时间被西方所遗忘，直到20世纪20年代，一批由私人赞助的探险队来到这里。为什么要来，当然离不开传说中的资源与绿洲。沙漠的疆界，悲剧性地由外人划定。这是文明的落差所致，同时裹挟着贪欲，否则不会有环绕着北非沙漠以及周边国家的两个相应称谓：法属殖民地，英属殖民地。

首先是探险者把这里变成冒险家的乐园。"有些英国人喜欢非洲。他们大脑的一部分精确地映射出沙漠。在那里他们不是外国人。"说的就是艾尔麦西这批人。穿行于沙漠而不迷失，以地理、考古发现的名义，来给沙漠命名。而名字，多来自他们的随心所欲。"脖子下面的那块凹处叫什么"，这个沙漠情人曾如此醉心于给恋人身体这个部位命名。或许下意识觉得，它就像沙漠一样，你到达了，发现了，给它命名，这身体与灵魂，便是属于你的。对他们来说，在沙漠容易丧失界限感，首先会是爱的界限，其次，便是国家。"战争开始的时候，我已经在沙漠里待了十年，穿越国境对我来说易如反掌。不属于任何人，不属于任何国家。"现在，战争又起，对他们来说，又多了一样辨析：正义与非正义。

所以，当电影中艾尔麦西的台词这样说："战时的背叛，远比和平时的背叛来得单纯，恋人们既惊且喜，脆弱不安，却总是轻易粉碎一切，因为心是烈焰铸成的。"我在书里找到相应的文字："跟和平时期人类的背叛相比，战争中的一些背叛只是小儿科。新的情人接受了对方的习惯。有些东西被击得粉碎，在新的视角下暴露无遗。这一切进行得小心翼翼，或者很温柔，虽然心像火一般地烧着。"咀嚼它们细微的差别，也便进一步理解，世上还有另外的背叛，比情感中的背叛复杂深邃得多。

三　原地拆除

绝没有想到，是在看电影十多年后，对小说原著认起真来。当然是对着新版。最早的版本还在书架上，却一直没有读它。封面还是电影《英国病人》剧照——拉尔夫·费因斯，一个忧伤的身影。太爱电影，就容易轻视小说，人总是难免被错觉左右：一部小说改编成电影，如果影像精彩，人们往往觉得，两者的精彩就是差不多的，区别无非是影像与文字的互转。真是谬之大矣，好在，这错犯得也还在可弥补之列。因为，站在今天这个年龄，你才会觉得，这世上，比爱情更难以界定的疆界有很多很多。

将电影与小说对比，最大的惊讶莫过于，在小说中找到影片中那场轰轰烈烈的生死爱情，差不多得到 129 页，已经是小说的中段。前面竟都是护士与英国病人的现实故事，而故事尾声，是以扫雷兵落幕。

安东尼·明哥拉是位诗意的导演，迈克尔·翁达杰是位诗意的小说家。只是这两位诗意艺术家的相遇与化学碰撞，竟然弹向两个方向，这个差异真是有意思。对电影中的英国病人来说，意大利南部那座战后的别墅，只是他生命弥留之际，记忆的出发点。它借由回忆与诉说，固执地指向沙漠。而在迈克尔·翁达杰这里，这座与修道院毗邻的老别墅，却是一个重要的舞台，展现着战后的疗愈、身份的辨认、国族的识别、种族的归属等种种难题。这些，既联系着他们的当下，也把他们的过去勾连在一起。

又有一个看电影时的问题在这里解惑：茱利叶·比诺什演的战地护士，为什么愿意和英国病人待在一起？作为女人，她分明已经饱受战争的创伤。"护士们见多了垂死的人，也都患上了战争疲劳症。或者因为一些更微不足道的东西，比如一封信。她们会把一只折断的胳膊拿到楼下，或者擦拭永远止不住的血，伤口像是一口井，她们也开始不再相信任何东西，不再信仰任何东西。护士们崩溃了。"但崩溃至此，她却仍没有麻木地听命于上级指令，随着部队医院转移，而她所选择停留的地方，随时有扫雷兵在清除险情。

书页里，这个问题的答案变得格外清晰："经历了战争中所发生的一切，她给自己定了几条规矩。谁也别想再给她下命令了，她再也不会为了什么更大的正义而履行任何职责。她只照顾这位受伤的病人。""我的战争结束了。"于是，你似乎听到了这个弱女子内心执拗的声音：反抗这场战争，也反抗以战争的名义所应该遵循的一切。只是，为什么她不从这个垂死的病人身边彻底逃离呢？难道他，不是战争创伤的直接印证？她究竟在意他什么？是他言语中的沙漠、希罗多德的史书、留满模糊字迹的笔记本，还是那最能击中女人心房的爱情?

断手人卡拉瓦乔来了,他要戳穿这个病人的真相。不,"戳穿"是电影中这个角色的行为力度,小说中不是。小说中的卡拉瓦乔,只是在做身份的探寻。他和女护士以前相识,这时寻迹而来,恰好与病人不期而遇。

但书上有句话形容得好:"身处别墅的他们正在蜕皮。他们谁也无法模仿,除了真实的自己。没有什么自卫可言,除了探寻他人身后真实的故事。"

探寻又是为了什么,显然不是为评定,也不是为惩戒,它更像是什么,用书中一个词来形容,可以叫"原地拆除"。"原地拆除",本是迈克尔·翁达杰对印度兵基普战后工作的命名。但它,对战后的人们,好像更有一种身心安放的意义。

身置一片需要清理的废墟,他们的内心何尝不是废墟。每个人都得依自己的方式,清理并疗救自己。病人靠爱的回忆与诉说,女护士靠倾听,还有一份对身处危险之境的扫雷兵基普的关切。基普的职责,是清理现实世界中威胁生命的可疑之物。断手人卡拉瓦乔,则是用言语,置疑并筛选头脑中那不值得生命付出的可疑之物。"我们所有人的问题就是,我们不应该在这里。我们在非洲干吗,在意大利干吗?基普在花园里拆炸弹,这算怎么回事,看在上帝的份上?他帮英国人打仗,这算怎么回事?在西部前线修剪树枝的农民,没有一个不弄坏锯子的,为什么?因为树上有太多的炸弹碎片,是上一次战争留下的。连树都被我们弄得半死不活。这些军队给你洗了脑,把你扔在这里,然后拍拍屁股跑到别的地方去惹事。""放弃你的岗位吧,基普是在玩命,如果你连阻止他玩命的这点聪明都没有,你让他怎么爱你呢?"这是他对女护士的劝导。"他们宣布战争,他们有荣誉感,他们不能走人。但是你们俩。我们三个。我们是自由的。死多少扫雷兵了?你怎么还没死?少点责任感吧。不会一直这么走运的。"这是他对扫雷兵的劝导。

当然,肯定不是这番劝导,让扫雷兵告别了欧洲战场,而是另一个更重大的历史事件。醒目地出现在书中,就是投向广岛、长崎的原子弹。那它何以在这个印度兵内心炸开巨大的创洞?是因为,这个家乡在印度旁遮普的士兵,本来是从与哥哥的争论中走向欧洲战场的。哥哥坚持,亚洲人不该替英国人卖命打仗,而他反驳说:那日本人是亚洲人,为什么他们在印度,还要凌虐亚洲人?为英国人做扫雷兵,他原以为,已经打破了哥哥所说的疆界。以和平的名义,以正义的名义。但是,此时,他一定是痛苦地意识到了,某种疆界依然还在,只是不知该如何命名。

带着破碎的一颗心离开,有意味的是,他竟然没有放弃对英国病人的敬畏:"英国病人让他想起他在英国看到的一棵冷杉,有一根枯枝,被岁月压弯了腰,架在充当支架的另一棵树上。冷杉立在萨福克勋爵的花园里,在悬崖边上,像个哨兵般俯瞰着布里斯托海峡。他觉得,尽管颤颤巍巍的,但这棵冷杉的体内藏着一个贵族,属于它的记忆的力量如彩虹般横越疾患。"

而这,是不是女护士对英国病人没有说出来的敬畏?

在对英国病人的态度上,女护士与基普相似,断手人卡拉瓦乔则更像是一个历史的探寻者。但是，我们也能看到，他的探寻，也就到知道了真相为止。

那个沙漠的探险者，那个自言"吃进历史"的人，他躺在这片废墟别墅里，那垂死的躯体本身，仿佛已经竖立起一道边界，既在等着人们厘清，也像是逼迫人们放弃一种简单的界定。女护士和基普的敬畏，或许还包含着对隐在边界之后更为丰富驳杂的东西的敬畏。而卡拉瓦乔提示的选择，是一种原地拆除。

"我们总想了解事物，想知道怎么回事。说话即引诱，语言把我们领进死胡同。我们最想要的就是成长和改变。勇敢的新世界。"看这一句，几乎不太相信它出自小偷卡拉瓦乔，那应该是迈克尔·翁达杰最隐含的意旨，他通过卡拉瓦乔说出。

原地拆除，就是清除过去留给现在的痕迹，在现实中建立最真实的联系。在这个意义上，女护士做得最彻底，她为病人读书，分享樱桃的滋味，从不纠缠于他复杂的过去。她与扫雷兵建立起互相倚靠的慰藉，甚至不要求，它维系得更久更远。

而原地拆除工作，对于扫雷兵而言，无疑更复杂更艰巨。虽然多年以后，他在印度组建家庭，也有了女儿，这内心层面的原地拆除，是否已经完成呢？小说在他对汉娜的怀想中作结。她走动着，她转过脸，她的肩膀碰掉一只玻璃杯，而就在此刻，他的"左手猛地伸出去，在离开地板一英寸的地方接住落下来的叉子，然后轻轻地把叉子放进女儿的手指间……"

记忆与现实无缝对接，隐然已有答案。但让人怎么回想，都像超现实的一幕。

信如平如，贞如海棠

我大概在今年，才对某些历史名词有感觉，比如"黄埔生"，以前不是不知道，但就是没有具体情境对应。今年去了一趟滇西，见到许多国民党抗战老兵，也就知道这个词背后的万千滋味。抗战的老兵很多都是黄埔生，分属于不同期，当时都是怀着毁家纾难的决心自愿报考，毕业即上战场，可谓九死一生。抗战后如果不解甲归田，之后还会经历内战，以及一连串令人揪心的命运沉浮。平如美棠的故事吸引我，也是看到书中那幅画面，62页，一个中央陆军军官学校的大门，上书："贪生怕死莫入此门，升官发财请走别路。"一群刚入伍的新兵汇成第十八期一总队，其中就有饶平如。十八岁血气方刚，投笔从戎，平如老人并不知命运之手会牵他到哪里。而我又已然是知道的，所以接下来的阅读，应该算是一种心理预期的验证。

而它竟然偏离了这个预期，这多少出乎我的意料。要说这也是经历了常德会战、湘西会战、衡阳会战等一系列对日作战的老兵。别的老兵讲起这些，刀光剑影，血光冲天，转至他笔下，则是一部默片："地上满是弹壳，山头左侧躺着赵排长，脚边即是敌人尸首。我略一回顾，见此时千山环翠，万籁俱寂，硝烟未散，残阳滴血。但忙又急速下山，继续追敌。"这段文字书写于书页右侧，左侧是他画的一张图，巍巍青山，渺渺人影，我开始意识到，这个老人心里有永恒。他懂得这青山绿水，"原都不是为了要衬得人世无常的"。

此后我就明白了，战争不是他的重点，他矢志要讲的是他的清平岁月。中国百年，有清平可言吗？对有些人来讲，那就是乱世浮生，但在他这里，还是有，并且和如花美眷的美棠相连。"平如美棠——我俩的故事"，再没有比这更平实的书名，看后更觉得，也再没有比它更美的了。封面装帧主要来自平面设计师朱赢椿吧，我喜欢那通体的一片红，竟然红得如此内敛耐看，呈现一份人世的郑重。刻意裸露的书脊中间，有一小截红绸布，有婚宴之喜，但和整体的红映衬，显出一种岁月洗涤后的沉实。

从字里行间推算，平如老人大概二十年代生人，美棠小他三岁。他们的家庭属世交，都是江西南城旧式大家庭，家境殷实，衣食无忧。美棠本是任性的娇小姐一个，生生被大时代，磨成守寒窑苦度春秋的王宝钏。平如先是当兵抗战，后来回家结婚，这个婚期，把他与后来的战争相对隔开，之后他们虽然颠沛流离，担惊受怕，但彼此相守度岁月，还算幸福。解放初期他们定居上海，很快又到了1957年，美棠因平如老人"伪军官"问题，被要求与远在安徽劳动教养的丈夫划清界限。但美棠又是怎样说的呢："你要是搞婚外情，我早就跟你离婚了……可你又不是汉奸卖国贼，不是贪污腐化，不是偷窃扒拿，你什么都不是，我为什么要跟你离婚？！"看此话，心里一震。中国人爱说自己做什么都是形势所迫，却不知世间就是有美棠这样的女子，任外界怎样乾坤颠倒，她只守她的贞与信。

而平如呢？我第一次感受到他对美棠的爱，是起于这一句："在遇到她以前我不怕死，不惧远行。也不曾忧虑悠长岁月，现在却从未如此真切地思虑起将来。"这心思章东磐《父亲的战场》一书里的老兵也表达过，当兵打仗时，最好不要谈恋爱，因为有爱就有牵挂，也就有了怕。

但爱同时也激发勇气，否则你无法想象，二十二年的劳动教养，平如老人怎样挨过。读到他们两地分居的那段，我脑子里不断在闪回严歌苓的小说《陆犯焉识》。在严氏小说中，那个流放在远方的丈夫，想尽了各种办法要逃回家。一边在逃离，一边在守望，那真是一代中国知识分子家庭的缩影。平如美棠的故事没那么戏剧化，结局却惊人地相似：好不容易团聚一起，妻子又变得糊里糊涂。美棠晚年说胡话，只有平如会当真执行，他还用画笔写下："我空空的来到世间，只有这些最爱。"

"贫贱夫妻百事哀"，读美棠1973年到1978年写给平如的信，不免会想到这句诗，但又能感到，这里面没有抱怨，哀中还能自谋生路，这无疑是爱的另一种能力。平如美棠的感情，是在应对清贫生活中升华的,他们的爱,经得起回味。

美棠离世后,平如的世界被切去了一半,他不甘心,以文字与画作遣悲怀,非要把失去的那一半填上。他一口气追忆了他们一辈子的事,忆得如此绵密,画得又如此具体,让人好不羡慕,平如美棠,真是一个不褪色的故事。

说不褪色,还因为平如老人的画,设色绚烂无比,乍看还有些丰子恺的神韵。也就是那个时代走过来的人,才能出这样的作品,浓烈中又透出云淡风轻。这样的画后世的画家画不出,这不是功力的问题,而是有没有深挚的情怀与朗然的生命态度的问题。除开展现他们日常生活场景的画先不说,有关家庭腹透的几张画,就让人别样滋味在心头。那种精准度,来自于对所爱生命的负责,一遍遍的摹习,其实是整个操作过程的如实呈现,而他得意的一笔是:晚年为重病的美棠做过四年多的腹透,一次操作都没有失误。

昔为黄埔生,今为一编辑。雷蒙德·卡佛曾言:"对大多数人而言,人生不是什么冒险,而是一股莫之能御的洪流。"不知平如老人看到,心中作何感想。那洪流的强大,想必他感同身受,因为他何以能预测,在请假返家结婚令下来的第三天,他所在的部队就已奔赴另一战场。一场与美如的婚姻,将他与令人煎熬的战争隔开,这是他的幸,不幸又是,伪军官的烙印不可能去掉,也因此连累美棠,和他面对那么多年的艰辛。但若说什么都莫之能御,他和美棠估计不会完全赞同。因为说到底他们还是坚守了些什么,也拒绝了些什么。

"海并不深,怀念一个人比海还要深。"夏日的清晨,书翻到最后一页,一下子撞到这句话,瞬间潸然泪下。这岂止是"我俩的故事",这是百年中国的故事,也是我们祖辈父辈的故事。它由最初的一首"僻远之地,有一片自己的田地,布衣疏食,雨读晴耕"的田园曲,演变成充满变奏的交响乐,你能听出世事的无常,也能听出无数瞬间的恬然自足。有一个主调一直在我耳边回旋,反复诉说的是平如美棠的信与贞。合上书,眼前又是整体的一片红,我已然相信,这就是这个家的象征,经乱世坎坷而不破碎,就是有这个信与贞。

父子之间：谜一样的存在

在所有的亲情伦理中，父亲与儿子之间的关系，总有一部分是谜一样的存在。尤其在我们这些做女儿的看来。仿佛深刻的相契总伴随着相违，不到一定年纪，便猜不透看不穿。也或者，雄性生命的纽带，就有这不可解的部分。好在，想不通的，可以通过电影来参。因为电影总是能呈现千万种人生，以及千万种父子关系的构成。

一 《父亲在世时》：两根钓鱼竿的轮转

说银幕上的父子，怎么能绕开小津呢？他留下一部名片《父亲在世时》，等于留下一幅父子相爱相惜的永恒图典。彼此牵挂，用心照顾，小津这部电影里没有任何父子间的戏剧冲突，有的只是为对方，自我牺牲的隐忍。这隐忍，又因发生在战时，更带一种借断舍离而净化自我灵魂的意味——起码西方的小津专家做过这样的读解。重看此片，是因为今年要送一位女友生日礼物，买了一套小津的碟给她，未送之前，忍不住将片子重温一遍。如此，碟送出时，便有了小津片中常见的，父亲嫁女的心情。

小津诞辰百年时，坊间出过一套珍藏版，而我送朋友的，则是晚近洗出的新版。小津电影在这不断的重洗重看中，给人以常看常新的体验，以酒比喻，小津的电影真就是年份酒，母子戏、父女戏、师生戏、孩童戏，在他早已是纯熟到位，而识得其滋味，生命一定也是体验过了该有的聚散相依。

虽然《父亲在世时》是如此的经典，但说到小津的父子戏，我还是想先从《心血来潮》说起。那是小津出道初期，1933年的黑白默片，"喜八"系列的第一部。东京贫民窟那对父子相处时的亦悲亦喜，始终被调制成一种生动诙谐的调子。影片一开始就是一个喜剧的暗流。父亲喜八带着孩子到书场听说书，自己听得津津有味，孩子已在膝头大睡。想要叫醒孩子一起欣赏，一抬眼看到前面的剧目提示：此戏少儿不宜。一个小钱包散落在观众席间，贪心的人看到了，都偷偷捡起来翻，发现是空的，又将它随手扔下，后一个就再捡再翻……

父亲不识字，好喝酒，见了酒馆的年轻女子上心去追求，人家看上的却是邻居次郎。收留这女孩的酒馆老板娘，提了酒过来央求他玉成此事，可以想见这酒入口，是个什么滋味。靠着在工厂做工挣微薄薪水的喜八，他的人生似乎从没有天外来喜。儿子正上小学，路上被同学奚落，回来就对当爹的使蛮性：同学都说你蠢，不上工，就爱喝个酒。儿子哪知道，父亲去酒馆，那叫醉翁之意不在酒。

坂本武扮演父亲，他可是小津草根人物戏的主力。饰演儿子的则是小津默片时代多次和他搭戏的青木富夫（因出演《突贯小僧》后也改名突贯小僧）。有突贯小僧，小津电影中的孩子戏就生气淋漓。其标志的动作是冲着大人两臂一伸腿向前屈，一个白鹤亮翅，无论是遇绑匪还是父子相对，他都有异想天开的耍宝搅局功夫，让大人一脸的没脾气。

影片中儿子经常给父亲来脑筋急转弯，比如"海水为什么是咸的？""因为要煮三文鱼。""人为什么有五个手指，因为少一个手套就多一只。""华盛顿也砍樱桃树"，这是他对自己摘花的强辩。而一旦父亲给了大钱，他敢一口气全买了食物吃下去，给自己换来一个急性肠炎。影片的最后，喜八正是为这样的儿子，甘愿去北海道打工。中途跳水返岸，也好像是意识到，自己一刻也离不开这样的儿子。

看这部片子，想《父亲在世时》，会觉得小津的父子戏，一件有意味的事情是：如果片中的孩子一直没长大，那他面对自己的父母，就肯定不是《父亲在世时》中全然恭顺的模样。《心血来潮》中的儿子，敢用木棒敲父亲的腿，《我出生了，但》《早安》中的小孩子，也全会和父亲有冲突或恶作剧。孩子与大人，俨然两个世界。至少在孩子那里，大人（包括自己的父亲），都有不能忍受的地方。而他们也并不试图去理解这一部分。

《父亲在世时》和《独生子》中的儿子，都最终从孩子变成大人，当以成人后的父子戏做重头时，孩童阶段的他们，基本就乖觉了许多。这仿佛在告诉观众一个悲哀的事实，这些孩子迟早是要步入成人世界并被它规训的。作为母子戏的《独生子》，以及作为父子戏的《父亲在世时》，有一点很一致，那就是尽管成人后的儿子都对父母恭谨有度，满脸笑意，但是这都抵不住现实困境压过来的悲哀。这悲哀，双方都能感同身受，所以《父亲在世时》中的儿子，虽然提出要和父亲到东京住一起，父亲仍然坚拒："现在的世界可不是投掷闲散的时候。"父亲总是鼓励儿子要全力以赴。父子短暂的相聚，只能放在他们相约度假时。度假选在温泉旅馆，这里便有父子一起的泡澡戏。初看此片时，我并没有觉得这一处有多动人，反而觉得成年的儿子和父亲在一起相敬如宾，有那么些不自然。当然现在理解了，一生聚少离多的父子，大概就会有这样的克制。

连父亲给儿子介绍对象，儿子都只说：听您的。对今天的观众来说，世上真有这样从始至终都顺从的儿子吗？这个疑问始终存在。而众多的小津专家所给予的解释，也都是说，小津的取景框，就是在剔除他不想要的东西。

现在我倒是更能沉浸在他所呈现的那部分，并且悉心领会画面后的深刻用心。集慈母与严父于一身的父亲最终离世那个场景，正如小津的研究专家所说，很多镜头都有它特定的秩序性，由此构建出对父亲的敬意。而我在反复观看中慢慢体会到的，还有生命的轮回流转。早先是父亲因做教师期间有学生发生旅游死亡事故，心生歉疚，毅然辞去了教师岗位。儿子长大，竟然也做了一名教师。再就是，当年要到东京为孩子挣学费钱，父子告别，在叮嘱了一些生活琐碎之后，父亲给了儿子零花钱。儿子工作后相聚再告别，儿子也略带羞涩地提出，要给父亲零花钱。有一个相似的场景值得反复玩味，即父子在河边钓鱼。第一次是儿子小时候。父子双双挽着裤脚站立，装束相同，挥动手中长长的钓竿，空中的弧线非常的一致。后一次是，长大的儿子与父亲，同样的河边，二人又一次挥动起鱼竿。期间他们有言谈，但在观众看来却很像是一个静定的默片。小津仿佛要把这个图景深印在观众心中，所以它出现了两次。这不仅是小津影片的律动，也是父子生命的内在律动。

《心血来潮》公映第二年的4月2日，小津的父亲因为心绞痛突然离世。知道了这一层，人们有理由相信，1942年拍摄的《父亲在世时》中父亲发病倒地的场景，融进了小津对父亲的一种回忆。而在这部电影中，小津选择了笠智众饰演父亲。而在此前，笠智众虽也在小津电影中出现，但角色都不固定。从这一部起，笠智众作为小津电影中的父亲形象，开始给观众留下深刻印象。说来，这一年，笠智众才38岁。在这部片子中从年轻演到老，在我看来，儿子在实实在在长大，父亲的神情姿态始终未变。从此，他便成为让儿子成婚，看着女儿出嫁、备感孤独的父亲。当然也是小津心中最理想的银幕父亲。

我当然也喜欢笠智众，并喜欢他那侧身凝视镜头的形象，虽就是电影中的一瞬，但我仍然想把它看成一幅永恒的画卷。即之则温，它让我们想到自己的父亲，以及不经意间投来的目光。

二　建一座房子，驻在记忆里

"我有一间房子，面朝大海，春暖花开。"海子在1989年1月写下这样的诗句，两个月后卧轨自杀。没有被他带走的，是他创造的面朝大海的房子的意象。于我而言，这几个词的组成，在脑中激活的，则是一个电影画面。《生命如屋》，美国人2001年所拍的一部片子，导演不记得了，里面有很英伦范儿的女演员克里斯汀·斯科特·托马斯，以及刚刚火起来的英俊小生海登·克里斯藤森。到今天我已明白，我的趣味不怎么好莱坞，但对这部电影过目不忘，有个原因，是当时看电影的情景。

第一次看它确是偶然，当时是去一个旅店造访朋友，房间里HBO电影频道正好播放着它。于是我们没说几句话就投入观影，也竟然，都看得默不作声——我的这位朋友和我看电影的口味大相异趣，这一次坚持到最后不能不说是奇迹。看后他还感慨地说了一句：看电影，会知道人和人的想法不一样。

一个男性朋友，看银幕上的父子戏也已然有触动，这里面一定存着某种通道，通到他内心深处。只是我不知道，他会不会像我一样，惊愕于片中儿子听说父亲患了癌症后的反应。作为儿子，你以为他会呆住、悲哀，然后变得乖顺，以及小心翼翼，结果是一连串的愤怒发作——冲着告知他消息的父亲：原来你要我这个暑假和你一起建房子，就是为了让我爱上你。再一个转身，儿子愤怒到顶点的理由竟然是：我他妈就是爱上了。

儿子爱父亲，这不是天经地义的事情吗？但在这个电影中就生生不。电影一开始，父亲作为单身汉晨起冲大海撒尿的情状，让我们知道这个男人现在是一人独居。与妻子离婚，妻子又再婚，儿子和母亲住一起，这意味着儿子还有个继父。到了叛逆年龄的儿子，打耳钉，文眉，就差给鼻子缀个环了。这个角色由刚刚出演《星战前传》中天行者的海登·克里斯藤森饰演。尽管他有神一样的相貌，但估计任何父母看着他的装扮都会叹气摇头。他还沾上了毒品。

身为建筑师的父亲，突然就厄运连连，先是失业，紧接着被告知患了癌症。他倒没有失魂落魄，只是实施了一个计划。海边的房子是他父亲留下的，已然破旧，这次他要把它推倒重建，而且是和儿子一起。儿子嚷嚷着要和朋友外出度假，他二话不说就带走了他。父子二人暂住在简陋的房车里。没有淋浴间，厕所与厨房都没有隔断。儿子牢骚不断，父亲不回应，但态度果决：你想离开，没门。

在一个地方做这样一件工程，人不能不和周遭发生联系。儿子因为要冲澡的缘故，结识了邻居那对母女。那个母亲据说也曾和他父亲有过一段情，后来就似乎形同陌路。不驯的女儿更绝，经常在这个小子淋浴时闯入，并和他裸呈相向。这里没有想象中的情欲戏，反倒让人像他父亲一样担心，这娘娘德行的儿子是否真就是个 gay。

克里斯汀·斯科特·托马斯扮演离异后再婚的母亲。她心疼儿子，天天来送饭，慢慢也加入建房的队伍。面对前夫，她一开始的架势是："你是你，我是我，我是已婚之人。"后来，这个演员再一次展现出她最擅长的面冷心柔。房子还没最后建成，她已和前夫有了屋宇下浪漫的共舞。也是在建房子的过程中，那个面对异性身体不知所措的儿子，有了人生中和女孩的第一吻。

看故事，很多人会在意转折点。比如究竟是哪一处，让儿子爱上了父亲，或者让母亲对继父承认：我又爱上了他（即前夫）。但在这个故事里，所有的起承转合，都似乎被融进建房子的进程中，连观众也无法知道，当一座房子拔地而起，同时筑起的又是什么。

和《父亲在世时》一样，这里面也有一个首尾呼应的场景，那就是闲暇时父子二人共坐于海边的高处。最开始，父亲纵身入海，引得儿子眼神慌张。那是儿子对父亲生起的第一次担心。后来房子落成，儿子也从同一个地点飞身入海。借着母亲的回忆，我们知道，当年的父亲，就是在这片水域托起自己的孩子。所以看这一幕，会觉得儿子再一次投入了父亲的怀中，并被父亲再次托举。

一座重新建起的房子，被太阳的余晖照耀得金光灿灿。周遭有人拿房子的高度来挑衅，儿子争气地捍卫了它在海边存在的权利。这一处会让人意识到，这个儿子真正长大了，而父亲留给他的遗产，就是这座房子。

若说生命如屋，那么建一座房子究竟意味着什么呢？费心地寻找言辞，脑海里跳出的竟然是海子的朋友骆一禾的诗：《屋宇——给人的儿子和女儿》有这样的句子："生活和岁月的记忆 / 钩子一样生根接吻 / 地点的珍惜和全景 / 在我青翠的皮肤下面流过 / 注入青春的屋宇青春的林地 / 青春的生命和青春的风灵 / 这亲切的回忆永不泯灭""屋宇就是真理""屋宇预示了未来 / 浓缩了过去。"

同海子一样，骆一禾也在那一年离去。他留下的诗作，为这部十二年后的电影做注脚竟也贴切。这只能证明，我们多么需要屋宇。

屋是我们的庇护，也是我们自身。

三 《脱泳而出》：爱与不爱，殊途同归

佛教有一组词汇：极相顺，极相违，里面有多层奥妙，不是一句两句所能说清。但是想到同样在影片里展现父子关系的《脱泳而出》，这两个词还是很奇怪地被召唤了过来。

相顺说的是事物的同，相违强调彼此的异。可是，这一对父子到底是怎样的相违与相顺呢？看几遍电影，也未必理得出一个逻辑关系。2002 年的片子，一个澳洲家庭的故事。两个儿子都有游泳天赋，父亲偏偏希望弟弟成功。虽然他在泳池边同样训练他们，观看他们的比赛，但反应完全不同。弟弟参赛，父亲身心投入，夺冠时大呼大叫，一脸自豪与狂喜。到哥哥参赛，同样的结果，父亲只是淡然默坐，甚至一家人要一起庆祝胜利，他也总像个局外人一样置身一边。

杰弗里·拉什饰演父亲，这是一张因饰演《闪亮的风采》里的钢琴家而被深记住的脸。原始的粗暴中总带些许神秘，就像你永远不知，他为什么就和做老大的东尼不对付。当年《闪》中作为儿子他饱受父亲逼他练琴的压迫，如今在这部电影里变身父亲，仿佛要把当年的憎恶都转嫁给自己的儿子。东尼喜欢弹琴。他说："那是基仔的玩意儿。"泳池边儿子看书，一看读的是莎士比亚之类，一把夺了便扔进水池。在父亲的人生字典里，根本没有这些人的位置，只有酗酒、打老婆、饱尝母亲曾经的耻辱后和老板抗争——为了生存，崇尚武力，因而也鄙视一个男人娘兮兮。显然，做老大的东尼在他看来就是这样，所以一次醉酒后，他对他说："你太软弱了……我希望你消失。"

有这样的父亲，两个儿子不别扭才怪，何况他们还是游泳场上的竞技对象。这个家的人都说：实在不忍看他们兄弟俩比赛，倒是兄弟俩慢慢在比赛中成长，各自找到了人生重心。一个从小到大都在玩的握手游戏，在这部片子里常常划出优美的弧线，作为兄弟情的见证，足可以抵销因父亲而起的战争。东尼对弟弟是这样说的：赢了比赛，不是赢了你，而是赢了父亲。

如此渴望父亲之爱的儿子，最终领回了澳洲最高级别的游泳比赛奖牌，这回父亲竟然连到场都没有，最好的回应只是一句：好耶，小子。说的时候还悻悻的。儿子这回有反应了，他说："爸，我想你看看我的奖牌。很抱歉你小时候的艰苦使你错失了足球队。这是我的人生，你也是我人生的一部分。它也是属于你的。"父亲依旧不为所动："这跟我没有关系。"

爱能暖冰吗？我们真希望会。但在这部电影里，你无法找到那个确定的是。所谓严父慈母的感觉，也终归不是这样，因为杰弗里·拉什的面部肌肉里，丝毫没流露出任何秘密的爱意。那么很可能的解释是：身为弟弟的约翰，是父亲身体里声息相同的那部分。父亲希望将这条路走通，如此也像是让自己的人生从认定的路中突围。但是成功的却是和他禀性不同的老大，东尼的每一次成功，便成了他身体的排异反应。

一场父子的战争，说来就是爱与不爱的拉锯。在这场拉锯战中，这个叫东尼的儿子跨入了哈佛大学。我们在影片最后，听到做儿子的一段旁白，听来也像对父亲的另一种表白："我从来没有得到父亲的支持，但是我却从中得到力量，得到我意想不到的东西。"

而这意想不到的东西又是什么呢？如果我没记错或理解错，倒很像是弟弟在泳池边的提醒："如果你自认没出息，赢个奖牌也照样没出息。"

而这个弟弟，不就是父亲身上同的那部分吗？想到这一层，隐然又看到，父子间那个弯曲的通道。

一副麻将看到老

说来，北京是越来越多雾霾天了，有时在微信上晒个出差拍到的碧水蓝天，都能得到一圈"赞"，但也能感到背后的羡慕嫉妒恨：你这可算是逃出生天了，美吧你……但是，逃出去又回来，说到底，这座城市还是有让你咬牙待下去的理由的。我说的不是工作也不是生活，而是人在这座城市染上的某种瘾。"剧场动物"，或许可以这样命名吧，但还不算准确。因为剧场动物，可以在任何剧场都得到欢娱，但如我这样的恋旧者，大抵还贪恋某种熟悉的、说不清却可以感知念想的剧场氛围。举个简单例子，演员忘台词，放在某些剧场，观众肯定是要嘘的，但在特定的剧场，这会成戏里戏外的佳话。那是角儿们与观众的默契，是要靠时间来养的。

我之喜欢首都人艺，就是和一则佳话有关。还发生在我没来这座城市之前。《茶馆》的告别演出是上世纪90年代的事，那时于是之先生因病困扰，在台上忘了词。他自己深感歉疚，台下的观众却依依不舍，齐齐地在向他喊："于是之老师，再见了，再见了。"现在于是之先生已然故去，这个故事还常被人提起，而我每每听得泪眼花花。从这儿就可以体会，作为人艺的演员，为懂他的观众演戏，有多幸福。而久居北京又是人艺戏迷，幸福又在于，你竟可以把一个出色的演员"看"到老，直至他演出生涯谢幕。人说戏里戏外，但在这儿哪分得清呢？这可是台上台下多年煨出来的情感，装是装不来的。

我没有机会看到《茶馆》告别一幕，最早的那版《洋麻将》自然更无缘得见。但刚刚在首都人艺剧场看时隔29年的经典重排，人一落座，也恍然有了属于这个剧场的历史感。我的座位正好是前排正中，被我邀来的闺蜜一坐下来就感叹，这个位置真好。我则向她说：可不是嘛，在差不多这个位置，我的身边还坐过濮存昕呢——我说的是马上要在台上看到的俩主角之一。这事说来也过去好多年。那一回其实是濮存昕请戏剧评论家童道明先生看戏，我和童先生熟，他问我看不看，我马上答应。哪知道两张票并不挨着，童老师把好位置让给了我。我坐下来不一会儿，旁边就来了濮存昕。用现在的流行话说，当时我就震惊了。浑身发紧，还无缘无故地咳，咳啊咳……我那没出息的情状到底有没有扰到他看戏，后来即使因为采访，和他变得很熟，我都没好意思问。但那次让我知道，在人艺剧场看戏，旁边坐个剧院自己的演员也是可能的。前辈的戏，他们是必看的，也观摩同行的戏,都带着一份尊重,一份虔敬,还有一份跃跃欲试要挑战的野心。

看《洋麻将》,我就体会到了这一点。当年的《洋麻将》,那可是于是之、朱琳两位艺术家的对手戏,现在是作为后辈的濮存昕与龚丽君在演。我能感到,他们是在怎样不失经典范式的前提下,做着自己的阐释。抖腿、哼唧、甩牌、骂脏话、发脾气,是孤老头子魏勒这个角色的应有之义。于是之先生为他所做的功课,在那本《演员于是之》的书里就能看到。濮存昕怎么做的,我尚不知。只是见他突然开口骂脏话,开始有些不适应。虽然也知道,演完《建筑大师》后的他,一直在做着自己的角色颠覆。但无论怎么颠覆,大家头脑中,还是那个温文尔雅、知识分子气的濮存昕啊,在台上骂得如此直接而刻薄,合适他吗?但戏看着看着,又觉得濮存昕给自己找到了一条小径。他把台词说得更松快更戏谑,脏话也便顺溜了些,处处还透出些自我揶揄。老魏勒说自己只是得了衰老这个无法治疗的病,我在这一处竟笑了笑,包括他频频的输牌,观众席上也频频掠起一股笑意。但是,这难道不是这出戏的妙处吗?能让人产生喜感的悲,才是大悲、至悲啊。

四场戏,布景只一出。剧本交代这是养老院一个没人去的房间,但我望向台上,却像一个乱堆东西的仓房。那种没人气的荒芜,正好是两个虽有子女却无人看望的年迈老人心境的外现。魏勒在这里邀芬西雅打牌,濮存昕是从一张桌子上取下另一张桌子,他还动作轻巧地将每张椅子都亲自坐一圈,为的是把上面的灰坐掉。为老魏勒的开场戏所做的处理，濮存昕表现的是一个看似正常的老人要打牌取乐的兴致。只不过十四圈牌打下来，每局皆输，所有的人生伪饰都被彼此的言语挑破，便是无可逃遁的苍凉了：原来两个人都人生失意，靠救济金生活。无论养老院怎样让他们格格不入，他们的残生必要在此度过。

一出高难度的对手戏，还打的是一副洋麻将，1985年的于是之、朱琳，怎么也打得出神入化呢——这个我是戏后通过网上视频补看的。看的同时又想到人艺早它两年排的《推销员之死》。也是个洋剧目，剧作家阿瑟·米勒还亲临过北京指导排戏。那时的北京，也包括整个中国，给他的印象都像一战前的美国：刚从一场"内战"中走出（指"文革"），街上人们穿的衣服颜色渐渐变得鲜亮起来，但还无暇顾及公共厕所的气味。那时的中国，还没有推销员这个职业。那么当时的于是之、朱琳们，深谙遥远的美国养老院里老人的孤苦吗？看完《洋麻将》，再回到《演员于是之》这本书，这样的句子就跳进眼帘："昨日忽想读《第六号病室》，或有益于对魏勒的塑造。""人的心理病态、神经质——一辈子生活的谜逼出来的心理不正常。"还有一句是："面部肌肉随思想情绪，有一种（或几种）不随意的激动。（想到了几位朋友的脸，有的已作古。）"

真是厉害啊，一下子就扣准老魏勒的灵魂：失败与孤独，还有死之将至的恐惧与不甘心。说到底，洋麻将就是人生一把牌，能演到什么火候，得看演员生命体验到什么火候。看演出后不几天，和濮存昕电话聊这出戏，他说于先生演魏勒时，他那晚年之病的病灶自己已经能感觉到。而濮存昕自己,也看尽了上一辈的老人,包括他父亲在内,如何发脾气后又道歉。他甚至担心,父亲坐在台下,会不会觉得台上演的就是儿子眼中的他?那一刻我似乎更加明白了《洋麻将》。一个老人突然的发脾气,接着又道歉,再台上发作,再接着道歉,这每一个循环里,都经历了一轮内心的搏斗。不是他不明白,而是控制不住。这才是老年真正的悲哀。就像打牌这件事,输赢根本改变不了什么,但不接受输,其实是不接受自己的一生如此的惨败。

这时也觉得,能演好老魏勒这个悲剧角色的,不说经历过惨败,起码也得看尽悲凉。而一茬演员故去后,后一拨演员又在哪个时候到了这个火候,说来还真考验一个剧院的眼力与耐心,当然也考验观众的。这观众,还得是常年都在看同一剧院演员演戏的人。诸如这样的联想做过一串后,我对闺蜜是这样说的:以我们的一生来看,能看人艺《洋麻将》的机会,也就两回了。到第三回,我们大概就不能看,或者不忍看了。

这段话,我当然也发到了微信里。结果闺蜜看了说,她回家就跟老公念叨过,得出的结论是:以她老公那颗本质上悲凉的"玻璃心",这出戏他断断是不能看的。我想了想也是:男人说来都暴脾气,但其实都脆弱。若想到一副洋麻将就能把人看老,那得砸多少桌椅啊。

但砸归砸,戏照看。我倒是不怀疑,这个剧场若有老戏重排,没有男男女女和我呼应。有些事说来是这么矛盾,但却其实是真理,比如明明是在剧场,让你洞悉人生的某些残酷真相,但人却可以在这里得到慰安。而看《洋麻将》更大的慰安是,这座城市还有这么多人,台上台下,同处于一个剧场,领受着真相一起老去。

孤独的美食何以欢愉

像我这样这个不吃那个不吃经常被问到为什么的挑食族,若跟人论美食片高下,估计没几个人愿意信。那么好,不谈美食谈疗愈,这个我拿手。因为我就是一有风吹草动就心难安的"焦郁碌"(焦虑、忧郁、忙碌)。这时若不找点东西倚靠慰安,怕是很多夜都难以成眠。将美食片作为疗愈,并不出自我的发明,但是能让我随时拉出来看一集,看的过程又始终展颜微笑,这个目前还真是《孤独的美食家》才有的功效。那些个或深情、或别致、或机俏、或缠绵的美食片,当然各有各的安神大法,曲径通幽,但是我总觉得,拐的弯多了,难免离题太远,最后成为"为艺术而艺术,还是为人生而艺术"的讨论题,也就不怎么疗愈了。

说《孤独美食家》前,先说说《深夜食堂》。那也是我曾经大爱的美食疗愈剧，主题歌有一种都市黄昏渐入夜的味道，闲散、慵懒而又忧伤，由不得你不想找家小店落落脚。当然，挨到深夜，便只有这家深夜食堂了。这个小店没有大餐，只有方便小食，没有帮厨，只有老板一位。这中年男脸上落一道刀疤，来历不明，但也并不因此显出凶相。让人心安，是因为他那种不多言多语的散淡，是可以看尽世相又包纳世相的。所谓铁打的食堂流水的食客，"深夜食堂"现在也拍了好几季，都是在讲食客的故事。第一季确实好看，因为那些故事都紧扣着食物发生发散。我在其中一集里落泪，忍不住在微信上写："从不吃黄油，也不知它和白米饭混调，会是什么滋味，但看两个男人在深夜吃黄油拌饭，只加稍许酱油，却觉得里面有无穷的人生滋味——孤寂、失去与拥有，如同那首片头回旋的歌。"出奇不意地让人感怀，是它用了非常不日本的作料与做法，做出了美食中的灵魂滋味。而这个滋味，又确实很日本，由不得你不佩服这出剧的编剧。

不错，美食从来不仅是美食，它还关联记忆与情感。《深夜食堂》走的是这个路径，甚至《舌尖上的中国》，也在第二季时选择了这条路，但似乎都没有走远。《舌尖上的中国》第二季是掉到食物的偏门学科里美得不行，《深夜食堂》里，是故事与食物的黏合度出了问题。我最觉匪夷所思的是后面有一集，一个到深夜食堂吃饭的潜逃犯，因为爱吃中华料理而被经常来这里的警察注意，从而终结了一件陈年旧案。但剧中这个日本人何以如此钟情中华料理，并没有交代，这便让人对附着其上的情感故事难以共鸣。

现在我开始说《孤独的美食家》。剧情真是几句话就讲完，而且不知这样说你会不会相信：一个因着职业之便四处游走的职员，大部分的时光就是发现沿路的美食。吃一个店拍一集，如此也拍到了第四季。眼见这个吃货中年男，无亲友无家眷，从来不在电话中跟人扯闲篇，没有过去没有未来，他也从不沉缅于回忆。片中和他打交道的，除了客户，就是美食店的人。但这竟造就了他的独特之处——一个绝对孤绝的美食家。一份街边的关东煮都能让他吃得惊心动魄，赞叹连连，看着如珍馐美味一般，真是结结实实地吊人胃口，以至于深夜来看，都有网友警示：你这不是在找死吗？哪儿去让你能吃到这些美食。

我在美食上算有些抵抗力，是因为本人多年在这方面（也包括生活的其他方面）都寡淡保守，任弱水三千，只取一瓢，所以最能定神来看五郎，也就是此剧主人公，与食物之间的对应。首先，他不挑食，意味着对食物无偏见。其次，勇于尝试，不惧风险——事实上凡入他口皆是美味，绝对一副海纳百川的胃肠。第三，一旦开吃，便全力以赴。从试探性的入口咀嚼，到最后全然进肚，食物入口的每一种变化，都绽放在他的表情与身体姿态里。"吃食物还是被食物吃？"在他，别问这个问题。人与食物合一，这才是属于五郎的绝对时刻。那几近于无我的境界，简直可以升华为道。

而吃相，也很有说头。很多剧里的演员都要表演吃，只是在为某个剧情而吃，虽可以奔放可以内敛，但重点都不是吃。只有松重丰的吃，能让你专注到吃本身。难得他吃得真切又不失体面，所以看他吃的样子便如同做了一番疗愈。此时的画外音也堪称美食解说的绝配，全没有《舌尖上的中国》第二季那种吊高的知识范儿和伪深情。交代食物怎样组合，很像是在与口中的美食做亲密的交流，其余的，便是几近于喉音的幸福感叹词，听来真像是将声音在美食里滚了几滚。雄性的满足感，对得起日文中表达男性对美食的赞语：うまい，女孩经常挂在嘴边的おいしい在这时已经显得太小情小调了。

当然，饰演五郎的松重丰非但看着不雄壮，而且还体形偏瘦——正是这种人，吃起来不要命也没事，若换个大胖子，你还真不敢看他吃。五郎进到一个店里，会冲着一个目标，也会旁然四顾，看着别人的桌菜下单，但绝不落下白米饭。他还饿起来非常快，刚办完公事，甚至还未办完，脸上便映出饥如山倒的馋相，这表情再配上"坏了，叔的肚子饿了"，你就等着乐吧，这世界，说来欲壑难填，但一样美食，又可以让人全然满足。

世上真有这么一个从胃肠直通脑子的人吗？问题是，你是不是也想在某一刻，就做这样的直肠人？如片头那段可高昂可低回的开场白所示："不被时间、社会束缚，幸福地填饱肚子。在那短暂的时间里，随心所欲，变得自由。不被任何人打扰，无须介怀地大快朵颐……"

"这种孤高的行为，正可谓是现代人被平等赋予的最佳治愈。"嗯，我就是被治愈的案例之一，不是被他吃的美食，而是被他治愈。看很多日剧学到的那个词：いただきます（我开动了），只有面对这个剧，才能领会。这个吃饭前的习惯用语，开启的是人与食物最单纯的对应。

因为是排除了一切思虑的全心投入,人的世界才孤独而尽显欢娱。

有一种渴望创造了橡树本身

你能想象丈夫并没出轨、事业也没问题的女人，有天也会抑郁得想自杀，她突然发现自己既不想要婚姻也不想生小孩，而是想出去旅行，寻找自己想要的生活，这想法不可喻吗？没有，相反，这可能是全世界各种肤色的女人小宇宙爆发后都要面临的问题。它涉及到自我认知，以及由此才能建立起来的对情感及其他事物的判断。而这些自我探寻，呈现在这本《一辈子做女孩》的书中，就是女主人公的三段旅行。

《一辈子做女孩》是简体中文版的书名，出版者显然想以此取悦更广泛的女性读者，但我更喜欢它的英文书名，尽管它足够长，且容我将它写下来：Eat, Pray, Love：One Woman's Search for Everything Across Italy, India and Indonesia(《美食，祈祷，爱：一个女人在意大利、印度和印度尼西亚所探寻到的一切》。这本书在英美世界反响不俗，好莱坞2010年将它搬上银幕，请了大嘴茱利亚·罗伯茨做女一号，还给她配了个完美恋人贾维尔·巴登，片名也用的是原名。这一点说来还满让人欣慰。

不过，有原著做参考，又是先看原著后看电影，难免对电影有小小的失望——不是它拍得不美，或者与原作貌合神离，而是它看似沿着原著的故事线在走，但又永远在原著的表层滑行，让你看得既没有意外，也没有惊喜，就如同四处旅游的观光客所经历的那般，风景处处有、奇遇有一些，启示在累加，但回味起来就是浅浅。不像看原著时，那机俏而又坚实准确的文字所起的作用那样，能引你进入人物内心，看到完全发生于女人灵魂内部的焦虑与胶着，以及由三段旅行催发出的释然、解脱、觉知与自我发现。所以终就是不满意。用我经常拿来臧否影视改编好坏的说法，它属于没有气力吃下原著的那种。所以要谈这同一名下的两个作品样式，我想我更愿意起劲谈的，是小说原作的魅力。

我总认为，主人公的三段旅行——意大利、印度和印度尼西亚，既是真实之旅，同时也是女性内在生命的象征之旅。三个地方的英文名，都以"I"打头，这当然不是女主人公选择旅程的绝对理由，而是它分别对应了书名所涉及的三种生活：美食，祈祷，爱。为什么要对这三种生活进行体验与追寻，女主人公说给巴厘岛老药师的话回答得最直接不过，她说，我想同时体验两者，要世俗的享乐，也要神圣的超越——人类生活的双重荣耀。于是，她给这三段旅行各自嵌套了36个故事，串起来正好108段，像传统的"念诵磬"的108个珠子，每一段都自有信息隐藏。至此，不管作者有意无意，你都可以将这三段看作一个充满隐喻的生命旅程。它由吉尔伯特这个女子讲来，机趣、灵动、熨帖，让你想把文字与这个小女人一起拥之入怀。

先说第一站意大利。在这个盛产帅哥与美食的国度，作者讲述的是"36则追求享乐的故事"。享乐的前奏是现代人早已司空见惯的音符，也是这趟旅行的必要交代：这个叫吉尔伯特的姑娘婚姻出问题了，她提出分手，陷入离婚诉讼，又遭遇了一段短暂激情，现在，这种激情也如潮水退去。生活足够混乱，大概只能逃避，那就去意大利吧。以意大利人为镜，女主人公看到了作为美国人的局限——"虽然寻求娱乐，但无法放松地享受全然的快乐。"倾情地投入无害的享乐，这是意大利给予她的第一堂课。上课的功效之一，是让她的体重明显增加，但她确实获得了快乐，因为连阅读这本书的我们，都无法不承认，那些有如初恋般的美食，与无伤大雅的纯语词调情，对灵魂的修复，有着多么奇异的功效。

吉尔伯特的第二段旅程是印度之行，讲述的是主人公在印度瑜伽道场的体验。禅坐、冥想、吟诵、祈祷……古老瑜伽道场所包含的灵修功课，经吉尔伯特姑娘讲来可是在做人神的沟通。是的，是和神之间。"神"这个字眼从来没有离开过她，但也并不显得这个女孩神叨，因为她的"神"随侍在侧，等同于自我力量的肯定，就如那句："神与你同在，如同你。"所以，在印度的36则故事中，有个故事最能被人记住：女主人公想被别人视为寺院最安静的姑娘，偏偏被分配做接待工作，必须说太多的话，去关照每个来道场者的所需。在她尽心给别人关爱时,美好的体验也随之到来。作者形容这一刻:"我忽然穿越宇宙之门,被送往神的掌心。"

涉及人类精神体验的某些领域,语言的表述一般都会力有不及。但吉尔伯特姑娘却做到了游刃有余,她的美国式的机趣,让她在信仰、命运、祈祷、神明这些语汇所能引起的理解冲撞之间巧妙迂回,且紧紧扣住生命之所需。总之,吉尔伯特鼓励你在需要慰藉时,尽可大胆求索,她肯定信仰之于人的力量,肯定人对于超越的渴望。是不是瑜伽道场的神力不得而知,反正吉尔伯特的文字,很有些像有力的鼓点,次次击中你心灵最渴求的部位。

当然还有下一站。印尼的巴厘岛是旅行的终点。有两个各具传奇色彩的巴厘岛人在这一章出现,一个是身世不幸但懂得男女之术的女医师,另一个是不知生辰年月却能看手相知未来的老药师赖爷。他们集巴厘岛人的智慧与狡黠于一身,让人学到的是平衡生活的能力。尘世的爱情在这里再次眷顾吉尔伯特姑娘,被她形容为"家庭主妇的梦境"。但这依旧不是吉尔伯特姑娘要说的重点。"有两种力量创造了橡树。显然,一切始于橡实,其包含的承诺与潜力,长大而成树木。每个人都了解这一点,但仅有一些人认识到,还有另一种力量在此运作——未来的树本身,它渴望存在,于是拉扯橡实,将种子拔出来,希望脱离太虚,从虚无迈向圆熟。就此而言,橡树创造了自己所出自的橡实。"这段话出现在三段旅程的终点,带着对女性自身力量的肯定。这才是吉尔伯特姑娘的用心——女人为何要念念不忘"一辈子做女孩"?重要的是做回你自己。她希望你和她一样深信:"我们每个人内心深处都有神性。"

"橡树创造了自己所出自的橡实",仅就这个意象,我们就能看出,同名电影并没有给人同样有力的启示。我们多少有些失望地看到,故事接近结尾时,茱莉亚·罗伯茨饰演的小丽姑娘,还是在为是否接受贾维尔·巴登这个曾经为爱受过伤的魅力型男的爱而犹豫不决,她怕的是失去平衡。回到赖爷那儿,听他说了一句"有时候不平衡也是平衡生活的一部分",于是转而寻找贾维尔·巴登。这让人觉得,这个姑娘到底还是没长进,她要什么还是不要什么,总离不开外人的教导。

Second / 镜中像

苦，就能免罪？

作为中国观众，看日本战后所拍的战争电影，将它理解成日本人的战争体验，会心平气和一些。否则，看到发动侵略战争的国家，屡屡在影像中只呈现自己国民的苦，会有些别扭乃至愤然。但战争确实就是这么个毁人亦毁己的恶魔，尤其是这种野心膨胀的对外战争。所以在这个意义上，我们又得承认，日本民众，既是战争的加害者，同时也是受害者。所谓"兴，百姓苦；亡，百姓苦"，是一个被默认的事实。在强大的国家意志下，个人的命运，只是一粒流沙。

那这是否就意味着，一个在战争中不得不奉命杀人的普通人，就全然无罪呢？将这个命题抛出来，是因为看了一部日本 2008 年的影片《我想成为贝壳》。主人公是日本一座小镇一位普通剃头匠，二战时被一张红纸征去当兵。战争结束，作为 C 级战犯受审,他在审判中清晰地说出"我没有罪。我只是在执行命令,上面的命令就是天皇的命令"。那一刻,有一根敏感的神经被触动,由不得我不接着看这个故事怎样起承转合。

剃头匠名叫清水丰松,他和妻子房江靠自己的剃头技艺谋生,勤勉地在一个小镇上生存下来,他们有一个男孩,和邻居的关系也很融洽,他们最大的梦想是多开几个店,靠自己的双手创造未来的好生活。不料有一天征兵令(当时人称"红纸")下达,这个普通家庭的命运从此改变。战争中的丰松,不得不接受严酷的军事训练,这个声称从没有拿起过比剃头刀更重的东西的年轻人,这时也不得不练起了刺刀。从电影交代的背景看,这已经是战争后期,美国的空袭时时在日本上空进行,他们进行的是本土作战。于是命运就让他遇到了这一幕,几名美国空降兵成为俘虏,他的上司命令他刺杀他们,这也因此成为他战后被列为C级战犯的原因。

我买的这张碟封套上,对这个故事有如下的介绍:这是一部有来历的作品。1958年,东京放送的前身东京电视广播制作了一部电视片,该片根据真实事件改编,讲述了平民家庭的战争悲剧。片名就取自主人公遗书上一句话:"如果有来生,我想成为贝壳。"

2008年的这部,已是第四次改编,其编剧仍是日本电影界的腕级人物桥本忍。参与过黑泽明多部名片编剧的桥本忍,以他丝丝入扣而又颇具戏剧张力的编剧功力著名。我不得不叹服的是,即使我在目睹了这位剃头匠,如何在上司命令下,不得不将刺刀刺向被俘的美国空降兵，依旧会对他后面的命运有深度的同情。因为接下来的情节，已经转向一位妻子怎么倾力营救丈夫上了。

C级战犯也要同B级战犯一样被处以绞刑，一同被关在巢鸭监狱（战后盟军审判B、C级战犯的地方）的日本战犯都想不通。清水松丰并没有敢告诉他被带走时已有身孕的妻子房江这个悲惨的消息，反倒是狱中进行心理疏导的牧师写信告诉了房江。此时第二个孩子已经诞生，是个女孩，房江立马带着孩子来探望丈夫。隔着栅栏，清水松丰吮着婴儿的小手指，这一幕看得人泪眼戚戚。从这次探监房江获悉，C级战犯改判不是没可能，但是要征集广泛的签名，同时要求复审，或给美国总统写信。身为平民百姓的房江，所能做的就只有征集签名。

茫茫白雪，一个母亲身背婴儿，敲开无数家的门。有的人答应签名，有的唯恐避之不及。无论是躲避还是明确的拒绝，都不能止住房江要救丈夫的执拗。这些场景一方面有妻子对丈夫忠贞感人的一面，另一方面也传达出无比丰富的时代信息。首先我们可以看出，战后的日本普通人，对于顶着杀人罪名的日本军人，也并不是全然同情。或者，还有一个因素，他们畏怯于美国盟军的统治，不想在此对抗，给自己惹麻烦——之前的战争对他们已经是足够的麻烦。当然，也有另一种日本家庭，家中供着战争中死去孩子灵位的，更不能接受一个战后被审者的家属用这种方式求生。"他该切腹而死，而不是求苟活。"这是另一种拒绝签名者。

当然，从妻子立场来说，房江的作为，其情还是可悯。演员仲间由纪惠，在这里的演绎无可挑剔地感人，也都无形在增加人们对清水松丰的同情分。

但是，这个普通剃头匠战争爆发后的命运，是否能支撑桥本忍及导演福泽克雄的命题呢？也就是战争是发动者的事情，普通人无罪？即使杀了人也是无罪的，因为这是上面下的命令，普通人只是服从。那么，就得看这里的审判戏是怎么进行的。虽然桥本忍很会写你来我去的场面戏，但我觉得，他在这里，对所有庭审戏的重点做了转移。也就是更多让被告人做了陈述，法官这边只是默然。而且观众好像很容易得出一个结论，即之所以造成这种局面，是因为文化差异。比如这位日本的剃头匠不断声称，他的作为来自上面的命令，普通士兵只有执行。上级的命令等同于天皇的命令。但是负责审判的几位美国人，对此并没有做更多反应。当然，想到东京审判，美国人也是如此暧昧地避开了裕仁天皇的战争罪责，这场审判也就更难在战争罪责上加以厘清。

倒是下令处死美国战俘的矢村中将，他在抗诉中呈现的思辨层次比他的下级丰富得多。他首先是指称，任何军队不应该在没有保护的平民住宅、公共设施上动用武力，而美国军队在日本四处向平民投下炸弹，难道那几个空降兵不是执行这个任务来的吗？再者，在这次任务中，有下令者，也有执行者，作为下令者，他愿意承担其罪，但对于执行者，他希望区分罪的等级。对此，审判官同样不为所动，但也没有做相应说明。

沉默而强大的美国，弱小而不断申诉——而且这申诉同样是向美国——的日本，在这里，电影的整个主创人员塑造了日本战后的这种无助感。作为战败国而存在，这在部分程度上也是一种真实，但让人不舒服的地方其实在于，无论是那看起来颇有"气度"的矢村中将，还是看起来无辜而悲惨的清水松丰，他们都好像是历史的失忆者，忘记了这一切灾难的前提。仿佛美国人无缘无故，就来轰炸日本。这里再度令人惊讶的还有，这是一部二战结束六十年后拍出来的片子，某些日本人至今仍在坚持他们的想法：你们，美国人，对我们的伤害是没有天理的，但是，我们所有的战争都是应天皇号召，是为祖国的必须一战。刺刀刺向敌人，而且必须是坚决的。影片在剃头匠练习刺杀时，表现了他的犹豫，这时来了一名威武的军官，他利落地展示了他一击必杀的刺刀术，而这也是部分日本人对于这场自己发动的战争的态度。

也可能，作为主创人员的桥本忍与福泽克雄，不想在这部戏里深挖悲剧的根源，于是，我们始终听不到美国审判官在听到这两位不同级别的军人的申诉后，给他们也是给观众其被同样判决绞刑的理由。戏中，矢野中将"尊严"地接受了自己的命运，死前他还向自己的下级表达了歉疚；而清水松丰当时就表示原谅，并在矢野中将死后为他在狱中长久的念经祈祷。影片最后用一种先喜后悲的戏剧手法，更大张力地展现了发生在这位普通剃头匠身上的巨大悲剧。他先是被告知要转移狱所，这被整个监狱的日本犯人理解为免死的信号。他们为他欢呼并祝福，他自己也悲欣交集。转而，他面对的是冷冷的美国审判官，他们传达来自横滨法院的最终审判结果：他将于几天后的凌晨被处以绞刑。

面对前来安慰他的牧师，他不断念叨着：如果有来生，他想成为有钱人。因为，此生太苦了。而在临刑前最后几小时，他写给妻子的遗书中，想表达的是："如果要有来生，我不要做人了，我恨人们，我情愿做牛做马，不对，做牛做马还是要被人们欺负，去海底吧，一望无际的大海，没有军队，没有战争，没有房江没有健坊没有直子，不需要担心家人，我想待在海底，我想成为贝壳。"

不做人，因此可以逃开战争。清水松丰最后是攥着家人的照片而魂归西天的。他至死不认为自己有罪，因为他服从上级就等于服从天皇。而天皇，据说在日本，从来是一种禁忌。而有关这位和战争有着莫大关系的裕仁天皇，我从日本人的书上看到，当被问及战争责任时，裕仁回答说不懂"文学方面的事情"，且不论究竟是真是假，仅这件事能够被当作逸事流传，天皇留给日本人的巨大谜团，便可在其中揣想一二。

如此的天皇又是豁免于战争罪责的，这是东京审判留下的一笔糊涂账。但也因此就留下了这样的空间，让福泽克雄、桥本忍来继续为日本人追问。追问当然是可以的，但怕就怕在选择性的态度。不仅选择性地面对一段历史——即日美战争，而且选择性地令审判的一方不做回应。这种只有申诉没有回应的庭审戏，不仅构不成庭审戏该有的精彩，而且加深了被审者悲苦的意味。但悲苦虽然悲苦，仍然不能免罪。这也就是我观影中虽然数度流泪，但依然还能不被桥本忍的戏剧性因素裹挟，跳出来思考这个问题的原因。此间，统一量刑的确可以质疑，但杀人不可以无罪。因为这不是在战场上，而是在处理已经受伤的俘虏。是另一层面的杀人。

看完此片，网上查了资料，惊讶地发现，导演福泽克雄，是福泽谕吉的玄孙。福泽谕吉是日本近代史最重要的启蒙者，他的头像印在日元货币上。他应该是号召日本脱亚入欧的先驱，对日本的崛起起了作用。我不想因此就说福泽克雄与自己的先辈有什么思想承袭，这纯然是该片的花絮之一。花絮之二是本片的男主角中居正广，"为演人命卑微、绝望一生的炮灰死囚，剃光头减重，体重54kg，瘦削到凹进去的脸颊，眼角的皱纹，肩膀窄了"（摘自微博语）。原来，还有观众关注的是他们的偶像中居正广，为他的"为伊消得人憔悴"而心疼。

历史在渐渐远去，所有的历史戏，到后来都渐渐朝向言情戏，最后落在以情动人。《我想成为贝壳》无论从演员表演，还是音乐、故事张力来看，都做到了这一点，但是我竟然不能全然信服，有时看微博上流露的感动，我在想，自己是否对这部片子太苛刻？

但是，毕竟有一些深刻的同类题材放在那里，还是会有比较。比如根据德国作家作品改编的同名电影《生死朗读》。其实那位不识字的纳粹女狱警，也曾认为她没有罪，但电影并没有顺着她的逻辑走下去。我们因这部电影而进行的复杂思考，正是它意义之所在。在此我不得不说，以福泽克雄加桥本忍的功力，做出这样的片子，仍然不在战后六十年日本战争电影思考的水准之上。

日本的电影史学家四方田犬彦在他的一本书中赞誉一部电影《日本以外全部沉默》，这篇文章其实与战争无关，但他说的有一点，我倒是有共鸣，请允许我引述一下："由于数千万无家可归的外国人来日本定居，日本组织了秘密警察机构，一旦发现品行不良的外国人就立即将其驱逐到国外（但是能去哪里？），这种噩梦般的做法强烈讽刺了如今日本社会中存在的对外国人的隐性歧视。其实最后日本也将沉没。人类在将要灭亡的最后瞬间发现了与他人共同生存的方法，但为时已晚。通过这部制作费用恐怕比《日本沉没》少了一个零的影片，我仿佛看到了现在的日本电影的智慧。"

如何在电影中体现"与他人共同生存的方法"，我觉得，这是日本有关二战题材电影普遍欠缺的地方，因而看到最后，总让人觉得差点火候。

源头：从骗子到英雄？

有一部电影叫《源头》，我只在某年的"法国电影周"中看过一次，以后再也没有找到这张碟。可这个故事一直在我心里挥之不去，让我很想对它说些什么，也拿它对身边的朋友说一说。我知道这很困难。因为首先预估的反应会是：编的吧？这怎么可能呢？

现在我试着理一下思绪，说说这个有许多细节已变得不那么清晰的故事。它讲的是一个骗子，来到一个小镇上。当他得知这儿有一条一直修不起来的高速公路，因为环保人士抗议它的建成会导致某一昆虫物种消失，因此一直废弃在那里，他迅速用私刻的知名公司的公章骗取并说服当地人同意开启这项修路工程。他想的原本是，等工程款到账便卷铺盖走人，但是到了这个小镇上，他忽然变得无法逃离。

前半段上演的确是骗子的行径。他那超人的行骗术，骗取了各方的信任（也包括环保人士），让他这个皮包公司欣然拿到了工程。工地有了他的办公基地，财务、秘书样样到位，各路工程队也迅速招兵买马。此时该是撤身逃离的最佳时机，但是他走不了了——小镇人民的热情一点点围住了他。原来这项工程对他们意义太重大了，他因此成为这儿的头面人物，屡屡被邀请参加各种剪彩活动。虽说作为骗子，这种抛头露面风险系数极大，但他架不住盛情相邀，半推半就地参与了一把。还有人希望到他的手下就业，连小镇的银行机构也从他这项工程看到了盘活的希望。慢慢涌来的，还有小镇女人对他的爱情——因为没打算在此恋战，他其实对女人都表现得很矜持，但一位动了心的中年女人愿意将之理解成绅士般的克制。爱意加尊敬，这个爱情酵母还是不合时宜地起作用了。只有观众，才能理解这个骗子笑容背后的焦虑，那可真是双——面——焦，连同所有可以置放在阳光下的东西：信任、友好、期待与爱恋，都在强烈地炙烤他，让他不得不硬着头皮留在这里。

当然，随着工程的进展，他的不合常规也越来越暴露出来，骗局面临着被怀疑与揭穿的危险，使他不得不调动更大的骗术。资金链的维系几乎是拆东墙补西墙，最后发展到他把自己多年骗来的钱都拿去堵窟窿。这么殚精竭虑地应付着，但也是倾其全力盘活推进着，于是他自己就发生了转化——他开始比任何人都更希望这项工程能完成，他不再逃离，坚定且日以继夜留在工地里。他甚至让那些闹着要工资的工人也不好意思起来。他最冒险的行为是去了私刻公章的那家知名大公司，说出了自己所做的一切，并向他们表明，如果他们认下这件事，就目前工程的进展，还是有利可图的。

大公司没有向他妥协，展开调查还需要一段时间。他便与时间展开了博弈，抢工程进度变成了争分夺秒。一方面，他的瞒和骗此时在小镇上已经尽人皆知，另一方面，小镇的人也看出来了，现在去阻止他的忘我投入，对自身也没什么好处，既然公路就是希望，什么人修不是修，索性一起把公路修到底。于是电影演绎到此，几股力量又汇在一起。而对这个靠智力行骗的骗子而言，此时已是贝多芬的命运交响乐，演奏到了最恢宏的一章——一个骗子也向命运发出了挑战。这听来也像神话，但工程就是像神话一样完成了，这是一条经得起质量检验的高速公路，也许它真能改变小镇的生活。而他则心平气和地等着被警察带走。结尾的字幕显示：他后来又略施小计逃逸，不知所终。

法国的电影通常开头都有些闷，而且线索繁多。但我盯着演骗子的那位法国演员，几乎是屏着气把这个故事看到了头。电影最后字幕显示，这是根据真实的人物事件改编。当然，这也很可能是电影的一种说辞，我并不想就此追究。我只是觉得，若对朋友讲述这个故事，即使再细，中途也会被打断——好，你说这个骗子深陷自己的骗术无法逃离，怎么无法逃离？脚长在他身上，他又有那么高的智商以行骗为生，怎么就逃不开？任何一个阶段的某天深夜，他都可以逃之夭夭，为什么不？那我只好再换个说法，这是一个骗子的逃离不断被延迟的故事。被什么延迟？被他所身处的此情此境。还原此情此境，或许就得亲自去看电影，反正我笔拙，无法描绘得出。但我真的是为那个骗子着急，迫切希望他从一次次资金、人员的困境中挣脱而出。担心他中途败露让工程中断，甚至担心他的爱情穿了帮，走不到尽头，小镇人真要在中间撂挑子了怎么办？我看得手心出汗，但我肯定忘了一件事，工程是他的吗？不是，卷钱走人才是他的营生。为什么我在心中祈祷——让他像个英雄一样完成这个工程吧。

这个电影叫《源头》。为什么叫源头？看完第一遍时曾向一同观影的朋友请教过一次，她的回答有些语焉不详。我就不打算在这上面费心了。我更感兴趣的倒是，这么一个以行骗开始的故事，如何走到这个令人意外的结局。如果每个故事都有一个源头，我只能说，这部电影的源头离结尾的距离，实在很远很远。不是水到渠成，竟然也水到渠成。它到底是在哪里转折，向着那个出人意料的结局进发的呢？再怎么仔细回忆，能想到的，仍然是他来到小镇的细节。他制作假公章、假LOGO的潇洒动作，他所布下的一个接一个的局，他说服不同人的漂亮说辞，还有还有，无数行骗的细节，足以证明他是一个精心布网的人。但这个网竟然把他也套牢了，这又是谁都能看出来的。所以，他真的举步难逃。所以，他只能和命运一搏了。默默流淌的地下河，终于变成浮出地表的激流。这激流已经彻底转了方向——如果你截取故事中后部一个画面，看见男主人公在大雨的工地中奔走指挥的样子，你一定会认为他是一心为公、不惜牺牲自我的法国焦裕禄啥的，断不会认为他是个骗子。

骗子没有骗钱就走，骗子靠骗，帮小镇人完成了一直没有完成的修路工程。该怎么认定他这个行为呢？从骗子到英雄的脱胎换骨？也或者有人认为我言重了，不该用"脱胎换骨"这个词，也许骗子只是被困境激发出了赌性，非要在这件事上创造奇迹。而且，他赌赢了。

当然，这个电影也赌赢了，起码看过这个电影的人会和我感同身受。它赢在哪里呢？或许就是在我们也能为一个骗子的工程进度捏把汗的时候。当然，即使说到这里，你也可以继续不以为然。可这恰好是这个电影的胜利：一个单独抽取故事来复述怎么都无法令人相信的电影，还能让我如此念念不忘并试图言说，这魅力恰好就在这电影的进程里了，是影像、节奏、演员表演、氛围编织等所有所有的组合。你只有面对电影，才能被它深深的牵引并折服。

说《套马杆》，也说一种精神

短短两天，把一张碟片看了两遍，这种经历以前有过吗？我不太记得。记得的是，每次把这张碟片推进仓中，看到第一个镜头——那个宽腰阔背的蒙古男人跃跃欲试的背影，就忍不住要笑。连续的观看易引发审美疲劳，我竟然没有，适意的微熏伴随着整个观影过程，就那么毛孔张着，眼里笑着，仿佛日光流年，亘古如斯，这是不是尼基塔·米哈尔科夫所要诠释的蒙古精神？他没这样说，但我是这样感觉的。柔软如绸，就系在套马杆上；硬朗如刀，可以准确地刺进羊的肺腑，却并不刺人眼目。

有时候艺术的玄妙就是这样，有些人要诠释某种精神，就使劲往形而上奔，奔到九霄云外不见炊烟，让你追不上也摸不着。有的则只在现实中抓取，把这个做成符号那个裁成形状，你仍然感觉不到。有些人只让你听到蜻蜓舞动翅膀的震颤，看到风吹过草原的形迹，你的神魂就跟着它走了，相信这片大地确有一种精神，随物附形，在万物之间。所以金子美铃有句诗我是分外喜欢的："有些虽然东西看不到，但真的有的。"

《套马杆》是尼基塔·米哈尔科夫的名作，《套马杆》是一种译法，我看到的这张碟，直接译作《蒙古精神》。蒙古精神到底在哪儿，现在我可以说，它在导演的每一寸镜头里，同时又从镜头旁逸斜出。说来第一个镜头可真有些吓人，四顾无人的草原，一个壮实的牧民，把一个脸上带血的女子扑倒在草地上，又撕又扯，你以为这是一部暴力强奸戏，转头来，却发现它是温馨情感的前奏。妻子拒绝急駒駒的丈夫，仅仅是因为家中已经有三个孩子，再来一次怕再添一个。怎么办？妻子告诉他，城里人都用避孕套。这个蒙古牧民于是骑马进了城，不是独自一人，而是与一位俄罗斯卡车司机。卡车司机在中俄边境跑运输，有次卡车半身陷进河里，牧民一家帮了他，还为他宰羊烹肉留宿一夜，就此结下了友谊。他们在城中分手，牧民汉子想买避孕套但最终放弃，卡车司机则因为在迪厅大唱前苏联歌曲而被当作滋事者拘留，牧民于是又忙不迭地找城里的亲戚营救。整个故事里有奇妙的荒唐，可爱的无知，随手撷来的幽默，以及不残忍的血腥——就地宰羊，大概没有一个导演可以把这种场面处理得如此云淡风轻，镜头不断地在牧民夫妻娴熟的配合与俄罗斯卡车司机闭上又张开的眼睛之间切换，什么都表达了，又什么都没说。而可爱的无知，是说这个牧民汉子长这么大，竟然不知道世上还有避孕套这样的东西；他坚定的拒绝，也并不是因城里亲戚说戴上它的感觉像穿了靴子。

牧民进城，可以有很多种剧情演绎，但是记不得谁的镜头，可以像这部电影那样，让我们的心回到原初，充溢一种发现世界的欢喜。

有欢喜而没有怨憎与失落，是这部电影处理各种冲突最天才之处。它让这部电影有了奇妙的流动感，悠来荡去，没有阻碍。比如，你可以认为，俄罗斯司机与妻子相会是现实情境，但是一转眼，你又会看见牧民骑马从门外缓缓经过；又比如，牧民载着电视回家，中途在草原歇息，镜头一转，一队人马冲来，妻子竟然成了成吉思汗身边的人。牧民被那些士兵质问：你的马呢？他答，我刚买了电视机。

现实与梦境，失去与得到，历史与今天，文明与原始，都是这部电影中美妙的调合剂，因为不再做矛盾冲突的导火索，于是一些生活细节，便充溢着童话般的天真与喜乐。电影接近尾声那一幕更是如此：电视搬进帐篷，天线插起来，孩子把白色的包装纸穿上身，老太太则对包裹电视的塑料薄膜很感兴趣，她捏上面的泡沫，一个又一个。有了电视，生活会就此改变吗？立刻，你又看见牧民妻子进入屏幕，她对着没有买回避孕套的丈夫眼睛一眨，套马杆就矗立在草原上，生活依旧前行，孩子又生出一个。

大化无形，说起来很虚。但是好的电影就是能帮我们抵达它们，有时借助于生活中的细节，有时借助于这样的梦境。不能不服。

索甲仁波切写《西藏生死书》，有一段话论到艺术与各类宗教的相通。对于报身、化身与法身的关系，他做了一次艺术的类比，是这样说的：创造力的每一个作为和表现，都源自一个神秘的灵感基础（即报身），然后透过翻译和沟通的能量转化为形式（化身）。而这形式最终仍然能透出无限的意义，能被我们感觉得到，是之为法身，也就是我们所说的道与某种精神。

这句话颇为玄妙，却让我时时能想起。看这部片子时又想起一次，再次感叹艺术最骗不得人。对于那些想用堆叠的符号来诠释某种精神的人来说，他们的不诚实或许来自，他们本没有那个神秘的最初，也就无从抵达最后的无限。而这个过程中，他们还同时缺少一种宛如孩童发现世界的初心。而这正是这部电影中所有人物眼睛里都有的，不仅是牧民一家（包括孩子），还有那个卡车司机。正是这眼光让差异变得美妙，同时赋予草原上寻常事物奇异的光辉，当然，你也可以说，它都是米哈尔科夫的。

一个俄罗斯导演拍蒙古，他的神秘的初心到底是什么，我不是他，这个问题实在解答不出。另一个问题，我们凭什么就认为他拍出了蒙古精神，而别人拍的就差点意思，这个问题要真正想清楚也有难度。但是回到一个观影者的立场，我愿意再重复一下金子美铃那句诗："有些虽然东西看不到，但真的有的。"正是感知到那种有，那些日常景致才在我们眼里不再只是日常景致，连同梦境，也变得宛如实在。

香水有毒，人间难辞

文字与影像的角力，由来已久。有一种说法始终认为，好的小说拍不成电影，如同好诗不能翻译，强力为之的话，也等于自己吃掉了精华，而把渣滓喂给大家。德国小说家聚斯金德是否也持有这样的怀疑，不得而知，但显而易见，这部 1984 年创作的《香水》，一直被他紧攥在手心。充满诡异炫惑的小说风格的确也击倒了一些电影人，据说就连库布里克这样的大师都认为它无法再现于银幕，因为小说里面充满各种气味。

让我佩服的是总有人不信这个邪，找上他拍就拍了，就是那个德国小子汤姆·提克威。他把这根难啃的骨头啃得有滋有味。看电影版《香水》时，甚至得说，即使已经提前获知剧情，如我，在观影的某些时刻依旧会头皮发麻、惊惧丛生，更多则是沉醉于光影缭绕的香味中间，不可自拔。香水有毒，人间难辞，起码在表现香味方面，汤姆·提克威与聚斯金德打成了平手。而这已是制胜一局。

《香水》与麦卡勒斯的《伤心咖啡馆之歌》一样，都是我读过的最不可思议的一类小说。从最初接触，我就试图借助各种作家文字来印证自己的感受，发现很难。在马原的《新阅读大师》中，我读到的是一个完整的故事，而在《王安忆读书笔记》中，她重点谈的是手工艺时代。一个香水师用杀害少女的方式提取香水，获取并占有人间至美，这样的故事为何让人一言难尽而又欲罢不能？我在内心一直追问着，之后又在汤姆·提克威的影像中寻找，现在的感觉依然混沌，像没有经过提纯的香气。倒是汤姆·提克威愿意将它讲得更明白，他说："这是个才华横溢的人绝望地渴望被认可和被爱的故事。"

这个才华横溢的人便是故事的男主角格雷诺耶，他有惊世绝伦的鼻子辨析各种味道，也通过它认识与立足世界。但是他自己没有任何气味，也因此从一出生就饱受忽略与敌意。在他闻到马雷大街卖李子的少女身上散发的奇香之后，他确定了一生要做的事情：用纯洁处女的体香制成香水，于是他前前后后一共杀了25个美少女。故事的高潮并不在于他被抓获，而在于行刑时，他用手中的香水让行刑广场上成千上万的民众失态而癫狂，他们臣服、膜拜，继而纵欲狂欢，醒来后又表现出尴尬的回避与遗忘。更高潮处还在于，格雷诺耶被免于死刑后，回到了当年的出生地——臭烘烘的巴黎，因为身上洒了香水，他被大家分而食之，没有谁觉得内疚，每个人都充溢着满心圣洁的幸福。因为大家觉得:"这是源自内心纯粹的爱。"

　　以文字呈现的谋杀案有若干种,但都不如聚斯金德的这个故事出尘又入世。也没有汤姆·提克威影片中那致命的光影魅惑。真真是让人叹了又叹。故事还是那个故事,除了一开始的倒叙,你会看到汤姆·提克威基本上中规中矩,按故事原有的脉络往下走,这已经足够。聚斯金德本身就是写电影分镜头出身,所以他的文字中,故事的转折、铺排,吸引人的悬念一样都不缺,甚至包括父亲打开女儿劳拉卧室之门的那一片刺眼阳光,都像是为电影的场景而设。作为导演,汤姆·提克威当然对此心领神会,他要铺排表现的是那不可思议的魅惑。这一次,他把故事的节奏放慢了些,令人惊惧的效果就在那一根缓缓搭起的扶梯上,在格雷诺耶悄然接近街头卖李子少女的步履中产生。油画般的影调,将少女雪白的肌肤与眼眸、红色的头发与柔美体态烘托得如梦似幻,清澈的香水滴如花绽放、翕动的鼻翼仿佛世界之初的光源……一切的营造,都在无时无刻地启动我们的想象与记忆,极致的美与极致的恶盘根错节,搅揉着我们的心,最后只能归结为不可思议。

　　现在可以说,格雷诺耶,同样是聚斯金德摆在汤姆·提克威面前的一道难题,难度不亚于表现香水与人间的至美。他做着看似大逆不道的事情,又表现得专注与忘我。他的眼神里甚至没有杀人犯的邪恶,就像他最后招认的:我只是需要。在银幕上要怎样表现,才能有那种罪恶的天真,以及对触犯人间天条的浑然无觉?汤姆·提克威在众多演员中选了英国的本·韦肖。他看起来没有小说中那样丑陋不堪,但也不会让人联想到翩翩美少年。关键是他的气质中有不融于社会的孤寂感，还有独享一个隐秘王国的自信与果决，以及对事物的单纯激情——换一个演员，这种气质会被误解成情欲，在他那里则不会。就是说他绝对感受到了美，但唤起的只是萃取其中一部分的愿望。所以，更大的悲悯由此而来——人们情愿他是因为情欲而去接近那些少女，或者在少女劳拉睁开睡眼与他对视时，他能改变心意。但是没有，像小说中所讲，他从出生那一声哭喊，就放弃了爱；上帝既然没有赋予他人的气味，他也就无法按人类正常的情感逻辑去感受——那种爱与那种存在。最后，他死在他自己制造成的香水之下。唯一一次，人们表达了对他的爱，但又不是针对他，而是针对他身上散发的香味。

这是故事的结局，但也仅仅是故事的结局。按影片中香水师所说，好的香水有前调、中调、后调，格雷诺耶的死，只是这部电影的前调，它的中调与后调，会像对于香水的记忆般在观众心里挥之不去，或许是对格雷诺耶命运的感叹——他隐秘的才华看起来离完美之神只差一寸，但这一寸竟然已是永久天堑，从一出生就注定无法跨越；或许还有美的神力的震撼、对罪恶的天真的怜悯，以及对手工艺时代的怀想。

我始终觉得，汤姆·提克威是领略到了这些的，他像把握香水一样把握了电影的前调、中调与后调，他的电影如他的音乐一样，<u>丝丝缕缕</u>都呈现出天堂缥缈的诱惑。这瓶美而有毒的香水终于被他制成了，这一次，你要为他庆幸，他可是为电影导演争足了面子。

许鞍华的施与受

我不是标准的港片迷,所以对很多香港导演的电影,都是从半截子看起。喜欢许鞍华,也照样没把她的电影看全了。小西天电影资料馆最近在做"许鞍华电影周",鼓捣这件事的奇爱博士有天发微博,说香港顶级的电影专家谈到许鞍华,更青睐她早期的电影。我对此没有发言权,但这并不影响我对许鞍华导演后期电影的热爱。准确说,是她那几部反映寻常人生活的电影:《天水围的日与夜》,以及《桃姐》。

天水围在香港,并不是平静之地,它靠近深圳,是一座港府后来开发的小镇。许多新移民,带来系列新问题,甚至于暴力事件频生,许鞍华导演自己就拍过很峻烈的《天水围的夜与雾》,我视之为非常之天水围,而"日与夜",则记录的是这一区域普通人的日常。日子之普通,就如同梁欢婆婆厨房水管冲洗的一把绿菜叶，贵姐每天端上餐桌的那些总也离不开鸡蛋的菜样，都是我们日日接触到的寻常事物。

　　故事无波无澜，却引得人一直看下去，说没有技巧是不可能的。但我在这技巧之外所体会的，则是许鞍华导演对人情世态的把握。藤野先生在鲁迅先生逝世后，也写过追忆这位当年学生的文章，文尾有一层意思有不同译法，我最喜欢这种："把那么少的亲切，当成了那么大的恩谊。"这句话怎么想怎么耐琢磨。因为谁也不知道，在这因缘际会的世间，我们所做的每一件事，投注的每一个眼神，会在别人那里激起什么样的涟漪。所谓点滴寸心知，最直接的体现就是人与人之间的施与受。而许鞍华电影中的施与受，真真可谓是人情冷暖的试探剂。

　　先说《天水围的日与夜》。在超市工作的贵姐，有天与梁婆婆在工作地方遇见，梁婆婆找工作，贵姐便把她介绍给了主管。下班后电梯相遇，才发现这位老人是新搬过来的同楼邻居。梁婆婆一人独居，想买台电视，又觉得搬运费贵，贵姐看见了，便召了儿子过来搬，顺手还让儿子把梁婆婆家中坏了的灯泡给换了。梁婆婆从家中找出一袋香菇——这原是想送给已离开自己的外孙一家却没送出去的——送给贵姐。贵姐不要，梁婆婆执意给，贵姐于是收下，用它单独做了一个看起来香香的菜。这是贵姐和梁婆婆之间第一次的人情往还。渐渐的，贵姐知道了这位老人的家事，女儿不在，女婿另娶。孙子辈跟着父亲纳入新家，从此婆孙相见日稀。梁婆婆挂念外孙，有天便很奢侈地——想想她给自己买电视那种为难劲儿——买了一些首饰，准备分送给女婿一家。

那天的餐桌见面有贵姐相陪,女婿却断然拒绝了礼物。回家的公车上,梁婆婆神色黯然,她把那一包首饰全给了贵姐,而这次的贵姐想也没想就接过来,并补了一句:等你哪天需要了……

香菇与首饰,是没法等量齐观的礼物。但在许鞍华的这部片子中,却有着施受之间最微妙的平衡。人们不难体会,已有新生活的女婿,那么坚辞不收,原是不想以后再与这个老太太有什么瓜葛。拒受的背后,是不想给予。而贵姐与梁婆婆间,第一次有关香菇的推让,对于梁婆婆,是"投之以木桃,报之以琼瑶"。而在贵姐,是有着"把那么少的亲切,当成了那么大的恩谊"的讶异。一把香菇,做了最初的人心试炼,也决定了她们日后相处的基调。有如此的信任做基础,又目睹了后面那薄凉一幕,贵姐接过首饰,就不是在接受礼物,而是一份冷暖相知,隐然还有对梁婆婆未来生活的担待。

《桃姐》中的施与受,面向比较复杂。不仅是在桃姐与 Roger 母子之间,也发生在她与同住养老院的坚叔之间。桃姐与 Roger 一家,有三代主仆之谊,但并没有消除主仆这一界限。这一方面来自 Roger 的妈骨子里的骄矜,同时也有桃姐对自身位置分寸的把握。Roger 的父亲早就有话,一所空房子可以供晚年的桃姐居住,但桃姐中风以后,却执意要住进养老院。Roger 的妈探病时要留下一些钱,桃姐怎么也不收。最后收下的是一双袜子。同样是金钱的施受,发生在桃姐和 Roger 之间,就显得随性自然。甚至坚叔找 Roger 借钱,Roger 嫌他拿去嫖妓,不情愿,桃姐还是示意借。所谓心理的远与近,从来都是从生命的切身感受而来,伪饰不来。

这就像与从国外回来的妈妈相处，Roger总是有几分拘谨一样。

血浓于水，国人习惯拿这个作口头禅，但在许鞍华的很多片子里，却常让人体会出，远的亲人并不如身边相处的人。《天水围的日与夜》中，梁婆婆与贵姐的邻里情，其实是超越亲情的。而《天水围的夜与雾》中，女儿在香港饱受虐待，四川乡下的父母却在电话那头告诉她要忍，因为男人打女人是经常事。这是个嫁到香港不幸被暴烈的丈夫杀死的女人，真心顾念她安危的，是她在香港结识的患难姐妹。即就是早一点的片子，如《女人四十》，萧芳芳扮演的女人看起来很辣，但操持全家、照顾痴呆老公公并为他送终，都是由她一肩挑。相对于她这个大儿媳妇，老人的小女儿对父亲的关心只能说是蜻蜓点水。

许鞍华表现这些，并不一定藏着什么对亲情的怀疑与否定，她不过是说出了世情的另一面，所谓远亲不如近邻。生的不如养的亲。只有相处，才是爱一个人最好的方式。因为只有愿意相处，才耐烦得起那么琐屑而频繁的人情往还。人心似海，真的可以隐藏很深，但常常一个微小的迎拒，就已界定出彼此的距离。如何施，又如何受，既是距离的量度，同时还关乎人的尊严。在此，《桃姐》中的桃姐与干儿子Roger的对手戏之所以看得让人熨帖，也都因为，双方在这些方面做得恰如其分。

当然，这也与个人的生命特质相关。Roger虽然身处娱乐圈，但务实而低调，衣服常穿得不是让人误以为是修理工，就是开出租的。桃姐身为一家之仆，身上却始终有让人起敬意的尊严。有时候想，如果叶德娴没有演出桃姐自立自主这一面，这个发生在主仆之间的故事，该是怎样别扭而差强人意。施与受，我们常常误认为是强的一方施，弱的一方受，但其实弱的一方若有智慧并懂得体贴，所能反向施予的，往往超乎人的想象。当然我始终认为，Roger 与桃姐之间，是互施互受，他们早已形成默契，所以 Roger 为工作而不能留在桃姐身边为她送终，也没有让人觉得寡情。

故事既然落在桃姐身上，其实就决定了它关乎生命的离去，电影并没有回避桃姐生命晚境中的凄惶与无助，但它并不会让人陷入无边的感伤，这或许是因为，另一种东西更坚实地被注入进来，让人能于生命的绝境中感受到人性的希望之光。

当然，最强力度的情感撞击不是没有，但不是发生在桃姐与 Roger 之间，而是影片最后桃姐告别仪式上坚叔的出现。一生不涉情事，看哪个男人都觉得"腥"的桃姐，却能数次把钱借给坚叔。每次三百块钱到底做了什么，从 Roger 不打算借的表情中，她也能猜出，并且大抵知道，这钱已经是有借无还。这次次的应允，换来的，是坚叔前来参加葬礼告别时献上的花束。

我至今仍然无法描述，桃姐与坚叔之间的施与受里，是怎样一种复杂意味，但每次看到坚叔面对遗像，深深地一鞠躬时，我那积蓄已久的泪水，总是会决堤而出。

千锤百炼：一个没有拳王的故事

看《千锤百炼》，是因为许多人曾在微博上为它摇旗呐喊。微博营销的时代，好的坏的东西，都有人这么做。但还是能从里面辨出纯忽悠与真感动。后者往往让人产生悲情。因为你已经看到，当代中国的电影，越来越不成其为电影，仿佛一起联手，只为票房呼儿咳呦，谁还会来影院，看没有明星的纪录片？

但好东西就是好东西。它自有吸引人的地方。一开始四川话扑面而来，让你知道这是发生在西南土地上的故事。会理又在什么地方呢？但看教练齐漠祥也在问一位女学生：你家住哪里？要多长时间到学校？一脸风霜的女孩答住在某某山那边，早上要走两个多小时。山里山外的一群孩子，一脸兴奋与期待地接受拳击老师的挑选，显然，在这种环境下，拳击已经不是单纯的拳击，而是一种人生轨迹的转变方式。

那个家中种烟叶的男孩对父母讲:"等我打赢了,就包一片果园给你们。"包果园对这样一个家庭意味着什么,你只需看孩子一家人背烟叶的场景。成捆的烟叶如山,压在背上,看不见背烟叶的人的脸,只能听到那沉重的呼吸与掉落的汗瓣。逃离这样的命运,你不能不理解孩子的选择,当然也不能不理解孩子家长的犹疑——做拳击手与学功课,哪一条是更宽更顺的路,这时没有答案。

那么,是否一分耕耘就一分收获?如果片子最后就是一场胜利的狂欢,那它可以算做一部苦尽甘来的励志电影。但它竟然不是。我们渐渐看到,两个有志于改变命运的农村男孩,进到了省队之后,有一位决定放弃,去远方的工地打工。曾经练拳击练出的好身板,现在用来翻砂、运水泥。我差不多心里希望,这只是他人生的一个阶段,也许另有机会,他可以重返拳击训练场。可是,没有。而另一个坚持下来的呢,后来参加了一次在沈阳举行的拳击比赛,也没有成功。

原来,这个故事里没有拳王,连他们的老师齐漠祥也不是。在四川会理这座小城,在孩子们的心中,他们的齐哥也算荣誉加身的拳击手了。但没想到,隆重的中日拳击挑战赛,他很快就被日本对手打晕、身体摇晃。他没有创造奇迹。

接下来,他们该面对什么。所有的观众都在这里有了想象,但转下来的镜头又是:齐教练,那个齐教练,又在校园选拔新手。"你多大了?""一九九六年出生。""好好打,你们的命运也许可以改变。"

片子就在这里结束。你意识到它只想给你这些。并且不得不承认,这就是我们目前中国的现实。在许多不为人注目的小城,所谓的体育改变命运,大体就是这样周而复始:希望,继而失望,最后又不得不再注入希望。所有人都在这命运的天平上,反复衡量、试探与选择。不存在谁对谁错,每个人只是走在自己命运的路上。

虽然纪录片都是在做纪录,但你仍然能感到,这里的摄像机有些特别。它在对准拳台比赛时,惊人的到位。就像裁判数中的点数,该有的炫目精彩,全部绽现于银幕。但是在生活的场景里,它又是那么贴身而隐身,让你有时甚至意识不到它的存在。皮兰·德娄在他的《六个寻找剧作家的剧中人》中,始终在辨析,演员所诠释的角色,到底是不是真正的剧中人。在这个纪录片里面,这个争论不存在。纪录片中的人,或者说此部纪录片中的人,就是自己想要成为的那个人。他只愿呈现,而不愿表演。做纪录片的这批人,要经过怎样的过程与拍摄者熟悉,甚至融入,才让片中人忘了摄像机的存在?

一种纯然静观的纪录,所显现的单纯,有时更让人百感交集。就像彼得·海斯勒的《寻路中国》,我读了叹了又叹的中国读本。都说当下的中国,不缺故事,但是故事出现在中国的创作者手里,为什么总是屡屡走形?我们呈现不出故事里的简单与复杂,更呈现不出它的微妙平衡。现在,我得说,看这部纪录片,我感到了这种微妙平衡。它使你,俨然已经如此贴近故事里的人物,但却懂得,你不是剧中人,无须评价他们的人生。

一个春秋孤儿的现代难题

陈凯歌是一个谨慎的人，既自信又谨慎。这谨慎是源于他的魄力减弱，还是因为某种自认有些事只有他才能担当得起之后的谨慎，不得而知。总之在电影院看完陈凯歌版的《赵氏孤儿》，我对他有了如此的印象。

这是我看到的第三个现代版本的《赵氏孤儿》。此前有林兆华与田沁鑫的话剧改编本。都没有走到复仇这条路，一个是孤儿不愿复仇(上辈子的事跟我有什么关系)，一个是一下子真相大白，孤儿心生孤独与苍茫（昨天我有两个父亲，今天我是一个孤儿）。但前面该救孤还是在救孤，程婴救孤，中间搭上公孙杵臼、韩厥等一干人的性命，这些都还大致是以前《赵氏孤儿》的脉络。

陈凯歌的《赵氏孤儿》显然是要让孤儿复仇的，但一个十六年真相不知的孩子，如何走向复仇之路，他则在反复思量中。于是他从程婴救孤就开始曲曲折折地铺垫，因为他首先不相信，一个父亲会主动把自己的孩子交出去。于是电影中处理成，当屠岸贾命大兵挨门挨户来搜婴时，程婴妻子交出的首先是赵家的孩子。待公孙杵臼闻讯来接孤，程婴夫妇则想的是，若公孙大人的马车能顺利出城，同样可以让屠岸贾误认为赵氏孤儿已经远走。但不成想城门已经关闭。想赶尽杀绝的屠岸贾，对着数百个婴儿，偏偏对程婴家交出的婴儿起了疑心。他还是想以杀掉所有婴儿的方式逼出真正的赵氏孤儿。程婴不忍，只好说出，孤儿原是藏在公孙大人府宅……

自己的孩子因此死了，真的赵氏孤儿活在了世上，程婴感叹，这都是命。命的解释不能说不合理，但是毕竟与过去舍子救孤的义还差了一截；在此你也可以说那是封建社会的义，这是个更复杂的辨析，且先不论。再往下来说。老戏里程婴入屠岸贾家，是因举报公孙杵臼私藏孤儿有功，被屠岸贾收作门客；也就是说，他是因告密行为而被接纳的，十六年他承受的是众人鄙视的眼神，也就是自此，那个好人的程婴已经在众人眼中死了。而在他和公孙杵臼商量谁该为救孤而死时，公孙有句话：你说死和报仇，哪个更容易？言下之意，忍受着耻辱活着，比死更不易。

而在陈氏版本里，程婴则是高调要求成为屠岸贾的门客，这样的心理轨迹被解释为要让屠岸贾十六年后感受到被爱的人杀掉的痛楚。但是这么长时间的幸福生活（至少没看出两个父亲对赵氏孤儿进行了什么仇恨教育），会不会培养出一个背负家仇国恨的赵二代，陈凯歌与林兆华、田沁鑫有一样的怀疑，后者就此打住了,陈凯歌边怀疑还要边继续,由此就看出陈凯歌的某种自信。他自信可以把这个故事依着现代人的观念讲下去,后面是这样演绎的:他和因救赵氏孤儿脸上挨了一刀的韩厥一起准备向长大了的孤儿痛说家史,孩子像北岛的诗句一样显示出"我不相信","编故事吧你";因为断然地不相信,所以他神采飞扬地随义父打仗去了,中间寡不敌众时,还喊了一声"义父救我",终唤来屠岸贾的拼死一救。义父因此挨了暗处一冷箭,感恩加心疼,这个义子找程婴强寻灵药的粗暴举止,令人觉得这已到了父子反目成仇的边缘。反正我要是戏里的程婴,这时早都万念俱灰:复仇的事,随他去吧。对不住啊公孙大人,大不了我心一横,追随您而去……

可是被药救活的屠岸贾,这时却在病榻前说话了,他向赵氏孤儿掏心窝子道:差点我怪错你,我还真以为你是赵朔的孩子……如此竟完成孤儿从不信到信的质的飞跃,孤儿自此决然地举起了复仇之剑,和义父拼杀了个天昏地暗……

不知您看到这里怎样,反正我没提起劲来。兵法上说:一鼓作气,再而衰,三而竭。一个复仇故事这样左铺右垫,最后还要它荡气回肠,不太可能。

一个朋友因此向我表达他观影后的郁闷,说怎么这样有魅力的中国故事,给讲成这样。我说那是改编者太有自信,认为可以揣着现代人的心思,把它讲得合情合理。但是,现代人说辞多多啊,他跟你讲这个理,他跟你扯那个理,没准还觉得,这个程婴将孩子送到屠岸贾门下,没有教他卧薪尝胆,是自己断送了复仇大业。再者现代人还受了很多的启蒙,懂得生命是多么宝贵。没有哪个生命是可以白给的，所以你按着现代人的心思去想那些过去的故事，那很可能，《荆轲刺秦》中荆轲连樊於期的头都拿不到手上，何况在这个剧中，公孙杵臼也要搭上自己的老命。而类似赵氏孤儿这样的故事千古流传，其实和这种常情没有关系。读《史记》，读春秋战国故事，我们仍然会为之动容的那些（包括荆轲刺秦以及别的），都不是因为它多么入情入理。让人向往的是从那些故事中超拔出来的精神，比如生命的托付，比如超出人情的割舍。还有一种"楚虽三户，亡秦必楚""流血五步，天下缟素"的精神与血气。你非要给那样的故事安上个现代人的思维逻辑，既破坏了原故事的魅力，也让自己的戏别别扭扭，很是提不起劲。

可是，要复原那些故事，就得复原那些故事发生的时代与氛围，让那些人物在其中顺畅地呼吸与作为，并唤起当代人对一种精神的遥想与追忆，这是很容易的事吗？其实比改编它怀疑它，还不容易。

苦难与记忆的另一种叙述

有许多历史的黑暗地带,其实在我们理解之外。或者说,尽管有诸多文本在帮我们理解,但在当事人看来,仍然触不可及。我在这里缩小范围,说说奥斯维辛,以及两个亲历之人的文本留给我的感受。

"我感觉自己与他们不同,完全是陌生人。我还属于集中营的世界。"一位名叫让-皮埃尔·勒努阿尔的法国老人这样写道。青少年时期的他,辗转过几个集中营,因此写下《带条纹的地狱囚服》这本回忆录。2001年被翻译引进,书一直放在我的书架上,再次阅读,是因为凯尔泰斯,那个获诺贝尔奖的匈牙利作家。我最近在报纸版面上做了他再版的《船夫日记》,是我的朋友、翻译家余泽民翻译,他为我写了一篇很长的文字,介绍这位作家与他永恒的奥斯维辛题材。读《船夫日记》,忍不住想将作家其他著作也拿来读。书架上只找到上译版那本《无命运的人生》，旁边挨着的就是这本。两本书脊都很细薄，若不是这样定向的翻找，在我漫漶芜杂的书柜看到它们也非易事。但是，该看见的，总会被看见。这只是个机遇与时间的问题。同样，愿意理解与能理解，这也是个时间的问题。

凯尔泰斯的《无命运的人生》（另一个版本译作《命运无常》），也是带自传色彩的集中营文本，正好可以和《带条纹的地狱囚服》对比来读。他们一个是生于1922年的匈牙利犹太人，15岁被从公共汽车上拦下来，辗转运送至奥斯维辛、布痕瓦尔德等几个集中营；一个是生于1929年的法国犹太人，在几个集中营做了历时一年的苦役，直至二战胜利。《无命运的人生》叙述的是一个少年集中营前后经历的一切一切。大量的心理描述，让叙述的进程无比缓慢，同样，阅读者也被他的笔触切进了那个时空，并且展开对环境、对人内心的探寻，小说里更多呈现的是这种心理时间，阅读的进程也便像苦难本身一样难熬而诡异。相比之下，让-皮埃尔·勒努阿尔的叙述要明快跳脱得多。虽然也是依时间之序，但那种片断式、跳跃式的场景捕捉，无疑可以省略很多前铺后陈。有如简笔画一样的拼接画页，任你一帧帧地翻过，但总会窥见，人性在其间明明灭灭地闪烁。一瞥当中，或许就有人死掉，有人与你擦肩而过，有人与你眼神对接，有人与你开始无谓地口角。他们没有来历，或者说隐约有来历；有的不知所终，这已经是比确定的死亡好得多的消息。这就是集中营，由形形色色的"人"，构建出的一种特殊生态。"这里也是欧洲。"作者一语评定。以希腊神话作喻，他说这里既有诸神（党卫军）、半神（替纳粹看管集中营的老德国犯人），还有来自德国统治下不同欧洲国家的贱民。贱民虽然是命运的共同体，但也不意味着没有摩擦，相反，有时的对话还挺生猛：

"俄国同志，我的勺在哪儿？"
"我他妈不知道。"
"刚才还在桌上。"
"我他妈没看见。"
"我们彼此以共产党员的身份说话，你没偷我的勺？"
"法国傻屄，叫唤什么。你要勺，这儿有。"他把我的弯勺扔在桌上，说。
"法国傻屄，你在这待得有日子了，早该晓得东西谁捡就归谁。"
"俄国傻屄，我操你妈。"
"法国傻屄，凭你现在待的地方，你操不了我妈，也操不了别人。"
我们俩满意地走开了。

再有一段，是两个曾处于同一个集中营的人再次相遇：

"啊，你在这儿，破烂货，我以为你早死了！"

"没有,你看见了,还没死。不过你放心,要不了多久了。"

他大笑而去。

作者在这里交代,他和那个人在以前的集中营,就彼此看不顺眼。

抄录出这两小段,因为它非常代表这本书的叙述风格。一种简洁利索的叙述,声画兼具,但没有别的。但是我却记住了这把勺子,以及拿走勺子的俄国同志。"解放"这个字眼,容易被想象成一了百了,集中营的解放,更像一种苦难的终结。事实远非这样。关于那些俄国人归国后的命运,作者在后面有过提及:"很久以后听人讲,遣返的苏联人回去后全被处决或流放到西伯利亚了。而其中一些人曾经有过英雄壮举,尤其是那些游击队员,他们在德国战线后方采取过有效的战争行动。但红军中所有军官、士兵一旦被敌人俘虏,就被称作叛徒,也被当作叛徒对待。此外斯大林不想让他的社会主义天堂被见识过其他生活方式的人沾染。他对他们的勇气、忠诚甚至壮举不感兴趣。"我猜作者写至此,一定会联想到那把勺子。

被当面绞死的人的情状、"淡淡的尸体的气味",这些字眼不时浮现于纸面之时,我们却能同时感到作者笔触的平静与超然,这既令人震撼,同时也耐人寻味。为什么不将所受的苦难转成愤怒的挞伐,为什么不尽情地诅咒宣泄,作者在后记中这样表达:"我写这本书,不是为了使仇恨永远存在下去。"

走到这一步并不容易，因为这本书最后一章被命名为《后遗症》，讲的是集中营生活对他后来生活的影响。与《无命运的人生》的最后一章异曲同工的是，他们都说到了一个感受：孤立与隔膜。经此一遭的人们，是否能够彻底遗忘，以开始新的生活？凯尔泰斯笔下这位少年的回答是：NO。"我承认他（指邻居）的话有一定的道理。只是我不大理解，他们如何希望我去做那种不可能做到的事情。我指出，发生过的事情是已经发生过的，我终归不能够命令自己的记忆把它们给忘了的。我认为，只有在我重新诞生时，要么就是在我的大脑出问题或患病时，新生活才可能开始，我想他们也许并不希望看到后一种情况吧。"发生在少年与旧时邻居间的对话如此艰难，以至于不欢而散，少年于是在某一刻突然感到："一种尖利的、痛楚的、徒劳的情感攫住了我的心：是想家了。""从某种意义上说，那里的生活更清楚、更简单。"并且，"在那些烟囱旁边，在痛苦的间隙中，也有过某种与幸福相似的东西。"而让-皮埃尔·勒努阿尔所经历的隔膜，显现在战后和一个奥地利犹太人的对话中。让说："亲爱的，假如我不是法国青年，是德国青年，我也会参加战争，我宁愿不去思考让我执行的命令。"对方却不解："您受尽了所有这些痛苦之后，怎么还能说出这样的话？"

是啊，怎么能？怎么会？我似乎看到那个奥地利人投向他的痛苦眼神，但我知道语言有时的吊诡，让在这里用了宁愿与假如。正是这两个词，垫出了黑暗与苦痛的全部重量。

与凯尔泰斯的诺贝尔奖名声相比，让-皮埃尔·勒努阿尔是一个陌生的名字,即使他写了这本被法国作家莫里斯·德吕翁高度赞扬的书。我在百度上搜他的中文资料,也还只有与书相关的部分。我甚至不知道他是否还健在,只是看到印在封底的他的肖像,依然精神矍铄、气色很好。他本人不是作家,此书是他晚年应孩子的要求所写,为的是给孩子的孩子留下一份记录。"好使他们在学校里学习第二次世界大战的某些方面时,有他们祖父的书面见证。"后记中他真心希望他所经历的是所谓文明国家进行的最后一次战争。显见得这位老人,对世界还怀有希望。事实上,读这本书也让我倍觉温暖,我甚至相信,如果时光倒回几年,我作为记者能和他见面(据说他曾为此书来过一次中国),一定会和他相处无碍。

说苦难会转化为人生的财富,这是一句笼统的话。苦难怎样化为财富,凯尔泰斯与这位老人,都提示了各自的方向。看《船夫日记》当知,《无命运的人生》只是凯尔泰斯思考奥斯维辛的第一步。他后来移居柏林,说要把大屠杀作为思考的起点。"现在,唯一值得思考的是:我们该如何从这里继续前进?"也就是说,所有的记忆书写,终归是为了和现在与未来做联结,而不是只为记忆而记忆。而让-皮埃尔·勒努阿尔战后从事的是企业管理工作。书中提及有一些机会,可以让他转道到曾经的集中营所在地一看,但他没去。但是,又不时在很多场合,与曾经的历史相遇。一位和他一起打高尔夫球的美国人还告诉他,当年执行轰炸任务,目标点正是他所在的米斯堡集中营。"后来我们常在一起打高尔夫球。没有怨恨。"

朴素而高贵,是作家莫里斯·德吕翁对他这本书最精准的评价,但我体会到,这绝不仅仅指文体的质地,还指的是以这种文字来叙述苦难的那个人。

"我们和他们存在鸿沟。"莫里斯·德吕翁的推荐序里还有这么一个关键点,要理解它的深意,就必须同时理解《船夫日记》中凯尔泰斯那句:"怎样才能处理好资料与整理原则之间难以跨越的断崖?如何避开那些经过修饰、反复出现的狡黠窥望的剧情?"一个创作者的自问,差不多也是对观看者所容易陷入的陷阱的提示。因为要弥合这断崖与鸿沟,就必须如凯尔泰斯书中少年所说:"把所有这四年、六年或者十二年都乘三百六十五天,再乘二十四小时……最后再把所有这些都倒回去,每秒钟、每分钟、每小时,每天地倒回去,然后把所有的时间全都消磨掉。"我们没法做到,就像我们没法想象,在这消磨的过程中,除开那巨大的恐惧与战栗,还有冗长的麻木与无聊,以及在我们听来颇不可思议的"幸福"。

凯尔泰斯、让-皮埃尔·勒努阿尔的这两本书,用各自的方式填补着这断崖鸿沟,可贵的还有,他们从未停止思考,从未停止搭建这份苦难遗产与现实、未来之间的桥梁。

Third / 念念如晤

刘别谦的微笑

我是不擅长给人转述故事的人,但我却和很多朋友讲过刘别谦,讲过他的《天堂可以等待》。男性听众与我的欣赏口味差别最大,但他们也居然能跟着我同乐,在我说到故事的几处转折、人物的几段台词对话时,会心与愉悦,从他们心底溢到眉梢。大概他们也诧异与欣然,片中那个花心而麻烦不断的男人,竟然也能被允许上到天堂。

我说这就是刘别谦。一个有着非常中国式的译名,却完全散发出优雅绅士味的西方电影人。虽然我只看到过他一张叼着烟斗的肖像,收藏到他几张为数不多的影碟,却已经将他私认成我的智慧芳邻。他拍得非常美国式的歌舞片《微笑的上尉》,以及非常英国式(我自认为)的《生存还是毁灭》(又叫《逃还是不逃》,都能让我脸上漾出微笑,也感觉他在向我致意微笑。那微笑是如此轻盈顺滑，甘之如饴，让我有一种被彻底缴械的放松。固然人生有水流湍急，他从不断肠，也不让他的影迷断肠，不知不觉就站到了天堂口。属于刘别谦的天堂，有主楼，还有附楼，圣徒固然可以享有那舒适的一隅，有瑕疵的人照样可以有一角栖居，这结局怎能不令我沉迷，不让听我转述故事的男士们沉迷？

　　大致的情节是这样的：一个老男人死了，来到一幢红色的大房子里，请求阎王判官让他下地狱。见惯了一般人要上天堂的迫切，这位判官对他的经历产生了兴趣，于是他就被允许坐下来讲述自己的一生：年轻时，他爱上比他年长的家庭教师，结果这位女教师被辞退了。26岁的生日 PARTY，他遇到表哥带来的女友，竟然是他一见钟情的美人玛莎。他以甜美的攻势携美人私奔，他们结婚，也有了孩子。十年的结婚日，妻子不辞而别，他追到她的娘家问询，原来是他上衣口袋里的一张购物单伤了她的心，上面有串五百美元的项链去向可疑……为自己做辩护恰恰为这男人所擅长，于是他再次声情并茂而又深情款款，她还来不及想清楚，就被他裹挟着再次私奔。妻子先他而去，儿子已然长大。以其一惯的巧言令色，他向儿子表示，晚年的他需要一个伴读女郎。儿子建议，那就找五十左右有学识的，别找二十四的。他坐在椅子上喃喃自语：我的未来好像有点令人沮丧。不过他对自己的临终一刻并不遗憾，对判官形容，那是一个美妙的瞬间：一位年轻的金发护士来了，将温度计插进他的嘴里。她如此之美，以至于让他心跳加速，血液循环加快……判官听完，微笑着做出了决定。"天堂在附楼里会有一间空着的小屋，阴面，床有些硬，总之不那么舒服，你也许需要再等几百年才能被挪到主楼里面，但是，不妨一试……"

好了好了，就此打住，刘别谦的影迷肯定该抗议我这样讲出他们的最爱，他们肯定认为，最好的方式是晒那些充满调情味道的台词。最最经典的求爱攻略，值得天下男人效仿，而且必须像片中男人那样嘴里优雅冒泡地吐出。且举这对男女书店初遇那段为例。男人问："请问能帮你什么忙？"女人说："我想要一本书。"男人看到书名是《怎样取悦自己的丈夫》，说："我觉得你不需要这本书。"女人说："我需要。"男人翻开书中一页，指着那个严肃、板正的作者，一个老女人，说："你看看她，这样的女人怎么可能让丈夫开心？"但女人还是要，不卖就投诉。男人这时开始妙语连连："我不是书店店员，我只是跟着你进了书店。如果你走进餐厅，我就是那里的服务生；如果你走进着火的建筑，我会变成救火队员。如果你走进电梯，我会让它停在两层中间，然后我们一起在那里共度余生……"

鬼话、谎话，也是不朽的情话。情势危急中，总是这些让故事向着有利于男人的一方扭转。而女人也似乎什么都没输掉。我不认为这里有对男人谎言、女人轻信的讽刺——借助地狱判官的嘴，刘别谦暗许了这男人一生的努力："你让那些年轻女士开心，她们会在天堂等你。"借助那个屡帮孙子成就好事的老爷爷的嘴，他说出了男人私底下一个愿望："你做了我一辈子不敢做的事：私奔。"将这些抖搂出来，依然能感到刘别谦的善意，那善意会让女人承认："哦，没错，我们就是耳朵软，爱听甜蜜的话。"男人也会点头:"唉,我们就是爱美人,出轨嘛,偶尔走神一下。"

没有怨憎,只有化开,没有死磕,只有跳转,这些都赋予刘别谦电影中轻盈的优雅。你的微笑随时会被那些优雅的碎片撞开,连那些次要人物身上也能找到。虽然那个被横刀夺爱的表弟看起来不那么可爱,但是多年之后再遇玛莎,你还得承认,他那表白依旧堪称风度有加。玛莎的父母一生都坐在桌子两头冷战,但有了仆人杰西卡在他们中间传话,这幕人生场景也同样幽默得无以复加。我甚至觉得,在处理出轨与情敌相遇这些场面上,刘别谦也有他的高招,化尴尬为意趣,让人过目不忘。有谁能想到,一句经典的莎士比亚台词"生存还是毁灭",会成为《逃还是不逃》中男女约会的信号。这背着丈夫的约会偏偏发生在希特勒占领波兰的背景下,一对情敌也必须同仇敌忾。做丈夫的恼而无法发作,最不忿的言辞也只好是:"如果我回不来了,我可以原谅你们;但如果我可以活着回来,那就不同了。"但是后来的情形又怎样呢?他们化险为夷,做丈夫的继续演戏,当他在舞台上继续念出那句台词,台下的年轻飞行员依旧起身离去……《微笑的上尉》中更有意思,明明是那个漂亮的上尉抛错媚眼表错情,让公主看上了自己,但原来的女友与现时的妻子见面的情形,哪是情敌相遇?分明是一对闺蜜在交流恋爱妙招。但你最终,还是会接受那个花好月圆的结局,因为《瑟堡的雨伞》式的感伤,不属于刘别谦。

"人人都爱刘别谦",这似乎已经是电影史上的事实,但很长时间里,除了向别人转述他的故事,我仍不知怎么言说它给我的欢乐。我甚至得承认,对于刘别谦,我犯过很想当然的错误,认定他应该是英国戏剧导演，后来知道他是德裔美国导演，接受起来仍然心不甘情不愿。他身上哪有日耳曼式的沉重？那份优雅智性，难道不该属于产生出《看得见风景的房间》的国度？

对，私下里，我就是这么看的，并且把写出《看得见风景的房间》的福斯特和刘别谦归为一类。我觉得他们都是骨子里的知识分子，但又不愿刻板的规矩破坏了生活的意趣。所以他们宁愿把美人与好事都奖给那些看来并不无懈可击的男人，连同天堂的邀约。

看这部电影，我能想到的还有一段别人挂在 MSN 上的话：对于生活，只能智取，不能强攻。因为生活，原本就不是小葱拌豆腐，一清二白。我们何以要一有悲伤，就逆流撞墙？

悲伤的另侧还有机趣，要发现它就得轻盈地跳转几下。刘别谦的电影是这么做的，我想这也是刘别谦肖像里那一抹微笑的含意。

犹疑而不确信的力量

——纪念埃里克·侯麦

埃里克·侯麦走了,这个消息在我心中久久徘徊,荡之不去。这倒不是因为媒体人做久了,多少都有些大师离世缅怀症,而是他确曾带给我真切的迷惑与感动。他的电影简约而不简单,平和而内蕴丰富。人物对话如此之多,行动又如此之少,欲拒还迎,身心分离,真个是一场游戏一场梦,看到头也没有甜美的情感果子尝——最后一部《男神女神的罗曼史》除外——但也不给人五内俱焚的撕裂与撼动。它,更像是置放在银幕上的一场情感确认课,主人公想确认自己心之归属,但拿来确认的对象,又总非最终心仪的那个。这听来多少有些奇怪,但侯麦的故事类型就是这样搭建构成的,看多了更像是我们脑子里臆想的艳遇与出轨,犹疑与确证。也因此,侯麦电影的主人公,并不会引出我们多少道德上的不适,他们更多像是,在替我们小心翼翼地试探生活。

侯麦的电影主要是几个系列,"六个道德故事""喜剧与箴言"与"四季"。把它们慢慢看下来,也并不觉得之间就一定主题有别,是多么不同的系列。它们都是侯麦电影定律下的产物,是侯麦式的人物在思考,在说话,有着一以贯之的犹疑与行动。只不过一旦像作曲家那样有了标题音乐式的命名,就容易让你在"道德""箴言""四季"这些字眼上多做些驻足徘徊。"六个道德故事"中我最喜欢《女收藏师》与《克拉之膝》。"喜剧与箴言"中我最喜欢《绿光》《我女友的男友》,"四季"中我最喜欢《春天的故事》,因为侯麦的电影,很少能听到一开场就那样美妙的音乐。

侯麦的人物无论男女,一开始,就表现出对自己的情感与行为不那么笃定,他们说着一套,做的是另一套。总之,故事就是这么开始的。作为自我情感的确证,他们尤需要一个极具诱惑的对象来试验一把。《女收藏师》中那个漂亮女孩就是男主人公试验的对象。《克拉之膝》中的克拉,也是即将结婚的男主人公试验的对象。这试验的过程,同时又需要一个旁观者与评说者。所以,在侯麦的电影中,总有一个这样的角色,或是主人公的同性朋友,或是他们的异性知己——可以不含妒忌地以小说家的审美来看待评说这个过程。而试验的结局总是,在似要达成目标的时候,主人公转身离去。

侯麦式人物行为与语言的矛盾与暧昧,给观看者提供了一些可供玩味的空间,甚至不经意间,就有些喜感出来。比如《女收藏师》中,无话不说的两个男人,在朋友借住的别墅里,面对一个每天都换男朋友的漂亮女孩,看着她每天为约会进进出出,他们因此命名她为女收藏师。两个男人其实都受女孩所惑,嘴上却在说:"你作为女孩这样很不得体啊。"他们其中一个率先和她上了床,事后却烦闷不已,甚至把怨气发泄给了一个来访的男收藏家身上。而另一个,似乎也要水到渠成时,突然掉转车头返回屋子,向远方的女友打了电话:"我要买机票去你那儿。"可以看出,那个先和女孩上过床的男人,对约好前来的访客的一番痛责非常无厘头,很容易知道他的怒火是指东打西。而另一个,他的挑逗性言语和其行动也有着强烈的反差。类似动机与效果的反差在《克拉之膝》中也有。里面也是一个要结婚的男人,在遇到克拉这样美轮美奂的女孩时,想行动一把。他先是对女孩说了一堆其男友的不是,然后成功地将手放在了哭泣的女孩之膝上。"我以为是表达欲望,女孩则认为是安抚。"男主人公向旁观这段过程的小说家这样说。这里最能看出侯麦式的幽默。至少观众看到这里会会心一笑。而这一笑,多少也会将那因轻慢的言语、轻佻的试验所引发的种种观者的道德不适给弥合掉。

作为情感试验,侯麦电影的人物,尤需要一个动词,就是离开。首先是,离开心爱的人,到一个暂居之所,来经历一些艳遇,以此确认既定感觉或情感是否值得继续下去。只不过,这试验的过程中,真正擦枪走火的艳遇并没有实际发生,一般都被规避掉。没有被规避的，也在事发之后产生反作用力，比如《圆月映花都》中的女主人公，在巴黎还没有和艳遇对象过上一夜，就悄悄离开了。也就是说，她对这场艳遇感觉并不好。想要重回爱人身边，结果等待她的，是她原有爱人的背叛——他在她离去时，也发展了新的情感。

还算有完美结局的要属《绿光》。绿光就是日落后最后一道光线。女主人公寻找绿光，是因为影片中有个场面，一群老人在谈论绿光，说看见了绿光，可以知道自己的感觉。主人公在影片最后，果然就看到了绿光，她因此喜极而泣，而她前方，正好有个看来可以信赖的男士在向她走来……这是侯麦电影中最让我觉得亲切的一部，似乎看到了上大学时的自己。一些渴望又拒绝的姿态，一些无缘无故的沮丧和哭泣。也许青涩的青春必得经过这个过程，然后在某种力量的确信中站稳自己。如今青春已成过去，但每看一次《绿光》，仍会惊讶侯麦的老道。他怎么就那么懂年轻人才会有的慌乱心绪？这懂得，还不是同龄人的自然流露，而是过来人式的体谅与尊重。我相信，他在其他片子中设定并驱使人物经历那一场场艳遇，他也是同样懂得的。他只是不动声色，放他们在言语上探讨，在行动上犹疑。一种犹疑而不确信的东西，在侯麦的电影中虽然会造成某种观影惯性的中断，甚至会让看惯好莱坞式情感进程的观众为银幕上的男女着急。但一部部侯麦电影累积观看下来，渐渐也能感到侯麦电影中那不断加强的探究力量。你甚至愿意玩味这一个个故事中人物矛盾暧昧的地方，尤其这玩味的本身，并不会颠覆些什么。

因为，侯麦的人物，从不会偏离轨道太远。所以，看侯麦的电影，其实是一个踏实的过程，甚至看完，都可以放心地过自己原有的生活。

自由、幸福，还有那棵苹果树

"新浪潮电影展要来了"，朋友把链接点给我。急急地浏览片目，没有我热爱的老祖母。憾，但也能理解，因为老祖母携影片来中国，已经不止一次两次，大概不必回回有她。但如此心心念念，则是因为曾在小西天电影资料馆银幕前的舞台上见过她。正好是十年前，她来北京参加法国电影展。留着童花头，手里拿着相机。台下观众拍她，她也对着台下拍。一个时时在记录的影人，人真的很 nice。当年所放过的电影，我后来都收齐，又陆续买到一些新洗的碟，涉及到她更早期或更晚期的片子。依旧迷恋，迷惑，回想不止。我想即使她这次不来，我也要为她写一篇文章——2015 年，她也是 87 岁的老人了。

一　觉醒中的克莱奥

1928年出生，阿涅斯·瓦尔达在家中五个孩子中排行老三。从摄影师转拍电影，又跻身新浪潮，那个著名的逸事我听到的是这样的：戈达尔因拍了《断了气》而大受欢迎，投资方深受鼓舞，就问：你还有这种一本万利的导演吗？戈达尔推荐了雅克·德米。德米又推荐了瓦尔达……

如此她便成了新浪潮老祖母。事实上老祖母也年轻过，而且看上去挺美的——《未公开影像的片断》中有她年轻时的娇俏身影，就站在大街上拍照，脑袋不时钻进老式相机的幕帘，又不时走到被拍摄者面前，对他要求些什么。气定神闲，指挥若定，样子既投入且酷。这样的女人，成为新浪潮中唯一的女性干将，也不奇怪吧？

那个将她带进新浪潮的雅克·德米，就是老祖母的丈夫。德米的电影浪漫又温馨，通常会给女人妥妥的结局。比如《罗拉》中的女主人公，最后就等到了她孩子的父亲。又比如《瑟堡的雨伞》中的男主人公，虽然没娶到最爱的人，但还是有女人暗暗关心他，并且愿意与他结婚。圣诞节夜晚的加油站，他与曾经的恋人相逢，各自都有家庭，这一遇其实是永别离，你不免为有情人未成眷属而感伤，但镜头一转，是外出的妻与子归来。一家人在雪中且歌且舞，男人这种不负眼前人的认真与郑重，也让人为这个做妻子的女人松口气。最奇崛的结尾当属《天使湾》，一个嗜赌成性的女主人公，看似要在赌场赌尽一生，竟然在最后一刻离开赌桌,挽上已走到大街上的赌友。以她果决的个性,一旦为爱情下了赌注,那还不得赌出滚滚红利?

反观阿涅斯·瓦尔达的电影,就不是这样的味道。有人将她定位成温和的女权主义者,但我看多了作品后反觉得不好定义。1961年拍摄的《五点到七点的克莱奥》,算是我喜欢的早期作品。年轻的歌手得知自己有可能患癌,但必须两小时后才能确诊。阿涅斯·瓦尔达就用镜头,记录了她五点到七点之间的生命状态。紧张、惶惑,进而情绪失控的哭泣,一个年轻生命突然面临死亡的恐惧无措,开场几个镜头就反映得精准到位。接着是她徜徉于大街,看街头的杂耍。也看流动的橱窗。橱窗映出她的脸庞,她第一次这样审视:"一成不变的洋娃娃脸,滑稽的帽子,我甚至无视自己的恐惧。我以为人人都在看我。我眼里只有自己,这让我疲惫不堪。"不断变换的分分秒秒,都被打在银幕上,让人感到时间的流逝。而即使没有这个,也同样能感受到女主人公<u>丝丝缕缕</u>的情绪变化。

就女人生命意识的觉醒,不能说她1954年初试啼声拍摄的那部《短角情事》,没有类似的东西。但片中那对青年男女反复探讨自己情感,法式絮叨中女人所显示的怀疑与不确定,仍然像是"今夜我不关心人类,我只在乎自己"的个人感觉。一对情侣和周遭环境如此疏离,看着就只是在抽象地行走、相爱、谈话,抽象地做生活的决定。相比之下,还是这位歌手接地气,一颗心向外界敞开着,也就时时能在感知发现中,有所领悟。

当然,女人能神话般地遇到一个给人慰藉、施以帮助的军人,让生命峰回路转,这种机会老祖母片中是不多的。虽然被叫老祖母,她可不是随时拿出一席暖被,让你拥之入眠的老太太。如果一不小心撞上她的《幸福》(1965),你肯定也像我一样看得一愣一愣的。

二 一言难尽苹果树

什么是阿涅斯·瓦尔达式的幸福呢?她在一部纪录片里答:"幸福与自然相联。我想走到外面去,被自然包围着,和家人野餐。"真是一幅祥和的图景,可是照此拍出一部《幸福》,味道却是这样的:选景选在有着印象派画景致的巴黎近郊,音乐用的是莫扎特,一开始画面呈现饱和度最高的暖色调,用来营造夫妻野外郊游,其乐融融的家庭氛围。你几乎要被这全然的幸福催眠,接下来的情节却是:这个做木匠的丈夫,尽管儿女成群,也深爱自己的妻,但仍是无法抵挡年轻女人的诱惑。他对爱上的邮电局女孩说:"她(指妻子)给我带来了很多快乐,现在我又遇见了你。你也让我满足,我也爱你。你们两个都让我享受到了足够的快乐,幸福随之而来。"他还压抑不住这种幸福感,再次郊游时说给了妻子听,为此还打了个比喻:家庭就像一座果园,大家在一起很幸福,但外面有棵苹果树,同样枝繁叶茂……

妻子俨然认下了这个事实。紧接着他们还做了爱,之后相拥而眠。但丈夫一觉醒来,却遍寻妻子不见。最后,听到她落水死亡的消息……那么,该是这个男人既悔又痛了吧?嗯,痛过,但最后一个镜头，可是那个男人携妇将雏在野外郊游，只不过妻子变成了邮电局女孩。同样其乐融融，仿佛幸福的本质从来没有改变。有人因此赞叹，阿涅斯非凡的魅力，是让人能在平静中接受这个故事。但这里面的感觉终究还是怪异了点。导演法斯宾德就评价说："这部电影里有一群尚称快乐、凡事却总得再述一遍的人，匪夷所思的是，对他们来说快乐是可以替换的。"

阿涅斯对这个故事的态度呢？她到底是赞美还是讽刺这幸福？就这部电影，我只听她说过一句话：把陈词滥调抛开是一件有意思的事情。也许，她就是要在这幸福的主题上，加一个苹果树的隐喻。

阿涅斯后期的很多纪录片，记录的都是对当年拍摄地的重返。40年后，她也拍过一部《让-克劳德·德鲁奥的回归》，让本片中饰演男主角的演员重返故地。老祖母则在片中，拿着摄像机像个记者一样问沿路的普通人，你觉得什么是幸福。当然，没有谁的答案，像这个男主角说得那样令人心碎。

不过，看这部纪录片，我倒是知道了片中那对演夫妻的演员，生活中也是。他们并没有被片中这棵苹果树击倒，相反，他们相爱相处至今，皆因为一直在谈论它。

这就是我的脆弱，非要将苹果树看成绝望的存在。对另一些人，苹果树或许能让他们坦然接受一些什么。往终极地说，一部电影终究只是一部电影，即使它说中了某些事实，但看清了它，未必不能规避风险。阿涅斯·瓦尔达的"幸福"杀伤力，并不像想象中那么大。难怪拍着这"绝望"的幸福，她也能给前来探班的导演丈夫雅克·德米甜美的回眸一笑。那时的他们，已经是新浪潮电影圈一对令人瞩目的夫妻了。

三 唱与不唱，自由与流浪

《法国电影手册》前主编让·米歇尔·傅东曾评价阿涅斯·瓦尔达："她并不是一个形而上的抽象的导演，并且她还有某种特殊的幽默，像是一种微笑，这使得你看她的电影时，即便是非常严肃的社会问题，你也能感到逆境中的快乐。像是生命力的涓涓细流，这反而使得她所呈现的女性话题，具有更大的力量，更多的可能。"这针对的是《一个唱一个不唱》，她1977年的作品。影片折射的是上世纪六七十年代西方女性的处境与诉求。阿涅斯·瓦尔达也是从那个年代走出来的女性，当时轰动一时的女性宣言《我们堕胎了，审判我们吧》，她是其中秘密的签署者。看起来姿态很先锋，但正像片名所显示，片中的女人，仍然走的是两条路。其中一位，愿意借着歌唱喊出女性主张。另一位当年因为不能堕胎而成单身母亲，在饱受艰辛后有了丈夫，却开始担心女儿没长大就怀孕。显然，"我的身体我做主"的女性意识，并不天然存在于所有女人头脑中。但渐行渐远的两个女人，依旧能鸿雁往来，诉说心声，这个处理，倒很是老祖母的做派。因为你确实很少能从阿涅斯的电影中明确感到，她因为要肯定这个便一定要否定另一个。

《流浪女》（1985）也是这样的例子。当年在小西天看过此片。或许因为又虚长几岁，再看，已不觉得这里头的流浪女，是打破生活一切羁绊的自由勇敢的象征。当然，阿涅斯·瓦尔达也不是这样简单认知的。故事从发现流浪女尸体开始，接下来一句"可是在我看来，她是来自海上"，显示老祖母所选取的叙事角度，都来自于目击者转述。这是不完整的断片记忆，因此也能充分显示不同人对流浪女的看法。有位农场哲学家就劝流浪女说："或许你比我自由。自由对你是有好处的。在自由与寂寞之间，我选择了中间一条路，而你却选择了完全的自由，但得到的是完全的寂寞。""如果继续下去你会毁了自己，朝毁灭走去。我在路上的朋友不是死了，就是酒鬼和毒友，因为寂寞最终将他们吞噬。"别怪我中庸，现在的我，就是觉得他说得有道理。

人，真的有绝对的自由？以佛法来讲，这也是个妄念。说来看她那么孤绝地行走在世间，一次次户外露宿，将身体乃至身家性命，暴露在各种危险之下，都挺让人揪心的。也让人怀疑，这看来放浪形骸换取的自由，到底有何意义。说来我就是没有老祖母宽广，可以接纳各式各样的生命。片中有位女教授，将流浪女请到车里，给她面包，尽管流浪女身上有难闻的气味，她还是抱以总体的欣赏。因认定这个女人生来就是要放逐荒野，她也真就这么放手了，只是分手后又隐隐担心她的安危……

有些人觉得，这或许最能显示出阿涅斯·瓦尔达对流浪女的态度。所以她愿意将这勇敢而孤绝的形象留存在影像当中，并且小心地越过简单直接的评判。

但仔细品味此片，还是能觉出里面的苦味。苦涩又意味深长，或许这就是从现实的根须里拓展出的丰富。老祖母愿意把这个世界女性所承受的种种矛盾与重压展示给大家，而不是如雅克·德米那样，可以让观众踩上他《驴皮公主》里的飞翔器，做一个有关爱情、有关愿望的童话梦。

四　想出走的女人，与出镜的老祖母自己

但你有时又不得不佩服，老祖母用镜头捕捉起女性人物内心来，即使是非职业演员，也能形神到位。1975年拍摄的《达格雷大街》，里面蓝蓟花杂货店的老太太，就是这么个让人过目不忘的形象。每到黄昏，她人在店里，目光却总是望向外面，丈夫就说："不要出去。"但他也知道："她并不想离开。那是一种想法，一种感觉，一种内在压力诱使她出去，不是真要出去，她从来没有离开过。"紧接着出现的是老祖母的画外音："我们都在黄昏有想要出走的渴望。我们都是生活的囚徒。"这难道不是门罗短篇小说《逃离》的影像注解一种？到底还是女人最能理解女人啊。

《达格雷大街》拍的是老祖母和雅克·德米当年在巴黎所居住的一条街。从紧邻自家的杂货店拍起，拍摄的街道长度不超过45米。从后来那部纪录片《阿涅斯的海滩》中得知，这也是从她家接电线出来，所能扯出的最长距离。这个距离间已经有无数家店铺，面包师、肉铺老板、魔术师、裁缝、理发师等互为街坊邻里，也互相服务。瓦尔达记录了他们的日常生活，并且问到了他们的家乡、恋爱、婚姻、梦还有记忆。虽是实存的一条街，但

老祖母仍能借助魔术师的戏法,将它拍得如电影般亦真亦幻。

纪录电影似乎是老祖母的拿手好戏,我同时也喜欢她在自己的片中出镜。艺术家往往自恋,或者容易以自己的艺术之见接近同好。但阿涅斯·瓦尔达为自己多年旅行所做的片子《在这里和那里》,记录的可是世界各地形形色色的艺术家。她与他们一起,每每都相谈甚欢,有对所有的艺术与人生发自内心的欣赏。有位光头的瑞典女记者来采访她,她立马反客为主,问起光头的原因,这反向的采访,让她的纪录电影平添一些意外的生趣。

看这类电影,开始会觉得她拍得即兴,深想又佩服她精心组织、布局的功力。因为时时能感到,它们和她、和雅克·德米的作品与生活的呼应。这一方面让人感到,她就是如她自己所言,是住在电影里的人,但同时又不让人觉得,她因此隔绝了与生活真实的联系。

活得久的艺术家,好处是可以不断回望自己的人生与艺术。晚期的老祖母作品,就有这样的岁月沉积。并且她也越来越有老祖母的味道,让人想不自觉地去亲近。关于她留下的诸多影像,尽管《幸福》之类的作品,是如此地让我失语,但这都不影响我愿意同她一起,展开一段段影像旅程。路的尽头未必都有答案,但这本身已具足启示。

因为她说过,她是如此迷失于这个世界,而"静默是如此多问题的答案"。

黑泽明心中的三只虎

黑泽明是日本电影界的"天皇",但做过他的场记、制作人的野上照代却说,黑泽明有三样东西搞不定,一是天气,二是动物,三是音乐。其回忆录《等云到》中讲到电影《德尔苏·乌扎拉》在前苏联的拍摄花絮,那只必须在密林中出现的猛虎,最终还是采用了摄影棚拍摄,且用的是一只驯养的老虎。

很多人认为,片子里的这只虎,象征了主人公德尔苏·乌扎拉对于丛林的恐惧。但是深爱黑泽明,又看过一系列有关他的电影书的我,很想说,黑泽明其实是用这只虎,释放了他内心的恐惧。

说来这份恐惧,已经伴随他好几年了。

一　好莱坞这只虎

1966年，是黑泽明导演生涯的分水岭。之前，他以《姿三四郎》起势，又以《罗生门》，摘得威尼斯电影节大奖，很快拍出巅峰之作《七武士》，之后《用心棒》《椿三十郎》也都轻车熟路，顺风顺水，如此便一路走到1965年，完成拍摄了《红胡子》。

《红胡子》是他与最佳拍档三船敏郎合作的最后一部作品。从此，以野上照代的话说，黑泽明"小心地疏远了三船敏郎"，仅仅因为编剧小国英雄说过一句：三船先生这次表演不对头。三船真是好不委屈，不过已能看出黑泽明是怎样的精益求精。此时的黑泽明，已打算走国际合作路线。1966年，他决定与美国合作拍摄《暴走列车》，自称是"因为小时候就非常喜欢玩机车"。但更深的理由是：人类自己生产出来的东西，有一天突然就像是拥有了自己的意识一样狂奔起来，但是人类却没有办法让它停下来。

想借"一个失控的怪物"，表达人类对机器的恐惧。但他很快就领教了，机器只是这世界上失控怪物中有形的一个，还有很多，隐藏于无形当中，如猛虎般潜伏着，等着吞噬他的电影梦。不顺接连而至，先是《暴走列车》因为各种原因搁浅，接着是1967年，他接受美国邀约，高调拍摄《虎虎虎》，却在剧本阶段屡屡和美国合作方擦枪走火。《虎虎虎》讲述日美之间的珍珠港战役，黑泽明的创作愿望是，"描述被命运捉弄了的一个军人山本五十六的悲剧。在历史的长河中，在这一个瞬间登场又在下一个瞬间陨落的一个人,违反了自己的意愿促成两个国家的激战,也让祖国走向了灭亡的深渊……"但美方的想法是,以日美都认可的方式,忠实地再现这一史实。甚至在美方的构想框架中,山本五十六固然重要,但也只是战争链上的一环而已。

黑泽明剧本中一些关于山本五十六性格塑造的细节,全都被美国一方否决。而黑泽明自始至终误会的是,他是这部片子的总导演。与美方之间的合同谈判,他都交给一个从国外学习电影归来的制作人青柳哲郎。而这位深受黑泽明信赖的青年人,如何让大导演对这次合作误会到这种程度,现在想也是匪夷所思,非一个日美文化差异所能解得。黑泽明在《罗生门》中借三人聊天,反复感叹:"人只会说出对自己有利的东西。"这在他的人生里不幸应验。人最恐惧的,其实是人本身。

剧本不顺,拍摄起来当然更不顺,黑泽明在拍片现场更是频频出现异常行为。一份正式向美提交的拍摄要求上写着:必须给他配备安全帽,必须对他进行二十四小时警卫,甚至睡觉、大小便时都不能缺席。这些在黑泽明看来非同小可的要求,被美方制作人看到,可以想见他们的大骇。堂堂大艺术家黑泽明真就病了,还病得如此不轻?他们之间的合作阴影由此开始加深。

白纸黑字,今天的我们或许只会对这些古怪的要求一笑置之,但设身处地,这又何尝不是深感一切无法掌控的艺术家,内心恐惧的真实呈现?

黑泽明终于等来了他恐惧的判决书。他被告知解除导演一职,此时已经是 1968 年 12 月 24 日。经历了这漫长的合作煎熬,黑泽明并没有如释重负，他的反应仍然强烈："如果无论如何也要解雇我，那我就切腹而死。"代表美方宣布消息的埃尔莫听后答："解雇导演的决定业已传达，此后想怎样敬请自便。"

黑泽明后来果真自杀过一次，不是因为这句话，而是因为他下一部片子《电车狂》（又译《没有季节的小墟》）的失利。

如果想了解黑泽明与好莱坞合作《虎虎虎》的始末，最好关注日本人田草川弘。当年在此事件演进中，他曾被引荐到黑泽明身边工作过。对这事件一直难以释怀，因此后来远赴海外，开掘了很多日本以外的珍贵资料。包括黑泽明的原始剧本，一些留在好莱坞的往来信件等等。他因此而创作的一本书，2012年引介到中国，书名起得很耐人寻味：《黑泽明VS好莱坞》。

在全球电影界，好莱坞已经是势不可当的一只猛虎，令人感慨的其实是，在黑泽明时代，还有这么个不知猛虎为何物的艺术家，与其做了一次壮烈的死磕。这位日本电影界的天皇可以算得上被彻底击败。我们在已拍成的电影《虎虎虎》中，几乎看不到任何属于黑泽明的印迹。甚至后来代替黑泽明完成日方拍摄内容的深作欣二与舛田利雄，虽都身怀绝技，功力不浅，但也像是奉章办事，完成最后剧本交给的任务而已。

资本主义产业奉行"合理主义"，艺术家则崇尚艺术至上，这一永恒的矛盾，在今天更多表现为艺术家的妥协。但我们如果从成品来看，没有黑泽明的《虎虎虎》，也并没有完全胜算。它固然因为再现这一历史事件，而进入战争名片的行列，但以今日技术之日新月异，当年那些所谓的大制作，只能算制作上的小儿科。说有多特色，在在谈不上。因此倒让人悬想：如果真要按黑泽明的方式来拍，会是怎么样。

二　艺术这只虎

撰写回忆录《蛤蟆的油》时，黑泽明已经68岁了。这个年龄所拥有的黑泽事件簿，当然应该有这部《虎虎虎》。但有意味的是，黑泽明提都没提它。相反，他对《德尔苏·乌扎拉》说了这样一段话："我这条鲑鱼没有办法，所以才远适异域，溯苏联的河而上产了卵，这就是《德尔苏·乌扎拉》。"

这里其实话里有话。黑泽明26岁进入日本电影界，也算是与日本电影发展载沉载浮。经历过黄金期——上世纪五六十年代，但也不幸遭逢它的重创期——随之而来的七十年代。这一时代是电视业的上升期，电影业所面临的是公司以及作品产量的锐减，不仅原先的制片厂体制在崩溃中，与之相伴的明星制度，也同时消亡。虽然早在1959年，黑泽明业已成立自己的黑泽电影制作公司，但是，这说来也是不得已为之，一方面是因为，他有那种对电影艺术完美至上的性格，另一方面，与他合作的日本电影公司，也不想为他耗尽财力。与黑泽制作公司合作拍片，其实是希望把一些制作成本，让艺术家自己来承担。根子上仍然是艺术与产业的矛盾。

与美国合作，当然是他突围的一招，没想到出师不利，瞬间就将自己的事业推入低谷。残忍的票房又雪上加霜，完全不顾及艺术家的自尊与艺术上的孜孜以求，这就是1971年，黑泽明的

《电车狂》所面临的境遇。我们今天重看这部被冠以黑泽明第一部彩色片的电影，虽然没有黑泽明早年武侠电影那种明亮欢快，但经由人工合成的色彩画面，也还帧帧精美，人物服饰与场面设置，都有着精妙的对应。伴淳三郎与藤原釜足的表演尤其可圈可点。黑泽明在此片所倾注的对底层边缘人的同情与悲悯，被回报以惨淡的票房。他就是在那一年岁末自杀未遂。联想黑泽明晚期电影《梦》中，梵高回答青年人割耳之事，也仅仅是因为画不好，也就能理解他为什么如此决绝。

电影艺术，就是黑泽明那只耳。拍不好，以命了断。没什么说的。

"电影这东西，我还没能掌握好。最近，我感觉在镜头与镜头的接头上，似乎隐藏着电影的秘密。"野上照代曾记下他临终前一次生日宴上说的这句话。而我在另一部有黑泽明女儿出现的有关父亲的纪录片上也听黑泽明反复念叨：我要拍有美感的电影。其时他正在拍《八月狂想曲》，算年龄，已过八旬。

80 岁的人还壮心不已，反复谈到他对剧本、音乐、灯光、置景、表演的想法，一个场景反复拍几次。这时的他，已经熬到了国宝级的位置，再不用担心没人给他投资拍片了。

但是，他征服了心中艺术那只虎了吗？估计仍然没有定论。

很多导演在片场，都疯狂暴躁得不可理喻。黑泽明的不可理喻，与他合作的音乐人、编剧都深有体会。

桥本忍学习编剧，师从伊丹万作，后以改编芥川龙之介的短篇小说《竹林中》而被黑泽明看中，成为著名的黑泽组成员。他与黑泽明共同写就包括《七武士》《生之欲》等在内的几部大作，声誉大增，按说这样的人当成为黑泽明死忠，但情形不然。仅合作到两三部，桥本忍就嚷着要从黑泽学校毕业，除了那种窝在一个封闭空间大家竞写一个段落的超大压力外，黑泽明后来编剧方式的改变，也是让他内心失望的原因。

桥本忍晚年也写书追忆黑泽明，书名起得更好，叫《复眼的影像：我与黑泽明》。文如其人，恰好可以与野上照代的回忆对照来读。女性的文字注定清新温婉，换句话说，所有对黑泽明不利的隐曲，野上照代都可能善意地规避，或是用文字软化。而桥本忍的文字一向如出膛的炮弹，不愧同为黑泽组成员小国英雄对他的评价：是用腕力写出，自然就更能直接坦率地道出，黑泽明电影风格的演变。

据桥本忍透露，为黑泽明创作剧本，几个编剧最初的合作模式是，一同待在一个地方，桥本忍写初稿，黑泽明在上面修改，最后是小国英雄认可，再接着往下写。虽然也是流水作业，但是，这里面经常存在不同编剧对一个桥段的编写，黑泽明在其中择优保留。有时，初写稿会在后面环节推翻重来，一次又一次，到最后留下的全是充分权衡思虑过的情节对白。

但后来，黑泽明决定采取一稿定稿制，由此拍出《活人的记录》《电车狂》《地下层》等一系列电影。桥本忍对这些电影评价很低，但他在后来，还是明白黑泽明做此改变的原因：以前那种，对于电影来说稳扎稳打，胜算固然更多，但作为艺术家，就意味着没有意外。黑泽明宁愿选择冒险。

冒险就一定出失败之作吗？至少我不这么看。作为电影人，桥本忍有他艺术直觉的判断，但艺术家的个人喜好，也让他不像观众观影，能容纳更多。所以，我即使同意桥本忍对黑泽明改变编剧策略的分析，但对他评价黑泽明后期作品，仍持保留态度。

但桥本忍毕竟是在黑泽明身边工作的人，他的观影角度，常常带出他对黑泽明本人的理解。一部《乱》中，那个恓恓惶惶、老无所依的君王甫一出现，他就恍然看到了黑泽明自己。或者准确地说，是窥到黑泽明内心的恐惧。这一点就很厉害。因为那是一个从《德尔苏·乌扎拉》开始奋起，经《影子武士》欲展昔日雄风的艺术家，对他前面艺术畏途的恐惧啊！

艺术之虎在心里催逼，这份压力也传递给黑泽明身边的工作人员。野上照代的回忆文字倒是没有隐瞒，我们因此知道，早坂文雄、武满彻这样的艺术家，也不同程度地被黑泽明的艺术之虎"伤害"。能否和黑泽明继续合作，完全取决于他们各自的性格。最委曲求全的一封信莫如这样：

> 对于黑泽兄出于导演构思的深虑，或许我还有理解不足之处，那样的话，我在此表示歉意。上述问题或许词不达意，只是我的一点感想而已。
>
> 此外非常理想，无可挑剔。
>
> 早坂草字
>
> 致黑泽明先生

早坂文雄，是为《罗生门》的森林行走配过那段著名的西班牙舞曲的作曲家。当然，这依然是黑泽明的创意。黑泽明经常委托音乐家配乐，但自己心中已然有谱，所以不给自尊打点折扣的艺术家，真就接不下他的活儿。

但最深的伤害，还是黑泽明自己在承受。

他是这一切的因，也是这一切的果。

这一点，桥本忍是看到了的，书中，他以一段老师伊丹万作的话，完成了对黑泽明的理解：

> 桥本，痛苦的时候，烦恼的时候，想想黑泽明吧。
> 他这次全心创作的《七武士》，估计会成为他的代表作吧。他自己也无法创作出更好的片子了，一辈子没法超越自己了。但他现在只有四十三岁……今后很长的日子他还要继续做导演，今后要想创作什么，都要承受无法超越《七武士》的焦躁、重压、空虚、烦恼，以及非同一般的懊恼的呻吟……这是神给予创作作品获得声名的人的惩罚……是神的天罚哟。

伊丹先生早于黑泽明多年离世，对于天才的悲剧，他或许是从天上感应。而对于桥本忍，则是从自身。在完成了黑泽组的《七武士》编剧工作后，他一方面感到拥有了再也没什么被难住的雄心，另一方面又觉得，自己再也写不出超越《七武士》的剧本了。

三 巨匠？还是艺术家？

"瀑布来高处，源头之水皆平静，到此成激流。"

《蛤蟆的油》中黑泽明引用此句，开启他对日本文化美的认识。而构建一个属于日本的独特的美的世界，黑泽明的确向世界贡献良多。他把莎士比亚的《李尔王》，化为日本风格的《乱》，把陀斯妥耶夫斯基的《白痴》，化为黑泽明式的《白痴》，甚至高尔基的《底层》，也被他转移到江户的旧棚户区，那里的戏子、补锅匠、房东、房客，一举手一投足，都在描摹一幅日本底层的浮世绘。而他著名的《蜘蛛巢城》一片，你完全可以认为，他是用日本能剧的理念，拍摄了一部莎士比亚的《麦克白》。令人过目不忘的莫过于山田五十铃所演的皇后，她在空荡荡的宫殿说服夫君谋反，伴着佐藤胜的能乐节奏，几个疾步，一个转身，嵌进了金粉般的一双眼睛，配着无表情的一张脸，实在是人类原始欲望的化身。

所以我很想说，当桥本忍对黑泽明后期的电影表达不满时，他很可能忽视了一件事——对于后来的观影者而言，一部电影的意义，并不只在于电影本身，还有一些画面之外的东西，会随着时间推移，显出它另外的意义。而就黑泽明的电影而言，他那些氛围营造，即使是纯自然的迷雾狂风，现在品味，都浸润着属于日本的美。

从平静的源头之水汲取营养，汇成激流，我其实一直关心的是，晚年的黑泽明，到底是平静还是狂放。

黑泽明80岁拍摄《梦》，八个梦，有绚烂也有诡异，一种自传式的表达，凝结着深刻的人类之思。紧接着，又拍了《八月狂想曲》。立志于拍有美感的电影的黑泽明，虽然把日本乡村的景致展现得够美好够恬静，但这部片子的内里，依旧是不平静。不忘原子弹轰炸之痛，这种近似于呐喊的姿态，体现在老妪狂风中的山野行走中。她走得急促而不管不顾，风吹着那把伞，伞身完全已经折向天空……

而据黑泽明自己说，原小说中，这里的道具是白头巾。

明治、大正时期出生的导演，很多都要面临参战的命运。黑泽明、桥本忍都幸运地躲过了这一劫。桥本忍是因为身体有病，黑泽明则是因为有个当过陆军教官的父亲。

没有受到严酷战争的侵害，但也受到战时审查制度的折磨。黑泽明在《蛤蟆的油》中每提到审查官，都能感到气往上涌，血往笔下倾。1943年的成名作《姿三四郎》，就曾遭受审查官面对面的指责，让他想要愤然摔凳子。即使这样，他也诚实地写下："战争期间，我对军国主义是没有抵抗的。很遗憾，不能不老实说，我没有积极抵抗的勇气，只有适当地迎合或者逃避。这是可耻的，然而它是不能不老老实实承认的事实。所以，我没有大言不惭地批判战争时期诸种事实的资格。"

虽说如此，我们还是在他晚年的作品里，看到了他对战争的表达：《梦》中，那从黑黢黢的山洞里走出的战死的幽灵，不知道自己已死，仍然往前走着。迎面相向的人点醒他：你已经死了。仅这一幕，已令人不寒而栗。《八月狂想曲》中，那曾经历原子弹轰炸的老太太,在每一个狂风暴雨的夜晚,都会像处于那场灾难的前夜。战争的噩梦,已把老妪牢牢地裹在过去。而之所以要这么拍,是黑泽导演深感,这份深痛的记忆,正从现实的日本无情地被剥离而去。

作为编剧的桥本忍,后来也成立自己的电影制作公司,也会起用一些导演。有意思的是,和他合作最顺手的大都是黑泽明导演的副导。桥本忍因此与野村芳太郎有过一段电影台词般的精彩对白:

> 桥本忍:"那么,对于黑泽明来说,我……桥本忍,究竟是一个怎样的存在呢?"
> 野村:"对黑泽明而言,桥本忍是不该遇见的人。"

这听来很残酷、很不客气的断言,背后是野村芳太郎的电影看法。他认为,黑泽明因为《罗生门》获得战后的国际电影奖项,从此他也把和电影无缘的思想、哲学、社会性的东西搬到作品中来。每部片子都变得沉重、费解。

> "那你的意思是黑泽明的作品可以没有《罗生门》《生之欲》《七武士》?"
> "没有的话会更好。"

野村的答话真是一句比一句噎人。难得日本还有这样说话不懂拐弯的人。

"即使没有这些作品,黑泽明仍然能成为世界性的黑泽明……不是像现在这样近乎虚名的KUROSAWA,而是会成为更加真真实实的电影巨匠黑泽明。"

深意到此才出。野村是希望黑泽明成为没有"多余夹杂物"的巨匠,而黑泽明偏偏想要成为思考人生的哲学家。

"匠"在日本是个崇高的词汇,它的特质是无我,而艺术家身上则烙着大大的自我。有自我要攀登的高山,也有自我要超越的困境。

如此说来,他在回忆录中不提《虎虎虎》,也是可以理解的。因为相对好莱坞这只产业虎,他心中还有更强大的虎,那就是艺术。

晚年的黑泽明作品,我都有收藏。不仅是《梦》《八月狂想曲》,还包括另一向度的两部作品:《夕阳袅袅情》,以及弟子根据他的剧本拍摄的《大雨天》(也称《黑之雨》)。《夕阳袅袅情》塑造一位从战时日本走过来的德语教授。自己的房间被飞机轰炸,他只怀抱一本书出来,就是平安末期歌人鸭长明的《方丈记》。以古人明志,教授在几平米的陋室潜心作书,淡泊名利。昔日学生年年为他庆生,每次都问他:你准备好了吗?他答:还没。电

影的片名まだだよ，正是"还没"之意。一问一答里，透出生死的达观。

只留下剧作的《大雨天》一片，借助武艺精进却不被幕府赏识的武士，表达了出入淡定的人生态度。而这一态度，通过武士妻子的言语姿态也折射出来。雨过天晴，夫妻二人站在山坡上眺望群山，是这部电影中最经典的画面，因此留在很多DVD的封套上。

将这两部片子与《梦》《八月狂想曲》对比，可以看出晚年的黑泽明，内心仍是在不断角力。一方面执拗地呐喊、前行，另一方面，又有了人生的风轻云淡。

"祇园精舍钟声响，诉说世事本无常；娑罗双树花失色，盛者转衰如沧桑……"黑泽明如此迷恋着《平家物语》，还有这部书的开篇四句，但要让他以佛家的无常观，看待这充满不平的人间，还是难呐。

你只能说，这个名为黑泽明的艺术家，就是这样一边希望一边失望地创作着，也生活着，所以他身上才有遇事业重创就自杀的决绝，同时又有死命从低谷里奋起的顽强。

在他的编剧导演处女作《姿三四郎》中，主人公是手抱木桩身浸荷塘，在黎明时刻，看到莲花绽放。而人生的多少时刻，黑泽明看到过同样的景象，并听到荷花从内里发出的声音？我想这正是黑泽明在经过人生事业一系列重挫之后，所要寻求的初心，在没有最终寻回之前，他愿意自己像《大雨天》中武士那样，在雨天的客栈蛰伏，思考并观察着人群，也窥视着自身。

这初心并不一定与外界的肯定相连。事实上早在上世纪90年代，他就以终身成就奖得主的身份，出席过奥斯卡颁奖晚会。但他或许想要的，仍然是那个内里开花的确证。那曾是他写给姿三四郎师傅的一句台词：你看那在神社前祈祷的女子多美，她美在无我，许愿时已抛弃了自己。舍弃自我而跟神合为一体，这种美比任何都强。

曾经的副导小泉尧史、与他合作过戏的演员寺尾聪，一同帮他拍出了《大雨天》这部遗作，并在黑泽明离世第二年，在欧洲电影节上映。人们最后报以掌声，是从片子中看出，他已经释放掉心中最大的那只虎——自我了吗？

要知道当年拍《虎虎虎》时，这位世界有名的大导，不仅在乎剧本走向，而且在导演署名顺序上也寸步不让，让美国一方看来，都有些诧异。

毛姆，毛姆

想到与毛姆走近的契机，我得说与《成为茱莉亚》这部电影有关。看高兴了还写过一篇观影感受，大大地将他引为知音。但真正返身读原著，却发现远不是那么回事。

怎么说这种反差呢？电影是那样的励志，还营造出只有戏中戏才能带出的强烈喜感，小说则像一个多年混迹于戏剧圈，对其中的林林总总内幕见惯不惊的幕后人士所书写的一段风流逸事。无所谓赞赏谁或者贬抑谁，茱莉亚舞台最后的一箭双雕，只是经验老到的女演员，在台上抢风头的拿手好戏而已。

看电影无疑让我血热，但毛姆的小说则让我看到演艺事业背后虚荣、庸常的一面。职业演员是否正像他在自己的随笔中所说，无所谓真实的自己？"因为伪装是他们的真实，他们也就可以把真实看作是伪装。"他们有灵魂吗？有这样疑问的毛姆，实在"毒"

了点。呵呵。

为什么电影与原著给人的感觉不一样,我大概是这两年才慢慢在想这件事。

这两年,也恰好是接触到更多毛姆的随笔作品的时候。他的《随性而至》,他的《观点》《总结:毛姆写作生活回忆》(简称《总结》)都一股脑儿出来了。读这些书,再把所有毛姆的小说都找来重看,突然想到句老话:心境到了,茶就出味了。

一 "正常的事情也是世上最稀有的事情"

毛姆被喻为人性的解剖师。他的小说雅俗共赏,笔锋犀利,而又不给人刺痛感,皆因为他在他的人物身上又注入了些许幽默。这幽默根柢是来自毛姆本人的,非常能传达他对人性的看法。在他的《总结》一书中他不断提到,"人类最让我印象深刻的地方主要在于他们缺乏一贯性",所以他能从恶棍身上看到自我牺牲,从窃贼身上看到性情温柔。"我的观察使我相信,总的说来,好人和坏人之间并没有道德家使我们相信的那么大的区别。"

而真要在心里认同、接受这个观点,老实说还有待时日。我曾深记,在我大学刚毕业时,一位兄长般的朋友曾对我说:你一定要读毛姆。可是,他的教导我并没有认真听取。因为在我当时的阅读认知里,毛姆固然不错,但是也并非到了一定要读的程度。和他比肩齐名的作家多了去了,为什么一定要读他呢?更重要的还是,我那时很贪恋一些情怀饱满、笔触充满激情的作家的作品,比如罗曼·罗兰《约翰·克里斯朵夫》那种。每每抄录其中一些段落，胸中都会涌荡起一种涉水前行的勇气。相比之下，毛姆的文字不动声色得让我有些疏离。

但你得承认，时间与阅历就是这么个东西，它让那些曾经眼中的理想人物，渐渐不完美；而把以前所视的平淡与庸常，变成另一种兴味。后者确实有时让你对人性的善恶产生迷茫，不知老天是用怎样的勾兑法，兑出个其中的比例。这时读毛姆，会特别欣赏他那种不愠不怒的持平态度。

而这种持平，又完全不是上帝式的俯视与宽宥，你很能看出，青年时期的医学背景与病房问诊经历，对这位前医学院学生认知的铸造。一个早年的例子是，他在医学院做学生。有次做实验，导师让他寻找一根神经，他怎么找也找不到。后来老师给他指出来了，他当时表示惊讶：这个地方不对呀。但老师强调：这个世界上，正常的事情也是最稀有的事情。

我想1892年他在圣托马斯医院病房工作的深刻经历，大概使他更确认了这一点。

所以，也许我们可以惊讶，他的小说《寻欢作乐》中，会出现这么一位功成名就的作家。他写了一部作品，讲妻子在孩子早夭之后，没有与丈夫守在一起，而是一夜在外，喝酒，并让一个男人把她带走。清晨返回家，丈夫也没问什么，只是说：早饭做好了。毛姆用叙述人的口吻，提及这部小说出炉以后所引出的责难，但同时又借作家前妻罗西之口，证明这是他们夫妻间曾经历的一件真事。罗西在晚年亲口承认，出走之后的事情尽管出于想象，但也与真实相距不大。

虽然这一笔，是书中作家的作品虚构，但我相信毛姆如此写，心底并不带任何责难。还是那句话：不正常，是世间最正常的事情。我之所以相信这悲恸之夜女主人公会有这离奇的举动，是因为在我的生命经验与观察中，悲伤确如一片深海，溺在其中的人如果还有求生的意志，他必须适时地离开。人类在多少代的繁衍中，也的确形成了一种特殊的自我保护机制，让人们用种种不可思议的方式阻断与悲伤的联结。甚至包括寻欢作乐。

二 "死的却是狗"

带着"正常的事情也是世上最稀有的事情"的回响，阅读他的小说《面纱》，再看据此改编的同名电影，其间的出入我似也有所解。

故事的轮廓大抵相似，一位细菌学专家，带着情感出轨又被他撞见的妻子来到中国疫区，在救死扶伤工作中，医生染病死了，妻子带着身孕离开。

小说中，这一对夫妻共赴灾区，他们的关系在明眼人看来，的确是出了问题，因为妻子那么美，丈夫却从来不正眼看她一眼。妻子发现有孕，丈夫问到底是谁的，妻子不置可否，她甚至不想用谎言来换取丈夫暂时的欢心。丈夫临死前说了一句："死的却是狗。"

好无来由一句话，好在书中对其注明了出处：引自一位诗人的诗句。一个好心人领养了一只狗，起初相处融洽，后来结仇，狗咬伤了人，大家以为人会死，结果是狗死了。"鸟之将死，其鸣也哀，人之将死，其言也善。"可是这句话由一个临终之人说出，还有怎样的深意呢？在医生身边的韦丁顿，则用言语暗示：不知医生是意外受到感染，还是拿自己做了实验。这句话，可真有得想呢！

无论怎样，毛姆都让人看出，这位病菌学家带着妻子不惜万里来到中国疫区来救死扶伤，动机并非全然的良善。而妻子对丈夫的态度也始终明确：她此生的确没有爱上这个人。或者说，即使在目睹了丈夫的善行与修女们无以复加的赞美与崇敬之后，灵魂要求她爱上这个人，但是肉体并没有。而她的肉体，在她回到上海，被邀请住在情人家时，又一次与曾经的情人有了床笫之欢。也就是说，精神上有巨大屈辱感，肉体却鬼使神差地自行行动。如果这个段落在我年轻时候看到，我不知会多恨毛姆，为什么如此轻看女人的意志？！但在今天这个年纪，我只能说，毛姆真厉害。在每个完全可以模糊滑过的人性际遇下，他都毫不手软——可以想象，如果电影剧情真的就朝这个方向走，那貌美的女主人公会多么不得人心。

所以电影处理得很唯美、很小心，夫妻到灾区后慢慢彼此原谅，终达彻底的谅解。妻子后来路遇情人时，也表现得不咸不淡，五岁的儿子事后问她：这是什么人？她答：什么人也不是。这些都很符合一般观众的内心诉求。救赎之路如此清晰，人物情感转变如此有层次，作为一部名著改编的商业电影，它完成了自己的任务。

但说不上有多震撼。小说《面纱》中，还有很多耐人寻味的东西，是电影没有呈现或者说有意隐匿的。比如女主人公在修道院对修女始终都有的隔膜。另外，毛姆还提到了生者对亲人离逝后所感到的隐隐的解脱——先是妻子对医生丈夫的死，后是一生顺从家人需要的父亲对母亲之死。

能公开示人的东西，一般都经过我们的理性判断。某些私密感受，只有小说家能揭示出来。或者说，做过医生的毛姆更能探到肌底的纹路。有祖父律师基因的遗传，毛姆可以在自己的《总结》一书中一针见血地指出："在律师的办公室里对于人性你可以了解很多；但总的来说，你不得不应付的是对自己有完全控制的人。他们撒谎，也许跟医生撒的谎一样多，但在律师那里他们撒的谎更有逻辑，或许律师没有必要了解事实吧。另外，律师的研究兴趣，通常都在材料上面，他是从一个专业化的角度看待人性的。但是医生——特别是大医院的医生——是赤裸裸地看待这一点的。沉默一般都会被瓦解，更通常的情况是根本没有沉默。大多数情况下，恐惧会击垮每一道防线，甚至虚荣心也会被它夺去力量。"

而从医生的角度看人性，毛姆的刀锋，也仅只是手术刀的刀锋，你可以说它切中了要害，但不能说他有多大恶感。的确，读毛姆从来不会带出胸中的愤然，因为你会发现，人性在善恶的摆荡中，也常会出一些意趣。这才是毛姆感兴趣之处，他将之称为幽默。

毛姆的眼中是否有真正的圣徒存在，大大值得怀疑。因为他在《总结》一书里曾不无刻薄地说过："圣徒们以生命献身善业且忏悔已经救赎了他们过去的罪时，折磨着他们的是在内心深处和他们的愿望对抗的这些淫亵、丑陋、卑琐和自私的想法。"敢于说出这番看法，是否来自他在中国游记《在中国的屏风上》中所看到的一位在华传教士的真相？"我看见的是，他的感官所喜爱的，他的灵魂就厌恶。"（《恐惧》）毛姆的小说中少有圣徒。《面纱》中为疫区献出生命的医生不是，《寻欢作乐》中的老作家也不是。《月亮与六便士》中的画家，或许算得上艺术的圣徒，但是，读着小说，你更想将它归为探求艺术家内在天性的一部作品。叙述者"我"代表画家的前妻去履行说服他回家的使命，他们之间的对话神界天问，跳跃跌宕，真是好玩极了——嗯，艺术家就是这么一种不疯魔不成活的物种。

三　毛姆的羞怯及其他

有很多的作家，都有人与文的反差，在写作中勇敢，在生活中犹疑，在作品中无私，在生活中自私。但毛姆所坦承出来的自我缺陷，却拉近了我与他的距离。他说到一个词：羞怯。毛姆的羞怯来源于："我长得矮小；我有耐力，但没什么体力，我害羞；我身体不好。"还有一部分是："即使在我最轻松的剧作里，我因为投入太多的自我，以至于听到它被展现在一群人面前时我会感到尴尬。因为那些都是我自己写的语句，其中有种我不愿与众人分享的亲密。"

羞怯的人还要写作，这似乎是一件矛盾的事。或者说需要另一种意义上的自我克服。毛姆是怎样做的呢？他的方式也是我所心仪的，就是不断处于旅行当中。旅行让人的身份变得模糊，与陌生人的交往也相对变得轻松。毛姆就是在这样的交往中对人进行观察，并做着写作的素材积累。毛姆大概从没有与人维系持久友情的热望，但同时他也肯定不会对谁永怀芥蒂。这是旁观生活之人的好处。

毛姆可以如此利落、干净地处理他笔下的人物，然后率性地表达出他对写作对生活的诸种看法。也可能跟他的羞怯有关。羞怯让他远离社交人群，最大限度地免受公众或某个圈子的影响。看毛姆在《总结》中说，写完这些，他就可以做别的事情了。我就想，已经64岁的他，还有什么，比说出这些人生与写作的经验更重要的呢？

毛姆的写作经验是不能学的，那种写作特质，不仅来自他的经历，甚至和他的缺陷相关。但无疑他的人生智慧却是可以分享的，就隐藏在他对人性基本的判断中，在他对善与罪持平的看法中。

说了半天毛姆，我已经在想象，如果他还活在世间，并在某个场合遇见，我会不会走上前，告诉他我对他的喜爱之情。我想肯定不会。因为那个举动一定会让他不知所措，多少打破了他在暗处观察人的习惯，以及他与人群固有的距离。

但我想在心里对他说：我也和他一样，"最喜爱的是对我关心不多或者是对我毫不在意的人"。

"打开窗,看风"

——再说新藤兼人

我们总是在人逝去之后完整地想这个人。这是个不争的事实。或许生命的句号所预示的完整轨迹在此刻确定无疑,这时候回看他的作品,总会获取以前所没有的目光。

对于我喜欢的新藤兼人,我必须承认,尽管我在自己的电影随笔集《看得见风景 望不见爱情》中提到过他的《裸岛》与《午后的遗言状》,但写作时他还健在,那时我还没有意识,要将他的作品一一看完。现在提笔写这一篇,他已故去三年。而之所以又想写他,是某日在涵芬楼书店等人,一抬眼看到他的《100岁的人生方式》。二话没说就拿下,这种如遇故人的冲动,甚至让我果决地不再买其他。

对新藤兼人电影的爱，不消说来自他的《裸岛》。是在小西天看的，两千年前后。那时的电影资料馆还保持着每周四晚放电影的习惯。有个周四正好是大年三十，阖家团圆的欢庆氛围中，劈面遇上的竟然是新藤兼人的《裸岛》。没有台词，只有水声、桨声、人劳作的声音。濑户内海的这座孤岛，花岗岩土壤根本不适合种庄稼，但独此一家的夫妻二人，还是在这里，苦心浇灌着每一棵秧苗。小儿子死了，父母自然悲伤，但是小小的葬礼后，又是二人在田间劳作。很原生态的感觉，林光的音乐，也像海浪拍打着岩石。饰妻子一角的是乙羽信子，后来成为新藤兼人的妻子。这部电影，据说只花了550万日元，由两个演员及13位工作人员共同完成，但隔着半个世纪的时空看，依旧摄人心魄。浓浓的年气也似被这酷悍的大自然逼退，全场屏息，注目并礼赞这再怎么样都要坚忍地活下去的生存意志力。

新藤兼人的电影，后来陆陆续续都在搜集，但对照书后的作品年表，仍然遗憾未看过的占十之七八。只能告慰自己说，他晚年的两部重要作品，还是有幸看到了。一个是《午后的遗言状》，一个是《一枚明信片》。因为写过他的《午后的遗言状》的文章，2012年听到他去世的消息，我耳边响起的倒是剧里的台词：就活到这里吧。是一些活明白了的老人写遗言时洒脱的语气。如果排列对他电影的喜爱程度，我现在仍然想说，这部有关老年人衰老与生死的电影，仍然会在最前。那是他八十多岁所拍，拍完不久，爱妻乙羽信子即告别人世。

我总认为，对一位世纪影人来说，以这样一部电影为艺术做结，足以告慰其努力奋进的一生，但没成想，他后面又连拍好几部，98岁高龄，又以45天的速度拍出《一枚明信片》。古罗马那个哲学皇帝马可·奥勒留，曾提醒人们说："我们不仅应当考虑到我们的生命每日每时都在耗费，剩下的部分越来越少，而且应当考虑另一件事情，即一个人竟然活得久些，也没有多大把握说理解力还能继续足以使他领悟事物，……因为他将在排泄、营养、想象和胃口或别的类似能力衰退之前，就开始堕入老年性昏聩……"老年性的昏聩，有时看看眼巴前一些还不到八十岁的艺术家的作品，就已领教，但新藤兼人至老都没有。

虽然是很多导演都拍过的反战题材，但新藤兼人的切入角度仍很独特。"今晚过节，但因为你不在，我感到很无聊。"一位妻子写给前线丈夫的明信片，后来辗转通过战友重新递到她手上。而这时，她已经在战争中失去两任丈夫，且是一门兄弟。公公死后，婆婆因不想让这个家的倒霉运气拖累儿媳，上吊自杀。但她并没有离开这间大屋子，用她的话说："我会诅咒着战争活下去。"明信片的素材，取材于新藤兼人的战友。日本战败前夕，他所在的部队100个人通过抽签决定命运，94人赴东南亚前线而死，6人留在本土，因此活下来。而他自己恰就是这6人中的一位。拍出这样一部电影来反思战争，我所看到的，是和他40岁时为其家乡广岛所拍摄的《原爆之子》一脉相承的平民关怀，以及对底层生命最深切的理解与尊重。日本战后的历史，可以说已经翻转了好多回，但新藤兼人是坚定的反战者。《一枚明信片》里有普通人被下达征兵令后的无奈，也有妻子两次迎接丈夫尸骨的哀戚。

那两组出征仪式与尸骨送还仪式的剪辑,无疑深藏着新藤兼人对这场战争巨大的讽刺。我甚至从他所拍的古代题材电影《鬼婆》里,都能听到他的弦外之音:"那些战争狂把国家烧成一片荒野,战争也变成一种买卖。"而在《原爆之子》中,他为那被原子弹毁了容,只好将孙子托付出去的老人所写的临终台词,也无疑是自己的心声:战争,混蛋,臭虫……虽然我一向认为,用影像表现自己国家那场失败的战争,对很多日本导演来说,有一种挑战的难度。但新藤兼人最后这部片子,却还是拍得入心。近百岁的人生经验,熔铸于此片,里面的人情世故,甚至是性的拿捏,都恰到火候。悲中有喜,笑中带泪。

"性"其实是日本很多导演都有的标识,但一路看过来,我还是认为,新藤导演银幕上所表现出来的裸体与性,最自然、最坦荡。无论是老还是少,男还是女。评论家四方田犬彦曾在其《日本电影100年》中拿他和同受沟口健二影响的导演增村保造相比,称他们虽都对性有强烈表现,但新藤兼人"并不肯定个人的欲望本身,而是热衷于将其放在社会环境中作为阶级产物加以观察"。不过我看他个人的导演阐述,仍能感到,他对原始的性,并不那么全然否定。比如《鬼婆》,他就表示,其中一个意旨就是要表现"人们对性的达观"。而我们通常对此片的解读则是:欲望的深渊。

书中他也没回避谈性,而且联系到自己。世人都知道他和乙羽信子是银幕搭档,却不一定知道,他们相爱时,他还处在第二段婚姻当中。和信子"因性结合,爱从性生,这让我痛苦。一边背叛善良的妻子,一边与乙羽保持关系。对于我来说,深究性的问题，只是一种自问"。我现在倒觉得，这种对性的矛盾态度，正好成就了他作品中性的光彩与张力。

  日本的电影导演多有师承，不过如果不是看过那部《沟口健二：一个电影导演的生涯》的纪录片，我其实很难将新藤兼人与其老师联在一起。沟口无疑是一位将日本的古典世界拍到极致的人。但作为弟子的他，并没有沿袭老师的风格。和几位同好成立近代映画协会，他走的是独立制片的道路。这条道很艰辛，也使得他的电影少有大制作，但却个性十足。《鬼婆》之凌厉，《原爆之子》之悲悯，《裸岛》之坚忍，基本上都是人生苦境，反而是晚年的《午后的遗言状》，拍得温暖而通脱，是我看得最赏心悦目的一部。

  《100岁的人生方式》，对其从艺历程、剧本创作、兼导演方法都有提及，既是一本谈艺录，又是一次人生总结。"这世界是泥沼，你做好思想准备了吗？"这句话，颇有一种和年轻人恳谈的意味。我喜欢这种三言两语中所透出的诚恳。

  不知为什么，生活中常见的中国腕级的导演，阐述起自己作品来都很有一套说辞，观其作品，则又和这些深刻的思想言语对接不上。这时候，你只会转来敬重日本那些老导演。他们的文字言语真的很少做深刻状，留下的作品却一部部耐看。

  最近因《道士下山》，看到有人在影评里写："电影是一门成全年轻人的艺术，与年龄和阅历没有特别直接的关系。"而我在《100岁的人生方式》里看到的则是，2012年他以《午后的遗言状》获日本电影学院奖最优秀作品奖，报纸刊登了他与一名7岁获奖小演员的合影。"7岁的女孩沉醉于表演这门表现艺术的绝妙之中,99岁的老人沉醉于导演这门艺术的绝妙之中",他由此觉得,电影的世界确实不同于别的艺术领域——以工作结果决定胜负,不管你是77岁,还是7岁。

原来新藤兼人始终有此觉知。甚至不止于这些。为朋友搬家,他题写:"打开窗,看风。"本有条件住一个大一点的公寓,但他不住,怕因此人会变得傲慢起来。"我认为,《一张明信片》里,我死去的战友,以及平凡的大众才是创造日本历史的主人公,他们和我母亲一样,只是本能地哺育孩子,没有什么工作意识,没有发表过任何意见,日复一日,年复一年地平平常常地生活,然后死去。""这才是人活着的真正的姿态,我想表现的就是普通人的生活。我热爱他们,担心如果住进大房子,就会看不到他们身上的诚实和真挚。"

诚实和真挚,在我理解,从来不是房子的阻隔,而是艺术家心里有没有的问题。就作品来看,新藤兼人一生都是在"打开窗,看风"。所以他的电影里永远有俯身耕作的身影,有处于低处却怎么也要活下去的人们。

山川异域，风月同天

现在还读井上靖，是不是有些 OUT？但是我还是要说，他与中国的关系才真是密切久远。敦煌、楼兰、孔子，还有鉴真和尚，这一位历史小说家，可是把太多的笔墨倾注在中国的历史与人物身上。不让你觉得隔，是因为井上靖式的谨严，似乎无一字无来历。动人的还有那种素朴而低回的叙述姿态，有如日本寺庙泛着草色的矮屋顶，初看不夺人耳目，看久了却会动容——我看《天平之甍》时，常按不住心绪潮涌。有时竟是因为某一句简单的应答，或者某一个人物微小的行动。

将《天平之甍》拿来重读，是六月从日本回来。没有想到的是，四月末，我第一次到扬州；六月初，就到了奈良。这鉴真东渡的起点与终点，一瞬间让我宛若回到久远的时空。也让我第一次意识到，这是一幅浩瀚的时空画卷——一边连着大唐，另一边连着日本。其间活动的身影岂止鉴真一位,还有他的弟子,以及诸多日本遣唐僧。

普照与荣睿、戒融与玄朗,是井上靖小说中,最初映现给我们的四位日本僧,写着无限求知欲的面孔,正好是奈良时代日本该有的气息。故事起始于圣德天皇天平四年,公元732年,大化革新之后不到九十年,唐朝的纪年里属于开元年间。"灿烂的王朝",是从日本人眼中看过来的景象。它所激发的,正是这些年轻僧侣,"从地大物博的唐土该汲取的必须要汲取"的渴望。而那时的大唐,也就这样大度地接纳。时代的氛围,会塑造一种宏阔的胸襟,到今天,已经不可想象。

虽身兼同一使命而来,人还是各有不同。井上靖以寥寥数语,写活他们的形貌:荣睿、普照一心学习佛法,时时想着自己的使命。戒融想用自己的脚步遍走这广阔大地,之后做了云游僧。玄朗最初觉得"日本人离开日本,无论如何无法过真正的生活",后来却在大唐娶妻生子,最终没有返回故乡。

鉴真和尚出现,已经到了第二章。井上靖照旧没有浓墨重彩,但每写一处,都好像笔力千钧。他的果断,在扬州大明寺,听完日本僧一番诚挚的邀请后便已显出:"是为了法。即使有森漫沧海隔绝,生命何所惜,大家既然不去,那么我就去。"

六次渡海,历时十余载,这期间荣睿死于桂林,鉴真目盲。也有人全身而退,日本僧侣业行,退出的理由最特别:若与鉴真同船,遇险,大家肯定先救鉴真,那我多年抄的经卷怎么办?

一部小说,人物尽皆为僧,却每一个都神形俱现,井上靖让我真有说不出的折服。业行，无疑是井上靖这部小说中，写得最好的人物。他写业行到大唐几十年，仍然是一张不沾大唐气息的脸。不问世事，只埋头抄经。抄经完后再画仪轨，普照来访，"业行转头，探望来访者，瞬间普照似觉业行的脸有血流着，但不久即知那是嘴边沾着红色及蓝色的颜料。业行手上执着画笔"。这几笔既虚也实，"血"的意象分外鲜明。

普照是前后贯穿的人物，越到后面越形象鲜明。守着业行的经卷渡海，波浪湍急时，船工让把舱内货物扔掉，普照只说一句：不得抛弃。他后来也像业行一样抄经，于是便有了这样的感慨："鉴真的东渡赴日，与业行一字一句不易地抄写的庞大经典之山，普照没法正确判断究竟哪一样对故国更有价值。普照只知道，这边是一个人于其一生中摒弃了人的生活，全力以赴，那边是牺牲了两条性命与多人长久的流浪才换取得来。"

鉴真初到日本，最初是在东大寺设戒坛讲法。而我是在雨中来到的东大寺。远眺大殿的翘角飞檐，一瞬间想到的是长安。历史深处的纽结，有时会在一瞬间发生作用。也或者因为，现实中的西安，曾是我生于斯长于斯的地方。如此时空的置换，也让我对书中有些段落，格外心有戚戚，比如荣睿身处唐土听鉴真讲法，突然觉得自己像是身处奈良。而普照归国，"说唐语比日语来得习惯……不管面对谁都没有面对鉴真时的从容……赌几十年的生命于中国大陆的流浪生活，已成为一条不能言喻的系绳，把普照与唐人僧他们连接在一起"。

鉴真身殁，"死后三日，头部仍然温暖。因而久久不能下葬"。

这饱含感情的描述里，有弟子真切的感受，我读至此，也似有一股温暖，透过纸页传到指尖。我甚至在想，如果业行没有死，而是回到日本，他定不会就那么执拗地认为，唐土对于他们，就只意味着那些佛经的存在。

鉴真东渡，是因为他知道那个时代的日本，尊崇佛教，那时的皇室王子也曾做袈裟赠僧侣，上面绣这样的字："山川异域，风月同天，寄诸佛子，共结来缘。"应缘而去的鉴真，和他那些弟子一起，映现了"山川异域，风月同天"的佛子风光。只是这些放到今天来看，都变得遥远。但无论如何，它也是历史中曾有的风景，我们借井上靖的史家之笔重温，也像是面对一艘载着人类最高远梦想的航船渐行渐远。

20 世纪，怎样记忆？

——一份托尼·朱特留下的思想遗产

20 世纪像一列轰轰烈烈的火车，渐渐驶离我们的视野。但总有人在提醒我们：它依旧是一本未曾合上的书，和我们有千丝万缕的联系。托尼·朱特是做这样提醒的思想家之一，尽管他的提醒被更多中国人关注到时，他已经不在人世。很多中国读者如我一样，是从他生前最后一本书《沉疴遍地》（2012 年 3 月出版）开始，感知他思想的可贵，进而读到今年出版的《记忆小屋》与《重估价值：被遗忘的 20 世纪》。阅读托尼·朱特，不仅会引发思想的共振，其不可思议之处还在于，你明明知道，托尼·朱特致力于欧洲问题和欧洲思想研究，这几本书也全都是他这方面思想与记忆的结晶，但是它们惊人地让你心生亲切，甚至觉得它与当下的中国，也有关系。

这或许因为，他的言说不仅具有整个20世纪的广阔视野，涵尽了这个世纪各种思想资源，也因为他天性中的"理解的同情"，使他能够在对过去一个世纪的重大历史事件与人物做勾勒点评时，不见粗暴的厉言指斥，相反，只有细致准确的梳理与解读。读《1940：法国的溃败》，我们俨然又沿着法德战争的进程走了一遭。读《阿尔贝·加缪："法国最好的人"》，我们似乎才真正理解加缪——不只作为哲学家、小说家，而是作为"一种清晰的道德声音"的存在意义，也就更能理解他的遗作《第一个人》所描绘的法属阿尔及利亚人的真实处境。埃立克·霍布斯鲍姆、汉娜·阿伦特、爱德华·萨义德、米沃什……这些堪称20世纪最复杂精微的"头脑"，也就是他这样的智慧大脑，才能对他们做精确的探测，让我们领略其精华，并窥到他们与特定历史相连的轨迹。

或许，心生亲切还在于，在他的文字中，你始终能感到一双眼睛的温度——在饱含忧思地注视了过去世纪的浮沉起落之后，他不是想责备历史中的人类做错了什么，而是想提醒新世纪人们，该怎样转历史的教训为财富，因应未来的挑战。21世纪的人，在他看来，无疑显得过分盲目，也过分自信，因为他们相信新纪元的挑战都是新问题带来，因而需要新的方法来解决，由此决然地否定、怀疑，并切断与过去思想资源的联系。所以他一再说，那个逝去的世界，同时也是我们失去的。他一再说，我们需要不断地回溯到历史，因为问题的复杂性永远存在。我们需要不断重启关于政治、政府和公共生活的对话，因为所有的"默认值语言"

都可能潜藏着新的危险。

托尼·朱特不仅有史家的才华，同时还有文学家的天赋，他丰饶的思想总是通过丰饶的笔触传达出来，其行文不仅曲折有致，而且能够顺利地和读者搭建沟通信任关系。对于有些著述者来说，要达到这一点，必须靠他们的思想与读者的高度共鸣，但是在托尼·朱特这里，或许只要展现对事实的陈述方式就足够。我们时时能感受到他言辞的恳切，因此我们愿意进入他思想的腹地与幽谷，即使很可能，我们就是被他批评的一方，也似乎照样心悦诚服。这究竟是怎样的魅力？也许他的随笔集《记忆小屋》可以做出解答。这是他最后的回忆文字，却不经意成为其他几本书的互读文本。它等于用另一种文字告诉我们，一个人如何从他的生命经验出发——而不单纯是从理性与概念——催生出那些值得信赖的思想。

而那些思想与其生命之间的关系，又远不是我们所设想的那么简单。论证这一点，我们需要把有关托尼·朱特的一些事实放在最后来说。这不是为了故造悬念，而是怕某些事实会干扰我们的判断，或者让谈论他的重心偏移。

事实上，这也是托尼·朱特喜欢用的手法。《记忆小屋》中有一篇他就是这么做的。如果你顺序地读《托尼》此文，你会感觉它是对犹太民族处境的一次深刻反思。而且是从犹太人被纳粹屠杀的各种纪念谈起。"现代犹太人之所以为犹太人，依靠的是存有的往昔记忆。做一个犹太人很大程度上是去铭记这身份意味着什么。犹太教拉比的训诫中，真正最持久也最独特的一句是 Zakhor——记住。然而多数犹太人虽然听话,却不知这句话具体对他们作何要求。我们便只是一个记住了……某种东西的民族。""从这点上来说,美国犹太人本能地揪住犹太人大屠杀不放,倒是做对了:这样便给犹太人提供了身份的参照,朝拜的地点,祭典的事例以及道德的引导——且帮助他们贴近历史。然而反过来说,他们也犯下了大错:将祭典的手段和目的混同了起来。难道我们之所以是犹太人,只因为希特勒曾煞费苦心铲除我们的祖辈?如果我们不能超越这个认识,我们的子孙后代又有什么理由与我们同根?"在托尼·朱特看来,20世纪的很多纪念,都是这样根据时机、逐步地有选择地认可和回忆苦难,而这些"都不能强化我们对过去的评价和意识","由此导致的一种拼镶画面无法使我们拥有一种共同的历史",反而将历史与我们隔离。托尼·朱特称这样的纪念是在强化"辛酸的自我认知"。但回过头来说,别忘了,这篇文章的标题可是叫作《托尼》。直到文章最后,他才说,他在开头引出犹太人话题的托尼·阿比盖尔,他父亲的堂兄妹,"于1942年被转移至奥斯维辛,因其犹太人身份,死在了毒气室。我的名字是按照她取的"。

正是这最后短短的陈述,让我把这篇文章读了一遍又一遍。并且对拥有这样身世而做出这样思考的人心生敬重。而托尼·朱特的很多文章,都有这样的回旋效应。

而我最后想说的有关托尼·朱特的事实是,这个有着犹太血统而又最后生活在纽约的欧洲人文主义思想家,2008年被查出患有肌萎缩性脊髓侧索硬化症(即目前医学无法治愈的渐冻人症)。《记忆小屋》与《沉疴遍地》是他患病之时的著述。

　　疾病看来并没有影响到他大脑的思考质量，同样，他也没有在《记忆小屋》中，大书特书他的病疾。

从一个人身上辨出契诃夫

1月24日,在人艺看话剧《万尼亚舅舅》,三小时的剧长,李六乙竟一处也没舍得删。结束时已近晚十点,出剧院才发现下雪了,薄薄的细雪,每个车顶上都敷了一层,在夜灯反射下,闪着碎银一般的光。那一刻,感慨万千,似乎第一次看清,契诃夫已经嵌入我的生活很多年,不是通过书斋式的阅读,而是通过这一道道四面八方折射过来的光。

我得到的第一本与契诃夫有关的书,是童道明先生的《惜别樱桃园》,1996年出版,由他签送给我。那时还不知,一个学者早年留学前苏联的时候,就已决定把自己的一生和契诃夫联系在一起。如此全身心地阅读,如此毕生进行翻译——我所拥有的很多契诃夫的书,都来自这种因缘。直到有一天,我又看到,童老师拿出了他创作的剧本。是在他退休之后,或者说,退休是他的一个转折点，从此他不再做别的文章，他只做契诃夫，而且是以创作剧本的方式。不是这样的灵魂相应，很难想，一个人在晚年要冒这样的风险。剧作家不是评论家，有人来请，有人感谢。创作了剧本还得有人看上，有人愿排愿演。还好童老师两部戏——《我是海鸥》与《爱恋·契诃夫》都登上了舞台。

和童老师交往，最初是编辑和作者的关系。做编辑需要约稿，我约他写的，大都是契诃夫。写了那么多次契诃夫都不重样，他可真像一口源源不尽的井。而更特别的又是，他写作，至今不用电脑，稿子都写在稿纸上，所以我这做编辑的，约了稿就必须取稿。天气暖和的时候，我们在他家楼下的藤架下交接。怕我认不清字，他总要把手写稿读一遍，即兴发挥，再讲点契诃夫的迷人逸事。对我这酷爱买影碟的人来说，就等于同时奉送了正片之外的花絮碟。我由此知道了契诃夫与托尔斯泰、高尔基之间的友谊，也知道他深爱的两个女人，一个成为《海鸥》中妮娜的原型，一个在舞台上参与了这个剧的演出。很多的花絮是后来才被播扬的，但在我这里，它们早已通过这种方式，潜移默化地融进我的精神血液，和契诃夫的精神气质相关，也其实能概括童老师的精神气质。

《万尼亚舅舅》上演前，我照旧想请他写篇文章。因为李六乙这个戏，剧本就是请他翻译的。取稿的那天天寒地冻，交接当然就在他家里。这次他没有读给我听，而是说：你来读吧。看他坐在沙发上，已做好了聆听准备，我便也坐下来开始读。稿子共四页，写在印刷品的反面。字小，里面涂改无数。念起来打磕绊时，

他会帮我辨认。里面照旧有一些契诃夫的引文,念着念着,我竟也像舞台上的演员一样动起情来:

> 我们要活下去,我们要度过一连串漫长的黑夜,我们将会听到天使的歌唱,我们将看到镶满宝石的天空,我们会看到所有这些人间的罪恶,所有我们的痛苦,都会淹没在充满全世界的慈爱之中,我们的生活会变得安宁、温柔,变得像轻吻一样的甜蜜。

这是剧结尾时,索尼亚对万尼亚舅舅念出的台词。很快我就有机会,听演员将它念了一遍又一遍。先是看了彩排,当然是借了童老师的光。虽然去之前我曾犹豫,这种不穿戏服的剧透式观看,会不会影响我正式看戏的情绪。但是,看完我就不后悔了,因为只有彩排,你才能看到导演与全体演员戏结束时那涔涔的泪光。他们真入戏了,连我一向熟悉的濮存昕,都变成了不折不扣的愁容骑士。不短不长的头发,怎么看都乱糟糟,以至于正式演出前,我从他手上接过票,赶紧就离开,好像不忍面对这个被生活打败的万尼亚舅舅。

若做回忆,这么多年在北京上演的契诃夫的戏,尤其是人艺舞台上那几出,我差不多都看过。能体会到的神奇之处在于,一个演员接了契诃夫的角色,那角色就好像住进了他的身体。换句话说,它一定会把他生命中某些部分给唤醒。而如我这样的观众,便常常能从戏里看到戏外的联系。在我看来,扮演索尼亚的孔维，排练时的感觉要比舞台上好。或许因为不穿戏服，不打灯光，我始终能感到她那种因为年轻，因为缺乏历练而有的怯生生的劲儿——而这又是很合这个角色的。童老师告诉我说，她也的确十几年没有在舞台上演戏了。真实的演员生活，并不像娱乐新闻渲染的那样光鲜。寂寞与等待，属于大部分演员，所以听孔维演的索尼亚劝舅舅：要活下去。要忍受漫长黑夜，要耐心忍受命运给我们的考验。我总是觉得，那也是她说给自己听的。

至于濮存昕饰演的万尼亚舅舅，用一位老观众看完后诙谐的说法，他就是在舞台地板上睡了几觉，然后激烈地朝怨恨的人开了一枪。多年前爱上的一个女子，再次来到他替死去的姐姐苦心经营的庄园，已经成为姐夫的娇妻。而这做教授的姐夫，曾经是这个家族集体崇拜供养的偶像，现在，这种光环在万尼亚心中，已然像肥皂泡般碎掉。深感岁月蹉跎的万尼亚问自己："我今年四十七，如果能活到六十，我该怎样度过这么长的时间？"听到这里，我脑子里想的是，濮存昕已活出六十，他那从四十七到六十岁的人生，是否会在脑海里过一遍。

契诃夫的台词，总是像小提琴的乐音那样纤柔、细腻而又肌理丰富，不经意间就能将人的心弦拨动。"您能勇敢地解决一切问题，但亲爱的，您倒说说，这是不是因为您还年轻，还没有来得及品尝任何一个生活难题给您带来的痛苦？您能勇敢地朝前看，这是不是因为您还没有看到和等到任何可怕的东西？因为生活的真相还没有暴露在您年轻的眼睛里。您比我们勇敢，比我们诚实，比我们深刻，但请您好好想想，请您拿出哪怕一丁点儿的同情心来，可怜可怜我吧。要知道我出生在这里，我与父亲和母亲在这里生活过，还有祖父，我爱这所房子，失去了樱桃园就会失去我的生活的意义，如果一定要卖掉，那么把我连同这个园子一起卖掉好了……要知道我的儿子是在这淹死的……"当年看完《樱桃园》，这段台词就常萦绕于心。到了《万尼亚舅舅》，刚愎自用的姐夫也宣布要卖掉这个庄园，便能体会万尼亚舅舅失控的愤怒。索尼亚一再劝父亲"您要仁慈"，"我们没有白吃面包"，后一句每一次听到心都会痛一下。

一百多年前的契诃夫，似乎已预知今天的我们，注定要做无家别。而切断我们与现实生活根基联系的人，似乎裹挟着一股莫名而不可挡的力量。这无处依傍的精神之苦，正是《万尼亚舅舅》中叶莲娜说的：这个屋子不安宁。

看这出戏，老早我就约了一位远方的朋友。她答应来看，并做了无数提前的准备，到跟前却来不了了。原因之一是：她所在的城市刚刚经历踩踏事件，情绪还没缓过来。我理解，但也百感交集，原来，看一出确认我们灵魂不安宁的戏，也是天安地宁才能做的奢事。

当然，很多人并不觉得契诃夫需要这样了解。我看演出后发微信，有朋友立马晒出网上找到的全剧本——可惜和这个剧本有出入。但那不也是阅读了契诃夫不是吗？我还是不这么认为。

比起孤零零的剧本阅读，我更愿意在生活中与契诃夫不期而遇。我曾一连几天跑小西天电影资料馆，去看土耳其导演锡兰的电影，说不出的喜欢，后来看到他1999年一部电影《五月碧云天》，是请他的家人做主角拍的戏中戏。片中，他要拍戏，而他的老爹只惦记他那些树。不安并愤怒于政府要砍它们，于是随时准备着要和政府讨说法。看到老人诉说自己与树的情感，我其实已经联想到《万尼亚舅舅》，影片最后，我果然看到一行字幕：献给安东·契诃夫。原来，他就是以此片向契诃夫致敬。我心仪的另一位导演新藤兼人，晚年曾拍过《午后的遗言状》，他让两位演过《海鸥》《三姐妹》的老演员重聚，在一起念"我们的生命还没有完结，我们还要活下去"，这是老年人的励志，但也体现出如童老师所说的，契诃夫式的乐观主义。

还有一张碟我买了许久，一直没看。写这篇文章，沉在契诃夫的世界太久，有天想来点调剂，就把这张碟放进碟仓里，结果神奇的是，它竟然是路易·马勒1994年拍的电影版话剧《万尼亚舅舅》，中文名译作《万尼亚在42号街口》。42号街口是纽约百老汇旧胜利剧院所在地。据朋友提供的资料，这个剧院1900年建造，原名共和剧院，1942年改成电影院，命名为胜利剧院，用以纪念第二次世界大战阶段性的胜利。1972年后，42号街部分成为红灯区。1990年后才变回合法剧院，为新观众演出非营利作品。1991年因演出莎士比亚戏剧《罗密欧与朱丽叶》而扭转了名声。1994年，《万尼亚舅舅》排演在此进行，也不是要对外演出。演剧人员邀请的都是亲朋好友，但也都是当时纽约艺术文化界的大腕名流。他们有的竟然看得也动容流泪，苏珊·桑塔格还狠狠夸了演索尼亚的演员布鲁克·史密斯："你知道医生为什么不喜欢你吗？因为你聪明又强大。这就是原因。"这让我更觉惊呀，原来这个叫布鲁克·史密斯的女演员，竟然带给人年轻而强大的索尼亚，而没有我所理解的那种怯生生。

用电影镜头语言展现话剧场面，可以有特写的逼近。因此，人物的情感交流显得更私密，演员几乎都是坐下来表演，无须在舞台上走来走去。台词也译得很美国化，很口语很生活，尤其是著名的那几段，听来举重若轻，让人叹服这才是真正的生活流。整部电影封套上写着119分钟，但我并不觉得它较之舞台上的三小时完整版流失了什么。这让我再次感到契诃夫的神奇——没错，所有的导演，都认为契诃夫写的是现代剧，无论用俄罗斯方式还是美国方式，抑或中国方式，都能让人走近。

而我，之所以愿意如此细碎地写出我在北京舞台所看的《万尼亚舅舅》演出前后的这一切，也是觉得，这里的每一个场景、细节，都在构筑一个活生生的契诃夫。契诃夫于我，从来不是语词、术语堆叠出来的经典，而是如此这般，出没于我的生活当中。在你渐渐习惯了对生活的灰暗与平庸妥协，并且愿意用麻木神经来减少苦痛，契诃夫总是用他的锐敏的台词提示你看清这样的存在，转而也看到别人和你一样的处境。你从一个人身上辨认出契诃夫，就是对自己的灵魂做一次确认，确认疼痛还不够，还要同时确认，生活里有种东西，值得你继续为它付出。这样好像也是为了，别人能再从你身上，辨认出你的灵魂，以及契诃夫的种种。

Fourth / 闻风相悦

世界，就藏在鸢尾花的花药里

一　花萼深处，神秘的国度

进入经典作品，有些是缘于对陌生世界的好奇。而对另一些，则缘于灵魂的亲近。几年前，读荣格一本评述著作《金花的秘密》，对这个瑞士心理学家产生了巨大的亲近感，后来又得知黑塞一度找他做过心理治疗，进而又转道黑塞。先就是他登峰造极的《玻璃球游戏》。一个精妙而平衡的世界，音乐、哲思、宗教、世俗生活、精神世界、东方、西方……在那个与世隔绝的玻璃球游戏王国彼此交错与对话，而黑塞也俨然就是那位玻璃球游戏大师，自信地掌控着一切。书中那位游戏大师最终辞别精神王国，服务于世间一个小孩子。这一种人物道路的设置，让我看到了那原本属于古老东方的生命智慧在西方的回响，正像读荣格时的感受一样。后来再读黑塞的小书《园圃之乐》，就更加欲罢不能。书中那则寓言故事《鸢尾花》中的安泽姆，难道不就是作为读者的我吗？面对心爱的花，"将脸颊贴着它高挺亮绿的叶面，用手指按触着那锋锐的叶尖，一面在那朵非常美丽的大花上用力嗅着，一面紧盯着花心向里面瞧，久久不肯离开"……为什么被这本小书如此的吸引？谜底就是："他看到那从浅蓝色的花朵底部伸出好几排手指般的黄色花药，中间有一根明亮的管子，一直向下通往花萼深处的蓝色神秘国度里。"

现在可以说，赫尔曼·黑塞，伟大的黑塞，这个有着西方面孔东方心灵的作家，虽然一生作品多多，但是予我而言，他一生的思想精髓，仍可以通过这本小书窥到。经由这本《园圃之乐》，黑塞也将自己做了明亮的管子，带我们抵达他那蓝色神秘国度。在那里，就是他独对自然。看一朵花绽放又凋零，一棵树被狂风吹倒。在此间凝视、谛听，也同时弯腰付出辛劳。像个老农一样体会采摘葡萄的喜悦，偶尔也为一把长年使用的刀子的丢失而黯然神伤。植物的精灵出没于他的幻梦，宛如一场鬼魅的赴宴。它时而也被他凝注成色彩，由一支水彩画笔点染成画作。有闲看云聚云散的自在，也有被季节催逼赶紧种下些什么的时不我待。打理自己的园圃，黑塞也是在构建自己居住的艺术，其认真绝不亚于他纸上的创作，既付出灵感与想象，也从不吝惜心血与汗珠。唯一的不同是，作品完成，便被定格在时间里；而园圃却在自我生灭中，给予他生死轮回的彻悟，让他照见人类许多的虚妄与贪婪。

黑塞，也同时变成蓝色神秘国度的寄居者，在此间安置身体，也安置自己的灵魂与思想。这个国度如此真实地在世间留下了印记，却又超然恍惚得不像真的——就每个个体而言，我们谁没有他某部小说题记所说出的疑问："我除了想按照我内心自然产生的愿望去生活之外，别无他求，这为什么如此艰难？"

他为什么又能做到？

二　以阿尔卑斯山为界

至少在今天的我们看来，黑塞有那么一份神秘。陶渊明创造桃花源，但他同时提醒人们，这只是个虚幻的存在。但黑塞的园圃，作为宁静生活的典范，不仅存在于文字中，也印证在他的绘画和照片里。当你看到戴着草帽的他，徜徉于葡萄园中，你怎可想象，它拍摄于1945年。而看他与家中的花猫微笑着对视，或是俯身给向日葵浇水，你又该怎样揣测，它是什么年代的场景。米勒笔下的《拾穗者》，是无须追究何时何地的，那一种劳动中的永恒之美已将目光牢牢吸住。而黑塞《园圃之乐》展现的，也是这样的永恒瞬间。被它吸引，是因为世事变迁，而在我们内心，终有一种对生活的向往，是这般恬静、朴素、自得，天然如同木匠与木材之间的关系。

而偏偏，创造这种生活的人，并非桃花源中人。1877年出生，1962年逝世，黑塞的一生穿越两次世界大战。一战中，他还作为德国公民，服务于德国设在瑞士的战俘营。黑塞接受荣格的心理治疗，恰恰就是医治这场战争带来的创伤。而第二次世界大战，他的出生地德国又成为不折不扣的罪源。

作为一个德国人，如果不失正义感与良知，该如何在此间安顿自己？《园圃之乐》启示于我们的，也就是一个人在乱世构建自己宁静生活家园的意义。借由这本书，也借由王滨滨所著《黑塞传》，以及与《园圃之乐》篇章多有重叠的《堤契诺之歌》（所以有人称后面这本也是理解黑塞作品精髓的窗口，我也完全同意），我试图画下他一生迁徙的轨迹：最初的出生地卡尔夫，4岁随父母定居的瑞士巴塞尔、27岁后居住的博登湖与莱茵湖之间的盖恩霍芬村，35岁后生活的伯尔尼郊外，以及让他度过最后三十年的瑞士南部蒙太格诺拉村……我似乎已经能看出，它们都是沿着一个基本的轴线——阿尔卑斯山摆荡，并且是从北向南迁移。阿尔卑斯山的北面，有他的出生地德国，有陪他一直度过人生不惑之年的伯尔尼。阿尔卑斯山以北的生活是在结婚、离婚，不断地迁徙与旅行中度过，而这正是他前半生追寻真理、探索生命的写照。而在其南面，那个面向意大利的卢契诺小镇的蒙太格诺拉村，他似已停止了这种无尽也无解的追问，不再迁移，安享静谧美好的园圃之乐，直至离世。在他未完成的小说《梦中的家》中，我读出了他内心变化的轨迹："对他（指主人公尼安德老人）而言，阿尔卑斯山那座巨大的悬崖峭壁正是矛盾的象征，同时也是意念交战时的缓冲点。一如人类历史上的多次战役那样，在他的每个行动上，每当南方人性格和北方人性格有所冲突时，阿尔卑斯山便是这对峙的焦点。"南方在老人眼里，是"一片美轮美奂的仙境,在上苍恩赐的丰美纯真里,人们的日子过得悠闲而美好。完美之神在那里栽种茂盛的鲜花,使那里洋溢着童真的天然气息",相反,北方人的美却是"从企望的痛苦与困思的执着里诞生。然而这份北国之美却显得更有热忱、更感人,于美妙的沉醉中变得更为果敢"。虽然,尼安德老人始终站在北方人这边,赞同割舍和永不止息的企望。但最终,这场内心的交战后来逐渐趋于和缓。"在越过了生命旅途的巅峰,走下阴影逐渐拉长的谷底之后,他完全放弃了逃避死亡的念头。"人从哪里来,将往何处去,被内在的声音召唤,他最后归于园圃。因为"他内在生命的许多记忆和象征,伤痛的标志和祭献,年轻时的信物,还有预知死亡与来生的意识,全都熟悉而清楚地根植于这座花园"。

以阿尔卑斯山为界,我们看到这不断南移的人,从入世渐渐变成出世,从激烈渐渐变为和缓,从想拥有世界一切,变成懂得"理解一切就是割舍",从经常发声想要改变世界,变成一个倾听者、观察者,同时,还游戏其间,"将全部精神投注在自己所热爱的娱乐里"。东方的智慧有一个词叫如是观。而黑塞在《堤契诺之歌》里道出的也是这样的智慧:"如果对世界不抱太大的希望,反而安静地仔细地观察它,总是会有收获的,这是受世间宠爱的成功人士所不知道的;观察是至上的艺术,是一种精致、有益且有趣的艺术。"

只是,他同时代的人,是否能理解这里的精妙,欣赏这种超然之姿呢?显然不能。有人指责他在蒙太格诺拉村的写作绘画,"丧失了对现实的最普遍的尊敬"。这里的意思是说,在一个战祸频仍、人心荒芜的年代，一个人的画里怎可能只有明亮的花，梦幻的房子？但黑塞是这样回答的，他说："现实是一种偶然性，是生命的垃圾，垃圾有什么可以表现的呢？""对于这种可怜的、令人失望和荒芜的现实，我们除了否定它之外，别无选择。"

三　时代的呼与吸

身处一个时代，要不要与时代同呼吸共命运？世间大多数人的看法是当然要，尤其是作家艺术家。拿自己的文字绘画做投枪做匕首，有时仅仅这样的姿态，就能得到掌声与共鸣。

而黑塞却从来不是这样的作家。即使是在一战中，必须服务于自己的祖国，他所有的姿态与声音也都是反战的。他对那些力主为国而战的人说，别唱高调子。而在二战来临时，他已经是瑞士公民，彻底地选择了瑞士南部的小村生活。在那里，他慷慨地迎接并安置那些受德国纳粹迫害而不得不流亡的作家艺术家，但并不把自己置放在战争的阴霾里。这样的生活当然不是当时的主流，甚至大有消极逃避的嫌疑。世人的看法黑塞并非一无所知。被称为"最后的浪漫主义者"，他知道人们并不怀好意。但他无意改变自己的生活方式。你可以看出，在不断迁徙的家中，搭建园圃总是他首要的工作。辛苦耕耘的同时，他的笔端也常带出对外面世界的调侃与揶揄："这个世界一向是个聒噪、麻烦而又能自以为了不起的家伙，每当他露出嘲弄的微笑，而你却把它当作幽默，那就可惜了。"他甚至觉得此项工作的自在，大于创作本身,因为"当一个人在为番茄株浇水,或是替一棵漂亮的花松土时,至少他不必像艺术家经常面对那种讨厌的感觉:我这样做有意义吗?这样做还能被允许吗?根本不必!在园圃里他完全可以言行一致,表里如一,而这一点正是人们所不时需要的自由"。

以离群索居的代价,黑塞过着自己想要的生活。而这种生活,也同时成就了他丰厚而具有超世魅力的创作。一个人,有没有权利拒绝现实,又以怎样的方式拒绝现实?这涉及到一个人与一个时代如何相处的问题,也涉及到与自己相处的能力。

黑塞的作品,在其身后,以及战后的异国他乡,不断地产生反响,他有句话是颇能给我们启发的,虽然言说的是出版:"凡是出版家必须与时代同行,他必须不仅仅单纯接受时代的新潮,而且也得在他认为其不恰当时,能够进行反抗。在适应和批判性的抵制过程中完成自己的职能:一个好的出版家的吸入和呼出作用。"

非常传神的意象。个人与时代的呼与吸。它从另一方面说明,如果一个人,只与时代同步,他很可能会变成时代吐纳出来的废气。而拥有自己独特呼吸的人,才可以与时代唱和,并以其异质的声音,给时代注入营养与活力。

四 内在的归途

读这本《园圃之乐》,我常想到一千年前的古罗马皇帝马可·奥勒留。在戎马倥偬、日理万机之中,他写下流传至今的《沉思录》。

这是一个人退到无边的旷野与自己所做的对话，也是一颗自由心灵的呼与吸。《沉思录》的心灵自由靠思辨获得，《园圃之乐》则是通过其身心的双重劳动。

前者是纯然西方人的方式，后者，更接近东方人的践行。在践行中做向内的回归，黑塞也像他寓言中的安迪姆一样不断望向那自我花萼的深处。禅宗形容生命的大彻大悟，常用"通体脱落"形容其畅快，而我在黑塞的文字中，也能感受到那种刺破艺术与内在之间皮肤的快感。至少在《梦中的家》中老人的话语中，我已看到未来小说中那位玻璃球游戏大师的终途，他说："没有悲剧的乐章，没有莫扎特以及其他的一切，这个世界一定还是照样在运转。即便完全没有艺术，它也一定还在运转。艺术是存在于我们和世界内心之间的一层细腻敏感的皮肤，……当我们要完全进入世界的内心时，还是得把这层最细致的薄膜刺破。"

刺破后的世界，究竟是怎样？不就是黑塞后期小说中呈现的那样：万物相长相生，于矛盾中对立统一。绝望中有希望，苦涩的花开出甜美的果。《园圃之乐》比他的小说世界，更直接具象地表达了这些，世界的秘密，其实就藏在花萼的内心。

望向黑塞，我常在《园圃之乐》前页黑塞那张照片前停伫几秒，并且在想，他戴着草帽，隔着镜片向世界投来一瞥，到底是一种拒绝现实的傲然，还是拥有一方天地的自得？如此冷然，又不乏俏皮。

也许两者兼有吧。或许还在说，世界，尽可以成住坏空，而我，只着意于自己的园圃。

我喜欢这个眼神,更喜欢他俯身于园圃的身姿,那是我心中另一幅永恒的拾穗者画作,其真实的存在,证明人对现实,永远有自我选择的能力,而这种选择,丰富了这个世界。

千年繁华，寻常生活的惊艳

——读寿岳章子笔下的京都

繁华与寻常，是一组对立词，但在某个奇异的空间，却可以融合无间。这是我对寿岳章子笔下京都的感受。它多少替代了先前《源氏物语》带给我的京都想象。紫式部的京都，柔细旖旎，浮华虚幻中有一触即殒的脆弱；而川端康成的《古都》，又难脱那种故事性的情境。说来它们都和恒常有些距离，不像寿岳章子的京都，最大限度地展露出它自然的容颜，而又在不经意间带起一抹惊艳。那亲切而家常的笔触，的确不是那些热衷遣词造句的人所有，大概只有认真生活并不时沉醉于发现的惊喜的生活家才具备吧。

五月的好一段日子，我都在读她的书，两本，《千年繁华——京都的街巷人生》以及《千年繁华2：喜乐京都》。通常都是清晨，不起床的时候，很克制地阅读，就像品一盒妙不可言的京都和果子，尽量不想让它盒空，但还是翻到了最后一页，意犹未尽，便回过头来，细细看书中的插画：落满一地的山茶花，各种菜蔬与寻常家什。街巷长屋，还有在老店铺专注工作的人们……

一幅幅恒常而久远的画卷，常引我探寻，寿岳章子一家到底在这儿生活了多久？其实，也没有过三代。两个相爱的年轻人婚后落户于京都，是上世纪20年代的事情，1924年，他们生下了寿岳章子。父亲是学者与民间工艺爱好者，母亲是英语教师兼翻译家。在共同经历的日本大正、昭和、平成三个时期中，他们给人印象深刻的是，日本从战争到战后的贫穷困顿期那段日子。那也是他们在京都几度搬迁，辛苦营造美好生活的阶段。有想见的贫穷与困窘，但一家人却因此迸发出无穷想象力与创造力：母亲总是在财神祭时买打折产品，旧衣拆洗后重染重做，变成新衣。抹布从来都是用碎布条制作，大扫除时，家里的地板全部拆下，洗完再重装。一切的劳作，都是一家人共同参与，劳作中透露出的美，就像《母亲在春天的工作》这一章中所描绘："她把衬衣的两面拆开，先剪开正面，接成接近原本布匹的样子再缝合，然后绷上竹签。……等到恢复成原来的一匹布时，便在布两端插上针，这时需要可以夹住固定的树木作为辅助工具。我家的做法是在路边的两株樱花树上各别捆住布的一端，接着用一种绷竹签的细竹棒子，每隔五到七八厘米就插入一支竹签，让本来松垮的布匹变得挺直，再将事先融化的海萝浆糊倒在布匹上。布匹会因为液体重量从中间部分下沉,此时必须尽快将布匹拉高、拉紧到近似水平的状态。……"对我来说,阅读这一段,不亚于观看一部有关京都制衣工艺的纪录片,而如何防止拆洗下来的旧衣布料不缩水不变形,已经是消逝的工艺。

富足起来的日本人,自然不必再拿旧衣翻新,但是,随时都能买到成衣更换,怕也就没有了对衣与人百般琢磨的耐心。而那劳作更可贵的意义还在于:不让贫穷夺去人的尊严,也不让困窘迫使人失去礼仪。

精湛的艺术与生活精神的结合,体现在寿岳家生活的方方面面。它无关奢华,但关乎品味。其中还有让人心生敬意的吃饭的礼仪。父亲外出就餐,母亲因此不悦,她生气的理由其实是:"从结婚那天起,我跟你父亲一起生活的时日就一天天减少,所以每一天都是非常珍贵的。正因为如此,我才想和心爱的人多点时间用餐。但是他却不明白我的心意。"

而众多老店铺的"心意",又有多少人明白呢?真得靠寿岳章子来揭示了。一枚小小粽子,为什么不会轻易散开,她把缠绑它的蔺草绳拉直来量,发现竟然有两米多长。道喜家的粽子,秘密原来就在这绑绳里。这难道不是知名的粽子铺对买粽子的人的心意?寿岳章子在书中做京都店铺寻访,传达的就是这种心意。

京都是民间工艺云集的地方,日本民间工艺家柳宗悦也曾写过《日本手工艺》,专门有一章谈到京都。手工艺的特点在他看来,"是能够表现浓郁的民族特色,器物被踏实而仔细地制造出来。在这里,自由和责任得到保障,因为这样的工作伴随着快乐,同时还显现出新产品的创造力"。而更关键一点是,手总是与心相连,心之神秘,造就了手工艺的神秘与伟大。寿岳章子这两本书,像是这段话最形象的说明。每当和书中那些京都民间手工艺人相遇,我都会想到自己在京都游历时,看到的那一张张坐镇老店铺的面孔,他们也许也各怀绝技,但还是一脸的本分与认真。正像柳宗悦所定义,他们就是诚实,正直,有信仰的一群人。柳宗悦是寿岳章子家的常客,这个家也经常做民间工艺思想的交流,这一种氛围的影响,再加上作者本人所从事的中古日语研究,让她笔下的京都,成为多重时空的叠合。令人惊异的倒是,为她的文字绘图的泽田重隆先生,明明生于东京,却可以在对京都实地取材之后,画出寿岳章子记忆中的京都,说来也是身怀绝技。

回到寿岳章子,人们惊讶于她笔下细致动人的庶民风情,她则形容自己是个脚力很好的人,从小就喜欢漫步京都。但是我还是认为,这不是脚力好就可以涵尽。某一年,我也曾在黄昏中的京都店铺间穿行。记得一家布店,一种布料色被标注成利休茶色。我当时在想,天呐,什么样的色彩,可以叫利休茶色。这一幕就算是我对京都的发现,但它和寿岳章子的比起来,仍然相形见绌。因为它终归是一种偶然,说来还有些文艺。而寿岳章子说到京都,总是最自然的生活流汩汩而动,她写自己的南禅寺生活,偷吃寺院果饼。那是在此居住的孩子才有的童趣,观光客哪里去感受?同样,如果不是长年在一地生活,寿岳一家也不会在即将做饭的当天,找到种笋人,告诉他们下午挖几颗笋过来。

生活,只有彼此需要,才会有这样稳固而健康的联系。寿岳章子，正是通过自己一家与五行八作的交往，传达出京都生活的真义。第二本书，其实是第一本书基调的延续，但也隐约透露出不安的信息，老店铺关张、房地产商征田夺地……全球性的城市悲剧，这千年古都也不曾避过，但似乎不怕，因为京都还有窄巷的力量。"京都的窄巷并不会像一般人所想的那般阴暗。狭窄而深长的窄巷两侧，家家户户全都对向而立。窄巷的入口还会以各种形式标上居民的名字，仿佛在向陌生人宣告不可随意入侵一面。"这一抹神秘色彩的描述，颇有京都人捍卫生活的凛然，但是入得窄巷，又是一番寻常而惊艳的景致：有人在自家阳台上建造露天风吕，能做到不被别人看到；有人在这里做精湛的和服刺绣，忘我而沉浸。

所谓低角度的立足，是最有韧劲的生存，大隐隐于市，构成京都生活的，就是这些未必叫得出名的生活家。有这些人在，你怎会担心它的繁华，像源氏公子的爱情那样不断崩塌？你甚至可以由此获得激励，在自己的生活中磨炼技艺。生活最高的理想，难道不该是这样，有创造的幸福、细碎的感动。偶尔，有山茶花绽放的绚丽，坠落时，也还有大地温暖厚实的依托。

神意不可度，命运需参详

《人与神》，一部2010年的法国片，我不知看了几遍。先是在家中看碟，后来是掐着欧盟电影展的点儿在大银幕追看。即使没有碟，这部片子在百度视频上也不难找，为何还要到影院购票去看，是想面对大银幕想一想：如果我是北非修道院那八个修道士中的一个，生死在前，我该何去何从。如果一种牺牲很可能被看成等死，如果一次次善意并不能收获善果，那到底什么样的选择是理智而恰切的，而不只具有殉道之意？

的确，关于隐忍，关于牺牲，关于妥协与反抗，关于自由与正义，这个世界已经积累了越来越多的说辞，道着各自以为的真理。而八个修道士是那样选择的，我甚至不知道，当我把这个故事讲给别人，对方会不会如我一样被触动，并且领会它之于非教徒的我们，那种生活的意义。坦率说，我也只能在一次次推倒重来的讲述中，接近我所捕捉领会到的那些既具体又抽象的启示。

一　修道院，一场灾难的来临

北非，阿尔及利亚的高原山区，空气清冽、新鲜，一条大河平静而阔大，水波不兴时的样貌，像时光一样古老。这儿有一座穆斯林的村庄，这儿还有一座修道院。影片一开始，就是修道院清晨的场景：打扫庭除，晨祷，诵经。八位修道士从走廊鱼贯进入礼拜堂，他们的神情庄严而肃穆。镜头接着从修道院转到外景，一个穆斯林男人走出家门，向修道院走来，他向修士们发出邀请。随之我们看到在村庄的活动中，教士与当地的穆斯林和谐相处……

穆斯林、修道院，这宛如咖啡放进茶里的场景组合，竟然不给人突兀感，电影开头还有这样一幕：一位穆斯林母亲，带着女儿到修道院找老修士卢克看病，最后还"赖"上了一双好鞋子，母亲走在回家路上，脸上露出幸福的笑意。

一切那么安静，安静中透出祥和。如果没有后来，这将是怎样一部电影？但是没有后来，导演可能就不会去拍这部电影。事情就是那么诡异，几个克罗地亚人，在工地上被一群突如其来的人割喉，危险渐延至村里。当地官员提出给修道院以军队保护，毕竟这是一群法国人来北非传教。但英俊的中年院长一口回绝。他觉得，在整个村庄都面临不测时，单单这一片受到保护，作为服务于上帝的修士，有违神的旨意。

但是，危险不因他们信仰的坚定而减弱，这伙危险分子很快就持枪上门，先是要医生去给受伤的同伙看病，还要带很多药走。院长镇定地表示：医生年迈，根本走不动。再说，这里也没多少药。"我们不能给你我们没有的东西。"当然，后来他们还是给了——当那伙危险分子再次前来，那位年迈的老修士卢克仍给伤者认真看了病，他后来平静地说，他此生看过的病人太多了，甚至包括纳粹……

危险分子第一次来时，正好是圣诞节，院长提醒他们，这是和平之神诞生的日子。只是，和平之神也无法阻止危险的次次升级。八个修道士，有了意见分歧。有人主张离开，有人决定留下。这期间，他们还受到当地政府的劝告，有句话显然更致命，那个视他们为朋友的官员说：你们要是被抓了，你们的牺牲只会成为别人的棋子。现在这个国家的人，命都保不全，他们想出去，只是没有财力……

但是和村民聊天，村民却说：这个村是随着修道院建起来的，你们才是树，而我们是鸟……你们走了，我们往哪儿栖呢？

二　与神对话，与自己对话

给村民答案，他们也需要给自己一个答案。虽然，作为神之子的命运，影片开头的一行字幕已经有所暗示："我说过，你们都是天神，是至高无上的孩子，然而你们也会和人类一样死去，你们都会陨落。"

但是,究竟该怎样陨落,仍是他们每个人要参的命运难题。修道院的生活还在继续,但是那圣歌与祈祷,已经不再只是日常的仪式。与神对话,他们迫切地渴望神的启示。圣歌在影片中不断出现,抛开通常意义上的对神的赞美,有几首真切地反映出他们波动起伏的心境。"在危难的时刻,他与我们同在。在我们离开这个世界的时候,就能看到他。加快步伐,把我们的坚韧交给他,去饱尝人类的苦难。……"好像已经义无反顾,接下来又透出怀疑与不安:"在我生命中,我总是自问,为什么上帝做事很奇怪,为什么他总是保持沉默?为什么信仰如此苦涩?""主啊,我就在你的面前,请听我的祈祷,用您的正义聆听我的呼唤,用您的忠诚回答我,请不要审判您的子民。在您的面前,任何人都有残缺。敌人想要毁灭我,他把我踩到脚下,让我像逝者一样活在黑暗里。他们的气息令我崩溃,我心灵深处充满了恐惧……"

信仰是如此真切,而恐惧又是如此真实。真的是,神意不可度,命运需参详。八个隐修士,同时开始叩问自己。他们的言谈透露了各自的来去,对上帝旨意的不同理解。虽然是各陈其意,但他们都相互尊重,不彼此攻击,但也不违心附和。一开始,就有人对克里斯汀院长拒绝官方保护做出提醒:"我们是命运共同体。""我们没有给你权力独自做决定。""每个人应按自己想法决定何去何从。"接着的讨论更有实质意义。"我来当僧侣,是为了活下来。不是来殉难的。"有人认为官员的劝说并没有错,离开并不代表怯懦,留下来只是坐而等死。

意见不统一,他们便进行表决。一次又一次。选择留下的人越来越多,但原因仍各个不同,一个说:"其他地方没有等我的人。"另一个则是想:"牧羊人不该放弃羊群。"

接近最后的决策,院长克里斯汀穿过树林走向了河边。镜头给了他一个面对永恒之水凝神思考的侧影,一支随之升起的圣咏开启他与神之间的又一次交流:我们不能解开,你的奥秘。你无限的爱啊,你一心要寻找,你的走失的迷茫的孩子,这个乖戾的孩子,就是人类。而你仍然,珍爱着他们。我们看不到你的脸,你无限的爱,但是你有眼睛,你的眼睛在流泪。我们在受着压迫啊,你向我们投来,希望的目光,目光里藏着你的恩慈。

体会上帝的恩慈,克里斯汀这样回应一位修道士为什么要做牺牲的问询:"我们在这里的职责是成为一切人的兄弟,爱让我们坚强。……"

上帝的旨意与自我的意志,在反复的讨论与对话中碰撞,别有一份严肃与诚挚的力量,让我们对八位修士肃然起敬。最后他们都表示留下,其中一个原因是:"离开的话,内心会不安。"另一个修士和克里斯汀回忆以前的家庭生活往事,最后的结论是,如果我停止这里的生活,可以找到其他工作,但我跟自己说,这是不可能的。

飞机开始在村庄的上空盘旋,目标向下的枪口随时像要喷出危险的火舌,危险真的要来临了,但做出选择的八名修士已无所畏惧,他们并排站立,唱起圣歌,歌声中既有对上帝的确认,也有对自我的确认。

三 上帝之外，还有自然与生活

"田野里的花不会为了寻找阳光而转移地方，上帝会呵护它们。"这是克里斯汀院长决定留下的理由。或许有人会看重后半句，而触动我的恰好是前半句。

我有很多朋友常年住在日本，"3·11"日本地震时，我非常为他们的安危忧心。也曾向他们表示，太危险了就回来吧，反正你在国内，也不是没有亲属家人。他们当时都不约而同地表示，这时候不能回去，要和日本人一起抗灾。

对于日本的了解，我不仅是从各种文字中读到，部分也来自于他们平时的言语。所以他们在非常时刻做出的选择，我不仅会尊重，而且会心生敬意。同时我也会想，除了共赴危难的义气，到底还有什么力量，可以把他们留在那里？

我想到了"生活"二字。上帝的意旨可能忠信的人才能体会，但生活隐而不察的力量，却可以嵌进我们每个人的生命感受中。老人喜欢说故土难离，那不仅是因为他们在那里待久了，而且因为他们在其间劳作、生活，已经建立了自己的秩序。不仅是生活秩序，也包括，一种心灵的秩序。

北非这座高低起伏的高原村庄，对八个修道士来说，也许就是这样的所在。他们什么时候到的这里，不知道，但却能看到其中几个修士，已经垂垂老矣。

修道院的老医生卢克给村民开药，小小的纸药袋上，早晚药的剂量都习惯用太阳、月牙儿区隔清楚。修士们每天不间断的劳作果实之一——自制的果酱,也会每个星期拿到市集上卖,以交换日常所需。

水乳交融,相互默契,已经构成了这个村庄的日常,生活就该是这样,就像最壮阔的河流就该那样流过,太阳每天,会照射在那片树林里。

所以,当有外面修道院的朋友造访他们,克里斯汀院长会这样说给他听:"我总是不断回想那一刻,阿里·法耶提亚和他的手下离开了。他们走后,我们要做的就是继续生活。第一要做的事情是两个小时后庆祝圣诞节,我们做了,唱了圣歌。我们毫无防备地迎接了这个出现在我们面前的孩子,而他让我们备受威胁。过后,我们的灵魂会得到救赎,我们还有每天的日常生活,做饭、敲钟,办公室的事,日复一日,我们应该放弃抵抗,日复一日,我不断思考,渐渐明白,上帝要指引我们去的地方,那就是重生。我们的肉体会毁灭,而我们的灵魂会不断重生。我们的灵魂就藏在那些新生的孩子的身体里,他们是我们灵魂的化身,他们也是耶稣,在人类世界中的化身,这是我们继续生活下去的神秘之所在,也深深扎根于我们活过的日子里……"

而这一部分,一个没有与土地建立起联系的人,如那个当地官员,又怎么理解得到呢?

四 在"恶"中倒下

又一段平静时日过后,危险分子再次破门而入,把所有能搜到的人都押车带走,只有两位躲藏在更隐蔽处没被抓去,因而幸免于难,其余都被处死。

赴难的修士最后留给我们,是在皑皑的雪地上被押解着前行的背影。克里斯汀在此也有一段长长的独白,像是留给这个动荡世界的遗言:"如果说我终有一天,会死在这些暴行,那可能就是今天。他们要把这里的外来人聚集在一起。我希望我的团体,我的教会,我的家人都记得,我是把我的生命献给了上帝和这个国家,希望他们能坦然接受我的离去。我已经很满足了。我的生命让我明白,'恶'的同谋者统治了这个世界。他们盲目地鞭笞我们。我从前可能不会想这样死去。如果这些人会因为我的遇害而被盲目地惩罚,我想我也不会安心。……我的死亡,会让某些天真的理想主义者得意,但他们应该明白,我最终会得到解脱,我的眼神,沉浸在神恩慈的目光中,和他一起凝视,伊斯兰教的孩子们,我昨日的朋友,现在的朋友,还有你,我生命最后一刻的朋友,你不知道你在做什么,我也会向上帝祈求,祈求他赦免你,当我们在归途中,上帝会赦免我们,让我们去天堂,请求您,我们共同的上帝,阿门。"

这个世界有"恶",恶的代表就是那群危险分子,他们可以因一位穆斯林姑娘没戴面纱,就立马开枪射杀她。这种行为如果也与一种信仰与教义有关,那它无疑是褊狭的,没有给宽广的爱以容身之地。

"爱",在这个世界,越来越变成复杂的字眼。尤其对一个已有宗教信仰的人而言,它更进一步的考验在于:你如何爱一个与你信仰不同的人，你如何在一片陌生而贫瘠的土地播撒信仰，但又不是以医治病痛的方式做交换，强迫别人改信你的信仰；你如何能不依此接受被医者的供奉，不放弃辛苦的劳作，并在这劳作中，保持与自然与外部生活的联系。

八位隐修士，在信仰与信仰，信仰与生活，信仰与自我之间，实践着伟大的修行。他们越来越心胸宽广，恬静自如。

听圣歌，也沉浸于世间美妙乐音的感动。这一幕发生在危险分子破门而入的前一刻。一曲《天鹅湖》回荡在庄严的修道院中，镜头从八个修道士的面容上一一移过，定格。再移过，再定格。你可以看到那最初安静的面孔，渐渐有了感动，还有了泪花，有人因流泪而尴尬，身边的人拍了拍他的肩……

在泪水中，你似乎看到了他们久远前的一切，正像这个村里一个女孩，曾经为恋爱问八个修士其中一个："怎么确定你爱上了一个人？"修士答："就是那个人出现会让你的心跳不能控制。""你有过吗？""有，不过已经很久了，60年前的事了……"

前尘往事不去追，现在他们的命运集结在这个高原修道院里。他们说他们是命运共同体。而其实，这命运的共同体已经把整个村庄包括在内。因为在这里深切地活过，所以他们深信自己的一切，都会存在于永恒的山川河流之中，存在于村民因他们的赴难而能继续下去的生活中。

寻求长生不老的人，终会陨灭。

而敢于放弃生命的人，会得到永生。

对于命运，他们最终是这样选择的。对着危险分子最后递到面前的录音机，他们各自陈述自己的姓名身份，平静、从容。而电影就在这儿结束，甚至连枪声都没有让我们听到。最后的字幕给出这样的信息：这是一件真事，发生在1996年。没人知道他们为何人所抓，死的真实情形是怎样。

死亡的结局可以这样利落，但它带给我们的震撼，却远不及他们所表现出来的宁静。那是神的旨意与内心意志达到完美统一后的宁静，无须愤怒，已能唤起人无惧的力量，以及对和平的向往。

羞愧的三十三颗牙齿

《楢山节考》在日本,可算是经典题材了。木下惠介与今村昌平先后将它搬上银幕。它同时还有数个剧场版。我能看到的只有电影,对这段对话印象最深——孩子说:阿玲奶奶有三十三颗牙齿。阿玲老太太纠正:不,只有二十八颗。

六十九岁的老人,牙齿比正常人还多一颗,这不是老来福吗?为什么就不愿意?看明白时,心里真是一凛:日本人啊,生死练习,真的是"风霜雪剑严相逼"。死亡没有回头路,还不说是去死,而说去拜见山神。

最先看到的是今村昌平版,1983年作品。一开始就是皑皑雪山,瞬间的气场就能把人震住。两分钟的山的拍摄,镜头可谓连绵不止,最后定格于山下村落里一间雪屋,檐下的冰棱如剑倒悬,不由人不心生寒意。贫寒的村庄,冷峻的生存环境,在此直接领会。后来看1958年的木下惠介版,惊讶它竟然这样开始:一个黑衣人先是在幕布前说戏,然后将彩条的幕布缓缓拉开。

就风格的凌厉与画面的冲击力而言,今村昌平当然更接近现代人的口味。里面的人一方面贫困交加,另一方面又止不住赤裸裸的情欲,蛇、鼠频频出现,甚至还有人狗交……一村人发现有偷粮食的贼,便赤着脚倾巢出动,那一把子蛮力的使出,全是为了能分到粮食。接着还要计议挖坑,将小偷一家活埋。如此野蛮撼人之举,在这个村并不是多么了不得的事。归根到底还是因为贫困。也因为贫困,这里容不下四世同堂。人老了就要上山,阿玲老太对此早已认下。所以她会心平气和地劝邻居阿又老人:惯例就是惯例,这没什么慈悲不慈悲。

对这一部电影,我曾在一位中国作家那里,看到他这样的文字:"像这样儿子将衰老的母亲遗弃在深山中喂鹰的风俗,中国人却不一定有勇气说得出来。"

我倒觉得,这里不是有没有勇气说的问题,而是怎样呈现。我同时也并不认为,日本人把它拍出来,是在审自己文化的丑。他们倾心的是生者与死者告别时的悱恻凄凄。

也是从这个角度,我迷恋木下惠介版,多于今村昌平几分。木下惠介是位擅导慈母戏的老导演,而且看得出,传统功力深厚。他用日本传统舞台剧的幕景方式再现这个故事,使它更接近一个古老的传说——而类似的传说,日本确实是有的。在日本的朋友就曾给我讲过一个:长野县的冠着山,自古那里明月有名。妻子说婆婆坏话,儿子就把伯母背到深山里扔掉。但回来后看着明月,想起长年抚养自己的恩,便咏叹,这么好的月也难安慰我的心。于是又把伯母接回来。所以这座山后来就被叫做おばすて(姨舍山)。还有一出能剧曲目,叫《姨舍》(有的流派也写作《伯母舍》),据传世阿弥时代起就开始流传,其中一个场景是,旅人(配角)在去往信浓姨舍山的路上,遇到一个中年女子上前搭话。女子告诉他,这里就是从前丢弃过老太的那个地方,而自己就是那个老太的鬼灵,话说完人便消失。到了夜晚,满月当空,明净清澈的月光下,白发老太又一次现身,讲述月天子是阿弥陀如来的胁侍,与势至菩萨同体,描绘极乐世界的模样(《叙事乐曲》),继而怀念过去翩然起舞(《序曲》)。

大体这类传说能流传下来,都是有一个动人的故事眼。与电影中的情感更接近,是我从另一朋友那儿听到的这一则:儿子准备弃母于山,母亲却在儿子背上以手折枝抛于途。儿子不解,母亲回答说:这是怕你忘了回家的路啊。孩子于是将母亲背回家,养老送终。

电影不做这样的收尾,电影是据日本作家深泽七郎同名小说改编,中文又译作《楢山小调考》,和电影的英文片名 The Ballad of Narayama 更类似。即是说,楢山这个地方,有其特有的民歌小调,而当地的民俗,多是通过这些小调唱出。深泽七郎出生在日本山梨县,和周边的长野一样,这里也是盛产民歌小调的地方。阿玲儿子辰平为什么听见孩子唱"俺家奶奶隐私处,虎牙整齐三十三颗",就怒不可言,也是因为它是把当地小调改了个把字,而原歌词有些荤:"俺家母亲的隐私处,阴毛整齐三十三根。"小说完成于上世纪 50 年代,问世之初影响即已很大。有日本人评论,它显示出日本人在艰难困苦中的坚韧,其精神大体可被概括为"无抵抗的抵抗"。

离别戏应该是电影里的重头感情戏。只是,今村昌平这一部,里面酷悍的场面太多,母子戏反不如木下惠介版那么动人,并且能升华出日本传统文化所特有的感慨唏嘘与人世喟叹。甚至,木下惠介整部电影的舞台剧氛围营造,多少还间离了这个故事所隐含的残酷意味,尤其是让说唱人的歌声贯穿全剧,不仅起到叙事作用,更是在烘托主人公心情的起落。

"山连着山,四处全是山,信浓在阡陌间……曲折的路旁,一个小山村,小河像丝带一样蜿蜒……"深泽七郎小说开头的这几句,在今村昌平的镜头里,是那样峻厉。而在木下惠介这儿,则是遥远故事里的悠远之感。

故事走向基本一致。邻村女人死了丈夫,有人将她说合给辰平,做母亲的阿玲满心欢喜,因为这意味着,她可以无所牵挂地上山去了。阿玲唯一的心病是,该见山神了,她竟然一颗牙也没掉。因此被村里人嘲笑说:"你那牙齿,什么东西都不在乎哪。松子也好,放屁豆也好,你都能一扫而光嘛。"(引自深泽七郎小说)

不是日本人,不在那种习俗之中,我们真的很难理解一个老人,一口健齿,吃嘛嘛香,羞愧感从何而来。但是在两位导演的故事情境中,这种羞愧却来得真实自然。如果说见山神,是老人无法回避的最后归宿,阿玲老太太其实是希望自己服从命运的安排。而这不肯掉的一口健齿,恰好显示自己还不甘心老去。所以,她决然地磕掉了两颗,还骄傲地给村人看,孩子们吓得叫她鬼婆婆,她则一脸的释然。

但是儿子辰平感受就不同了。他内心一直抗拒着母亲的离开。木下电影中有一个细节是今村昌平版没有的:一家人收割完稻草背回家,路上儿子执意要母亲走前面。媳妇问为什么,他说母亲走在后面,就像是背着母亲走向楢山。

电影里的怕,基本来自儿子。母亲总是体恤地说:"你要是害怕,就不用背我去。"儿子便说:"那我试着看,我背你。""怎么样,重吗?""妈妈,你怎么那么轻。""到山上路难走,也要花一番气力的。"

如果这也是一种生死前的准备,它应该算做日本式的生死练习。并且是老者在启示儿子,怎样的放手,送母亲归去。

有一天,儿子终于问出:妈妈,你明年要入山了吧?能看到母亲的表情一下子释然:"看到你明白了,我很高兴。你总算是明白了。"

春天来临,和煦的阳光,
重新粉妆的房子,
我梦想的地方
这些年来的生活
对她来说,
就只是一场梦吗?

说唱人的吟哦在此处，几近呜咽，是替老人阿玲表达心绪。是啊，生死在前，人会想些什么呢？到阿玲这个年纪，大概就是人生一世，草木一秋的梦幻感吧？

"不能说话"，这是上山的规矩。今村昌平的电影中，儿子背着母亲，也的确是沿着山路默默前行。木下惠介版中，则不断出现儿子的问话："母亲，你冷吗？""母亲，离山神近了。""母亲，月亮被乌云遮住了。""母亲，慢慢降温了。""母亲，跟我说些什么吧？赶在上山之前？""说句话吧，哪怕一个字也好。"儿子的语气渐渐带上了乞求，回应他的，仍然是沉默的楢山。

大山、儿子、儿子背上的老人，人世的风景，大概没有一幕比这个更动人，也没有一幕比这个更令人心碎，因为，这是儿子送母亲最后一程。在这里，生离即是死别，所以音乐来得一点儿不吝惜。密集的弦音，嘈嘈切切错杂弹，复杂的是儿子的心绪，对应的是母亲的无声。无声而淡定，母亲面对一片遗骨依然如此。她铺上了草垫子，盘腿而坐，挥手让儿子离去。

楢山上累累尸骨，鹰盘旋不去，今村昌平的镜头在这里看着令人骇异，这当然是在告诉大家，所谓的祭山神，最后就是这个样子。但看木下惠介镜头到这里，虽然也见遗骨，但楢山仍像一座神化之山。甚至入口处还有一个鸟居，给人的感觉就不是大山吞噬了母亲，而像是母亲最终要融进山魂。

"母亲，真的下雪了啊！"进山遇雪是好兆头，这多少让儿子辰平欣慰一些。他甚至为此不惜违反进山规矩，返身去告诉母亲。而此时的母亲，身披大雪，端坐念佛。小说里描写，像一只白狐。电影里看,则确像一座雪中的佛。

离别后又怎样?今村昌平版中,这个失去了阿玲老人的家中,孙子媳妇的肚子已经隆起。而她肚腹间围的,正是阿玲老人曾经围过的带子。而在木下惠介版,最后是驶来一列火车。这刺破了古典氛围的轰鸣声过后,观众看到一个站名:姨舍。这或许是告诉大家,这就是传说故事发生的地方。

初看到此,我颇觉得出戏。但转而又想:这何尝不是一种隐喻。传说虽然古老,和我们没什么关系,但每个人的一生,都有到站的时刻。到底该怎样走向归途,真是要认真想一想。

说来这是一个贫穷环境下的残酷故事,但无论是当时看还是日后回想,都还是动容。因为演老太太的两个演员演得太好了。田中绢代、清川虹子差不多是同一时代的演员,年龄也相差无几,但在不同时期演同一个角色,竟然也都各有神韵。记得有一回和一位女友聚餐,我们聊到了这部电影,也聊到了终老之事。她突然说:"要不,我们到时就一起上山吧。"一副半开玩笑半当真的样子。而我也立马想起,木下惠介电影的结尾,在送走阿玲婆后,辰平的妻子站在屋前,也是和丈夫说过一句:到老了我们一起进山吧。

树凋叶落时如何

——读《一平方英寸的寂静》

已经有不少西方人让我觉得灵魂的亲近,以前有荣格、黑塞,今年又可以再加一位:戈登·汉普顿。戈登·汉普顿写了《一平方英寸的寂静》。这本书获得了"深圳读书月"2014年度十大好书奖,令人惊讶的是,在评奖现场的读者投票环节,它同样名列第一,显出评委与读者趣味难见的统一。

我当然也是这本书的力荐者,除了一些公共的理由:环保、自然生态,私密的理由是,它总是让我想到东方的佛教观念。"一平方英寸",多么小而微的概念。打开书的扉页,看那个小白块,也就一小指节的长宽构成,但这不也应和了佛教所讲的"一花一世界,一叶一如来"。于一芥子纳百千世界,这一平方英寸,的确已提供了足够的东西，供我们去体味去思考。

还有一个并举的观念是寂静。寂静有外在的寂静，也有内在心灵的宁静。本书中，它们是一种互相投射的关系。也就是说，外在环境如果不静，势必会影响到人的内心宁静。但同时，若不是深怀一颗安静之心，并意识到寂静之于人的灵魂的重要，大概也不会努力守护这一平方英寸的寂静。这同样也让人想到佛家所讲的寂照同体。

当然，这肯定是想多了，戈登·汉普顿并不是修行者，他是位声音生态学家，一个得过艾美奖的录音师。这一平方英寸的寂静，并不是作者随便命名，而是已经做过环球旅行，做过自然好声音之追寻的他，集三十年之聆听经验，为美国人，也为外来客，所寻找的体验寂静的地方——美国奥林匹克国家公园的霍河河谷。在那里，他还立有一个标识，就命名为"一平方英寸的寂静"，既是向人们发出的寂静之邀，也是他观察其变化的地标。而他最关心的是，这本来寂静之所在，还有哪些大家习焉不察的噪音在干扰它的寂静。

持续地考察、测量同一个地方，戈登·汉普顿每次的方式总是，车离得很远即停车，然后健行到达。在这里选一处打开睡袋，夜宿河谷。以聆听的方式所感受到的世界，大部分时候美妙到无以复加。但是，令人不安的噪音也有，其声源来自：飞机的高空飞行，不远处的电锯作业，进进出出的环保车。电锯作业当然是噪音，但肯定也有人不以为然——那是维护公园设施的工作，怎可避免？另外有人或许会对飞机这一项提出质疑，这是从高空飞过、会影响什么呢？作者在这里提示我们，一架喷射客机即使是在深夜飞过河谷，也是会造成影响。甚至，同样分贝的声音，越安静的地方，震动越大。对那些生存于霍河河谷的动物来说，那种来自高空的声音，已经相当于让它们承受炸药在空中爆炸的巨响。而更进一步的影响是，这声音会造成它们判断上的困扰，同时带来自然声境的退化。

视觉的污染，人们总能一眼得见。但噪音的污染，如果作者不说，你还真未必意识得到。比如，你可能认为，我之所以戴上iPod听音乐，就是为了隔绝噪音，殊不知，不当的音量，同样会污染你的听觉，而更重要的还是，它让你和外部世界隔绝。这和身处荒野已是两个概念。荒野的寂静，并不以隔绝任何声音为代价，相反，它会带给你无穷的声音。从声音认识世界，获得的感受已经被作者写在书中，是诗一样的句子："聆听河谷的经验，是由一个地方、而非个别表演者所带来的。我可以感受到整个生命共同体的重要性，所有生命都同等重要。万物才是重点所在。每当聆听到这种地方的音乐时，无论是在霍河这里或约塞米蒂的偏远地区，我都会在它的启发下变成更好的邻居、父亲和子女，因为我觉得自己属于一个更大的整体，一个会为我作曲唱歌的集体所在。"

每次读到这一段，我都会从内心涌出无限的感动。它的确说出了一平方英寸的寂静的真谛。只是身居钢筋水泥的城市，对此已经无法深刻地体认。所以，读这本书，你只有羡慕戈登·汉普顿这个人。他以自己的热爱为终生志业，并愿意为捍卫、呵护这宁静的存在而奔波努力。为了和有关部门沟通，他还做了一次远赴华盛顿的旅行，这同样可以看成一次声音的旅行，正是他让我们，第一次从声音这个角度，来思考我们的生存困境。

有些东西很可能现在还无解，比如，为了这一平方英寸的寂静，航空署能不能改变飞机的航线是一回事，另一方面，如果真因这种改变而增加了机票费用，作为旅客的我们，愿不愿意为它埋单？再有，跟着戈登·汉普顿步入餐厅、音乐厅、运动场、图书馆等，我们是否也意识到，自己的某些嗜好与狂热，其实也在增加这里的加权分贝。

加权分贝，就让我们通过这本书来认识这个词吧。在作者看来，它可是比分贝更能科学准确地描述声音与环境的对应关系。看了这本书不难懂得，两个人在同一场合都说话，声音的效果并非两个分贝的相加，而是一个对数的概念。而另一方面，在安静的地方制造一种噪音，加权分贝数值会远大于在热闹的场所。

戈登·汉普顿还发现，即使是美国那些密闭条件做得不错的公共场所，也并不能让人身心放松。因为在这里交流，人们必须压低嗓音。这仍然带不来真正的寂静，因为寂静，并不需要摒除声音。正像在安静的城市里行走，能听得见自己的足音。准确地说，戈登·汉普顿所推崇的寂静，是一种荒野的寂静，它不是一无所有的死寂，而是鸟鸣，山更幽。有无限的生机与可能，也因此更接近世界之本来面目。

昔时，僧曾问云门禅师："树凋叶落时如何？"云门答曰："体露金风。"读《一平方英寸的寂静》，也好像是这种问答的回响。

如果要接着这句再往下追:体露金风了又如何？我想给的回答是:"表里俱澄澈。"

当然，这些来自东方的诗句，戈登·汉普顿未必能知道，但如果知道了我想他肯定能心领神会。有些感受是共同的，大自然是如此广阔而且无界，不致迷失，皆因为它暗含启示。对每个人来说，寻找并守住属于自己的那一平方英寸的寂静是需要的。因为从那里开启的一条道路，既通向荒野，也更接近我们的内心。

生命之殇与灵魂告慰

一

和作家周大新直接打交道不多，记忆中似乎只有两三次，而且都是跟他出了新书有关。看新作《安魂》，我努力回忆的是，2008年前后，我是否跟他打过交道。想来是见过的，但都是在很多人的场合。那一年他获得茅盾文学奖，从到乌镇领奖到参加各种媒体见面会，他时时处在媒体的拥围中。他获奖的作品是《湖光山色》，记得我当年将四部作品放在报纸上评说，独说了它的不是。倒不是非要和他个人过不去，就是觉得这部作品现实主义得有些单薄。

我不知他是否看到了我的评点，我们见面时，他仍然友好地与我握手打招呼。有的人眉眼带笑，会让人觉得热情得有些虚伪，但他不会。他那始终都有的谦逊与诚挚,一瞬间竟让我对自己的直言有些不安。后来见他上台领奖,微笑致意,模样很像一个规规矩矩的新女婿,就想,有的小说单薄也是有原因的,谁让作家本人就是个单纯的好人呢。没经历过大事历练的好人,不就给人这样一种单薄感吗?但我竟不知,把时光倒推到前三个月,他的生活里发生了什么。

现在我知道了,是死亡事件。真切的死亡,爱子周宁的离去。也许我见面时仔细观察,当会看到笑容深处的哀伤,但我竟无知无觉。现在回想他那时的微笑,他对人的周到有礼,突然有一种阳光下的刺痛——人与人之间,如果只是面上相见,真正的了解又有多少呢?我还在那儿轻言判断,足见我才是阅历浅薄之人。

《安魂》在《当代》杂志上刊出,被归为虚构长篇,但我初读的感觉很像纪实。那是父亲对青春早殇的儿子的回忆,从他出生一直到他死亡。儿子二十九年的种种,其间难见虚构一字,我想那都是真真切切的细节还原,已经不需修饰。这一次,周大新清新的现实主义笔法,倒成就了生死直书的朴素——因为青春生命被脑瘤一步步夺去生命的过程,本就让人揪心,何需渲染?

但将这一切记录下来,是否就能安魂呢?显然,这还不是周大新写作之初衷。所以,我们同时读到了伴着这一生命流逝过程而进行的父子对话。是在世的父亲与已逝儿子的对话,作家赋予书中"儿子"身在天国回看人间的视角,通过对话,又有了后面的纯然天国的描述。原本写实的《安魂》,在对话中慢慢向虚构之作飞升。这使得它的面貌,开始有别于生命之殇的纪实写作,而安魂的意蕴，就埋藏其中。

二

准确地说，一开始的父子对话，还像是逝者对生者的安慰。

生者说："我们这是永别！没有谁还能让我们再见了……"逝者说："爸爸，别说得那样绝望。绝望通常都是绝望者自己制造出来的。我和你们在当下的人间是不会见面了……但我们见面的空间不会就这一个。科学不是已经发现宇宙有十一个维度吗？除了时间维度和三个空间维度之外，还有七个维度。……日后那样的场所真要建立起来，我们不就可以再见了？"

生者说："我们没有做过任何该遭惩罚的事。凭什么要给我们这样的回报？这有违常理！这不公平！"逝者说："爸爸，平静下来，接受事实吧。我已经离开了人间，再也回不到你和妈妈的身旁，事实无法更改了。你要让自己尽快接受这个结果……"

《安魂》以长篇小说面貌示人，这种对话的存在，并不突兀。但这是否该归诸艺术想象，我在这里思了再思。就它读来的真切，有时会让人觉得是些真实的瞬间——阴阳相隔的人做跨越界河的沟通，或许是可以的，只是我们没有亲历而已。父亲在此，将自己对儿子的自责与对命运的诘问释放，儿子因为经历病痛、死亡种种，因此有了过来人的旷达、超脱，由他转而安慰人间的父亲，这种沟通的可能性，也许该解释为生命神秘的勾连。

但转而又思，这里的"儿子"，又何尝不是父亲的另一个化身。

这一位"父亲",经由了儿子之死亡事件,尽可能在以理解力所能达到的范围,感悟生死、回顾父子亲情、理解生命的成长,与个体生命的选择,他想要旷达、想要超脱,转而说服那个浸在悲痛中难以自拔的自己。生者的自我释怀,难道不是在世之人为继续生活而作的努力?

我以为,将这两种理解同时放进这部小说,也没什么矛盾。我们每个人身上,不都有一个双重的自我。一个软弱,一个坚强。一个说放下,一个怎么也难以放下。而对话体的好处,就是将一个灵魂的两个剖面,都坦露给大家看。还包括,人面对生死的软弱无助,乃至仓皇。

三

记录生命之殇的写作,近年来印象深的有几部。最著名的是周国平的《妞妞》,后来有于娟的《此生未完成》。它们侧重点不同,周大新的《安魂》中有些部分,让我更能想到于娟的《此生未完成》。于娟罹患乳癌,为了治病,她中途选择了一个江湖医生的治疗之地,在那里医生以"偏方"治人,徒见收钱,不见疗效,治疗手段更是荒诞不经,后来她也意识到问题,赶紧逃离。于娟把自己有病乱投医的轻信与荒唐,留在了纸端,她的溘然离世,留给后人一些警示。

没有想到的其实是,周大新这样性情温婉的作家,也可以在一部作品中,将自己面对生死的仓皇与无知,坦露得同样彻底。

为给儿子多方求治,他也曾把儿子转到一些不靠谱的医院。连那里的医生都话里有话地劝他,别浪费钱,而他竟是转半天才明白过味儿来。人在事中的仓皇无助,旁观者可能觉得最匪夷所思,要知道于娟还是个留学归来的博士,《安魂》中的父亲,是位作家。但是,这无法成为我们该轻视他们的理由,因为如果不是境界现前,我们又怎知,自己比他们更镇定多少,理智多少?更何况,伴随着强烈的爱与希望的寻求,哪一种尝试叫勇敢,哪一种又叫鲁莽与轻信——那一刻,命运并没有给人以明确的兆示啊。

所以,读这些地方,我们只能庆幸,命运没把我们推到如此惶急的境地。

四

当然,惶急生命的映显,依旧不能做"安魂"的同义词。虽然有时候人们喜欢说,把这些都说出来,也就释然了。不,某种精神层面的释然,需要在更多维度上探究、解惑。这一次,周大新笔触走得更远,于是就有了后面的天国享域、天国审判,以及天国访问。

天国到底存不存在,对于没有信仰的人来说,可以说是未知数。而即使有信仰,天国什么样,谁也无法把握。我们只在《地藏菩萨本愿经》中,看到对地狱恐怖的描绘。并且知道,那里会根据阳世人的行为,做不同程度判罚。在周大新的天国想象里,这种对罪的"甄别",也是进入天国的一道门槛,人们只有洗耳恭听洗涤灵魂，才可以尽享天国之安乐宁静。但我始终还不觉得它就等同于佛教徒想象中的佛国西天，如果让我给它一个称谓，我认为是：另一种人间理想国。这里其实有人类理想的投射，秩序、安然，还包括灵魂的自足。

有关人类的一切印痕，都被储藏在一个叫"时间殿"的地方，一般人轻易不得涉足。也就是说，这里的每一个存在，都消弭了时间的界限。虽然已经是无始无终的存在，但周大新仍然把人类的思考命题，借助儿子的天国访问，来和已身处天国的历史人物进一步探讨。

遇见王阳明，相逢爱因斯坦、莫扎特、李叔同，这或许是很多人心怀的期待，因为他们未尽之思考，至今也仍是我们的大困惑。关于时间、关于人类的起源、关于生命来去、关于灵魂的安宁……周大新借他的天国想象完成了与他们的沟通，既写得亲切活泼，又宛如实在。说这是一种想象力的构建仍不算准确，那是作家本人的生命意识与宇宙意识的流露。我们不得不说，经由这个磨难，周大新的写作有了新的气象，他隐然已在叩问生死，并且觉得，只有把人类的生死置放于宇宙时空，一个更宽广的维度，才可以真正释怀它的来去。

安魂，是这个意义上的安魂。在世之人，当在此得到灵魂的告慰与启迪。

及身之哀，及那种与自己必死命运的相遇

有些东西，我始终觉得，是无法与人诉说的，也无法和人分享。这既包括生老离别这种及身之哀，也包括和自己必死命运相遇的一瞬。最近也去看了国博的"列夫·托尔斯泰和他的时代"展，除了那些生平遗物：鞋、帽子、大衣之类，另一个真切呈现，是场内播放的 BBC 为纪念托翁逝世百年而制作的纪录片《托尔斯泰的烦恼》。受当时参展时间所限，我在展厅只看了一部分，回来在网上找来补看，留意到他完成《战争与和平》之后的一个细节。《战争与和平》取得了空前成功，他也挣得盆钵盈满，于是便在乡间旅行。一夜，他下榻于小城阿尔扎马斯的旅店，突然就从睡梦中醒来，仿佛看到了可怕的死神的幻影。从那一刻，他意识到死亡的不可避免。所以，就有了后来的托翁，那样无尽地叩问灵魂，追问善恶，以至于，弃庄园于不顾，非要踏上最后的死亡列车。

看这部纪录片前,一直是在看止庵的《惜别》。断断续续,拿起又放下。和一般人写这类亲人离去后的文字,那种浓得化不开的悲痛与撕裂感不同,止庵在此书中注入了很多形而上的东西,这让这本书在情感呈现上,产生了某种间离。而所谓的形而上,从各篇章的命名就可感知:第一章,存在与不存在;第二章,曾经存在;第三章,在死者;第四章,不存在之后的存在;第五章,向死而生……说来都是关乎人之生存意义,人之死生等的终极叩问。而且是在母亲身后重新的思考。这使我开始想,关于生死这件事,我们到底有多少可以借来的资源经验,能立马用到活着的人的遭悲怀中?肯定平常也有所积累,但到这时,却好像还得再经自己的身体头脑,一一甄别一番。

当然,有些人乐天知命,不想拿这些事来折磨自己,过一天算一天,身边也没有亲人的死痛降临于身——这当然是一种大幸运。对这样的人来说,如此的追问未免玄奥,但我知道,佛陀已经用一颗草芥子启示过世人了,那就是,你不可能免于这样的生离病死苦,any one!而且佛陀所说的娑婆世间,恰好就是一个堪忍的世界。堪忍,即人刚刚能忍受而已。没有那么多如意事。

所以,生死总要面对,只不过时间迟早。托翁是在他写完《战争与和平》,止庵则是把他的追问置放在这本与母亲惜别的书里。当然,你也可以问,此前他就没想过这些吗?肯定是想过。因为大家眼中的止庵,是从庄子、老子、维特根斯坦一路读过来的饱学之士。那些写在各种经典里的相关字眼,肯定早都被他涉猎过。但是从这本书你特别能感到,唯这一次,母亲离去所扯动的深恸,让这些字眼有了融于血脉肌肤的存在。那不是语言层面上的魔力，而是来自生命深处的体认。

认识和体认是多么不同的字眼，我想再用美国作家约翰·赫西《广岛》中的一段话来说明（来自一位经历过广岛原子弹爆炸的人之口）："如果有人告诉我说他很疲倦，如果这话是一个'被爆者'说的，就会给我一种不同于普通人说这话的感觉。他不需要解释……他知道所有的不安……有一次我遇到一个人……那个说：'我经历了原子弹'——那之后谈话就变了，我们理解彼此的感受，无须再说。"而我也知道，一个人用来安慰另一个人，最有效的一句话是：我也到过那里。

当然，经历原子弹爆炸和经历死别，仍有不同。经历灾难之后还活着，人可以说，我们都到过那里，所以我可以感同身受。但是经历死别，却少有人能感受同步。毕竟，阴阳两隔，又从没有一个人返回来告诉我们彼岸的一切，所以对于死这个概念，其实每人都有着基于自己认知的界定与想象。到底是在什么意义上体会这生离死别，真是有非常大的个体差异。这也注定，这件事只能独自面对，他人无法共担。也是在这个意义上，止庵看陶渊明《拟挽歌辞》，"向来相送人，各自还其家。亲戚或余悲，他人亦已歌"，他说："在这里，'他人'并非人情浇薄，实是相送时礼数已尽，还其家后则了无干系了。"这样的体认，不经此一遭，不会如此超然。

我读这样一类书，一般不会去搜寻别人的反应。因为这依然是个人生命经验的问题。但是零零星星的声音还是飘到耳际。大概很多人喜欢的，不是这些形而上的思考，而是止庵笔下所追述的母亲生前种种。当然，那些，我也同样是喜欢的，但是也要深切地意识到，那些东西，依旧必须是站在生死这个节点来读，才能体会出全部滋味。通常，我们大多数人并不太能体认——依然是体认而不是认识到——那些普通的油盐酱醋茶的日子，有什么特别意义。"日常"现在已经是个被艺术化的词，观看小津电影里的日常，以及自觉地意识到我们所处的日常是两个概念。也或许说，正因为小津赋予了这种日常某种仪式感的珍重，才让我们同样珍视了起来，而理解这一点，同样得到一定年龄和有一定阅历之后，或者说，像止庵这样经历过生死离别。不无悲哀的一点是，只有意识到身边相处的人，已经不再存活于世，我们往往才去思索他之所谓的一生，究竟是由什么构成，又是什么构成了他值得我们回忆的某种存在。也才慢慢体认，不是那种历史册页上的荣光，而是这与之度过的日日夜夜、琐琐碎碎的点滴。而尽管它琐琐碎碎，却有人愿意将之编织得丰富一些，有情趣一些，这已经是这世间活着的最好滋味。那个日本历史上的幕末英雄高杉晋作不也是这样说的吗？"要将无趣的世界变得有趣。"他的学生因此替他接上："有趣是灵魂的安居。"

止庵的母亲是这样有趣的人，她喜欢看侦探小说，看电影和艺术展览，晚年生病时，她还能就这些与儿子一起互动。和井上靖《关于我母亲的手记》里那个行为诡异、记忆已成残片的母亲相比，止庵的母亲留有一份很细致动人的晚年札记，止庵将它用到了书中。这本《惜别》，也宛然是由母子二人共同完成。或许因为我是影迷，所以对他们母子每晚看一部电影这个细节非常入心。并且记得在她生前，止庵就曾说起过。我还觉得是非常动人的电影画面。那时问过止庵，为什么不把它写下来？而止庵给我的感觉是，他不会写这类东西。

现在，他终于将它入到了文字。"惜别"，曾经是太宰治拿来作鲁迅题材的小说名，但其实没有比用作这本书的书名，更恰切了。

从这本书可以约略知道，止庵的父亲很早就离开了人世，还有一位哥哥长久失联。每个家庭成员的离去，对经历者来说，都是一处难以复合的伤痛。但你在多大的年龄面对它，仍然会有不同的意义。我总觉得，母亲的离世，于止庵的意义之不寻常，是因为现在的止庵，已经成熟到了可以面对托尔斯泰命题的时候。他在此，与母亲做这一次文字的惜别，也意味着，那个己所从出的历史，部分已经被这个至亲之人带走，从己而出的历史，需要他重新定义存在或不存在，并选择哪些可以记忆，哪些必须放下。这很像是对过去生活的一次清零，但从精神的角度，更接近一次透析。

那个作为记忆而存在的母亲依然会回到梦里，但已不能成为他和死神之间的阻隔。与自己必死的命运相遇，这个事实固然乍听仍是心惊，但却已经包含在惜别之意里。

如果这是一次告别

——与生死有关的三部电影

人生最后的告别,究竟该是怎样的呢?我虽然也算经历过几次,但觉得,远远不足以体味这里面的五味杂陈。因为所看过的电影,告诉我的永远比想象的要多。

一 《守灵夜》并不只是告别夜

《守灵夜》,就让我从《守灵夜》说起吧。那是我看了笑到肚痛,无法对人言传但同时又领悟多多的电影。其导演为牧野雅彦,也叫津川雅彦。

落语大师经历了最后一次手术,妻子志津子得知他已经时日无多。儿子与众弟子打算满足他最后的愿望，听完他艰难地吐出的词，个个面有异色。众人忙乎一通，却发现是个误会，老人家要看的是大海，而不是女人的那个什么什么（此处不表，请自看电影领会）。《守灵夜》第一个桥段，就带上了落语大师职业性的笑闹，以至于大师的守灵夜，弟子们还为此事忍俊不禁。他们由此聊起先生生前的不拘小节，他灵活的舞台应变能力，以及语默动静中隐藏的机关与包袱，聚合成一个中心词，便是：大师的糗事。这基本还都归到下三路。这个守灵夜，在中国人看来，多少有些出边出沿：要和先生共舞一曲《最后的康康舞》，儿子和几个弟子竟然扶起了穿戴齐整的亡人。有人奏起三味线，有人帮着先生举手抬足。大师的妻子本来是满目悲伤，但弟子对她说："师母，好好看，这是先生最后的康康舞，他最后的演出，一直看到结束。"看着看着她也渐展笑颜。舞蹈当中，音乐突然变成飞扬的小提琴曲，此时，死者宛如复生，片中的旁白则说："虽然大家都醉了，但我们都感觉到，先生已离去。"

接下来走的是弟子笑满亭桥次。最后还有大师的妻子志津子。片中的守灵夜，一共三场。笑满亭桥次的守灵夜，大家方知，这个终生未婚而又时运不佳的演员，实际上是为一场艳遇过度兴奋、脑溢血而死。说到艳遇，死者突然复活，眉飞色舞地讲述当时经历的一切，众人听得一片慰安，感喟他在最后体验了完整的人生。

大师妻子志津子的守灵夜，来了一位不速之客，众人因此知道，大师俘获妻子的芳心，原来也经历一番竞争。这个66岁仍显得娇嗔小媚的妇人，四十年前曾经也是伊豆的歌妓头牌，享受过被多人追爱的风光，最后在落语大师与一个工厂主席之间左右为难。

当年的工厂主席，就是出现在守灵夜现场的出租车司机，头发已经花白。"志津子是这么迷人，即便牺牲几个工厂，也是值得的。"虽这样表示，但也心有不甘："我以为我的对手走了，妻子也走了，接下来就可以和志津子在一起。没想到志津子也离开了。"

凭歌寄意，志津子的守灵夜，变成工会主席与众弟子的 K 歌赛，志津子又一次得以重生，她以昔日的风情唱起荤歌，尺度大得完全不输于男人。

电影看来很"黄"很放诞，回味起来却一往深情。化悲伤为喜乐，《守灵夜》算是决意要在天堂口热热闹闹演一出。谁敢这么导？当然是名叫津川雅彦的这位演艺界大咖。他出生于演艺世家，外祖父是有日本电影之父之称的牧野省三，舅舅牧野雅弘导过《日本侠客传》《次郎长三国志》《浪人街》。津川这个姓，来自他年轻时出演的《疯狂的果实》一片中津川龙哉这个角色。当年的英俊小生，人到中年还是英气逼人。晚年在 NHK《葵：德川三代》中饰演德川家康，这枭雄一样的人物，更被他演得收放自如，趣味横生。《守灵夜》是其导演处女作，完成于 2006 年，其时他 66 岁。他在片头郑重地把名字改成牧野雅彦，仿佛在寻求牧野家族的护佑，而的确，看这部讲述落语大师与周围一圈弟子生生死死的电影，也极容易让人联想到他那个家族。

查资料,《守灵夜》中演落语大师的长门裕之,是他的亲哥哥。扮演志津子的演员富司纯子,是一代名优。其夫其子都是著名的歌舞伎演员。而歌舞伎与日本电影的渊源,恰又是从牧野雅彦的外祖父牧野省三开始。牧野省三本人表演狂言,牧野家族与歌舞伎家族,天生有着密切的联系。

津川雅彦年轻时演英俊小生,中途一度事业不顺,后来做了爷爷玩具公司的创始人,再后来又做电影。这中间的心路历程,想必也是起起落落。再加上他演艺世家的氛围,当是最懂得人生如戏,戏如人生。也难怪,初执导筒,就如此荦荦不忌。

戏梦人生,守灵夜或许不是告别夜,而是之间的轮回而已。

二 《致亲爱的你》:从你的风景路过

高仓健这张脸,说到底,还是愈老愈耐看。那种坚毅、克制与隐忍,已非"银幕硬汉"四字所能概括。最触人心怀的,还有岁月带来的寂寞沧桑,以及对逝去故人的歉疚与回忆。看他晚年所拍的两部片子,《铁道员》与《致亲爱的你》,都像是为他量身定做。知高仓健者,导演降旗康男也。这当然没说的,他们从1978年的《冬之华》就开始合作,也是老搭档了。我看他们间的合作,总想到后面这一层,因而面对银幕上的高仓健,一方面起敬意,一方面生爱怜。

两部片子里,都有一个离世的妻子。《致亲爱的你》一开始,高仓健所饰演的富山监狱的技工指导,就失去了妻子。而《铁道员》

中回旋的那首《田纳西华尔兹》，其实是高仓健离世的前妻当年唱过的一支曲。昔日的女歌星，离婚后郁郁寡欢，直至自杀。不管分手的原因该归于谁，对活着的高仓健来说，一定是留下深深的结的。据说把这首歌曲放在片中，也是出自他的建议。《铁道员》拍摄于1999年，《致亲爱的你》拍摄于2012年，银幕上的高仓健当然更老了，眼泡浮肿，两颊还像掉了后槽牙似的往里微陷。八十多岁的人了，演一个送妻子骨灰到其家乡海上洒落的丈夫，怎不让人心生恻恻。与《铁道员》故事所置放的那个寂寞廖落的旧火车站背景不同，《致亲爱的你》处处是流动的场景，甚至有人将它归为"公路片"。因为在收到离世妻子一封类似生前遗嘱的信后，接下来的情节便是他交了辞职信，一路开车前行所遇到的人与事。

故事不复杂，也不大起大落，但是看后仍让人欲罢不能，心好像还被一股和暖的风鼓涨并涤荡着。风又是从哪里来？其实是从音乐。《铁道员》里用的是弦乐，这部片子里管乐用得多。萨克斯、单簧管次第奏出的音乐，悠长而稳健，并给人向前的驱动力。失去妻子的仓岛，就是在这种音乐氛围下坚强上路。虽然心事幽幽，心还是对外敞开的。人世的风景，因此一一纳入他的眼帘，并于心中荡起微澜。这微澜搅动起回忆，让现实与过往不断交织往返。《铁道员》同样结构故事，这看来是降旗康男一贯的手法。触景生情的闪回，让我们因此知道，仓岛的妻子是童谣歌手（这个身份又一次和高仓健妻子的经历暗合），她来监狱为服刑人员演出，后来就不再来了。偶然的一次见面中，她坦承自己只是为其中一位在演唱,不再来,是因为聆听者已经在监狱发病死亡。这表白却因此触动了仓岛的心,让他第一次有了结婚的愿望。这理由说出来是:"你的《星之歌》让我想到故乡。"

《星之歌》是宫泽贤治《银河铁道之夜》里的曲词,也叫《巡星之歌》。这位童话作家一生都有挥之不去的宗教情结,诗里颇多星的意象。而他37岁就陨落的生命,也像流星在人间划过。仓岛从《星之歌》唤起共鸣,说来星星虽然清冷、孤独,但同时也代表光与希望。驾着精心改造、本来想与妻子共同旅行的房车,仓岛一路跋涉,驶向长崎一个叫薄香的港口小城。他面容平静,但这平静中透出的落寞,却一再被人感知。

推销便当的小伙儿田宫,请他帮忙载货,仓岛还在他的摊前搭了把手。彼此相熟,就一起喝酒,田宫开始讲述家庭的不幸,手下南原几欲阻止,他却道出对仓岛的信任:"我知道您会听我诉说,因为您眼中流露出寂寞。"

另一个对他的寂寞有所感的是途中与他相遇、暗暗做着偷车行当的北野武(且让我用演员名替代角色名)。他看起来是片中打酱油的角色,其实绝非可有可无。喝着咖啡,和仓岛谈论俳句诗人种田山头火,他还问了仓岛一个意味深长的问题:旅行和流浪有什么区别?在这个偷车贼看来,松尾芭蕉属于旅行,而种田山头火属于流浪。而有意思的是,在因偷车事件终于被警察抓获的时候,他仍不忘来一句种田山头火的表达:"在流浪的途中我陷入了迷途。"

是小偷还是自我介绍时说的教师?影片中的仓岛,并没有因为这个人真实身份的暴露而陷入震惊，他反而承认，自己像是被对方照顾了一般。"早起杀了一个人，晚上救起一个孩子。"日本人似乎从不觉得这样的反差有多奇怪，因为他们一向觉得人心不可捉摸。这只让人感叹，人与人的交集，多像星的运行，虽然自有轨道，相遇时也不知晓对方来历，却可能因为彼此释放的气场，决定彼此交往的内容与基调。也许这偷车贼，原本是想继续行窃的，但是面对仓岛，却换成了另一种样子。仓岛于深夜车外独徘徊的身影，引得他从自己的房车里探寻，整张脸的特写镜头停留了很久，也给后来他留书给仓岛做了伏笔。留的是种田山头火的诗集，他还是想以俳句诗人的诗慰藉寂寞的旅人。偷车贼到底什么来路，影片始终没有交代，却也仿佛在说，我和你只是路过，你无须知道我是谁。

无论怎么说，年迈的仓岛的寂寞，是一种什么都认下了的寂寞。但小贩田宫的寂寞，说到底还是年轻人的不甘。一颗饱经沧桑的心，要怎么和年轻的心交流？仓岛没有言语，只与对方喝酒碰杯。

而那个田宫的手下南原，此时还像是旁观生活的那种人，但在后面，他却和仓岛有了更深的联系。首先是，在得知仓岛要去的地方之后，他主动留下一个联系名字。说如果租不到船出海，可以找这个人。仓岛到达后，先认识了一对开饭馆的母女。中年母亲称丈夫七年前出海，遇台风后杳无音信。女儿即将嫁人，所嫁的男孩热心地欲帮仓岛时，发现他手上拿的纸条上所写的，恰恰是他爷爷的名字。台风之夜，租船出海受阻，这位爷爷也坚拒出海。后来应允,一是天气转晴,另一个,是热心的那位女孩儿对男友施加了"压力"。乘船出海撒骨灰那一幕,画面中除仓岛便是那一对爷孙俩,落日、渔船、晚霞、人的剪影,实在是很美又很伤感的场景,但故事并没有在此落幕。

离开薄香的仓岛,又去找了南原。他把饭馆老板娘之女的婚纱照给了他。这本是老坂娘让他撒尽海里的,他却暗暗留下,在此拿给了南原,"也许你想看看这张照片"。南原就此承认,他就是老板娘所说的出海七年而不归的丈夫。还想进一步解释理由,仓岛已站起身来。"我以前是一名狱警时,我们将犯人通过他人把消息带出去的行为叫作飞鸽传书。今天,我也当了一回信鸽。"

如果说这部电影哪个地方最让我回想,我想说是这一处。仓岛决然打断了南原话头,几欲离去的身形仿佛在说:你无须向我解释,也不用请求我原谅。

"此路交织人生无数,吾今也步过。"打在银幕上的种田山头火的诗句,其实是这部电影的眼:人生虽有交集,能互相慰藉当然好,但终归,还是要各自赶路。

从富山到薄香,人物对话中透出,是长长的一千多公里。对仓岛来说,此行的意义,一方面是兑现对妻子的承诺,同时也是解自己的惑。一直与他感情甚笃的妻子,为什么不亲口告诉他自己身后的愿望?在这收到的遗言上面,为什么又只有"永别了"几个字?和饭馆那位老板娘探讨,对方倒是不怎么惊讶,她只说:就算是夫妻,也不可能知道对方的一切,但这又有什么呢?你不是也为她做了这件事吗？

和《铁道员》中的角色相比，此片中的仓岛，似乎更能带出，更老一些的高仓健的心境。尤其是在获悉妻子的愿望后，他想也没想就辞了职。而昔日那个铁道员角色，虽然也爱妻子女儿，但总是把自己的岗位看得高于一切。甚至两位亲人离世时，他都不在身边。这看来不可理喻的男人，也只有高仓健这样的人演绎，才显得可信。因为当小站的使命也告一段落时，他是真的倒在了这个岗位上。众同事抬棺为他送行，这一幕在最后，来得突兀却也悲壮。对着一个可以把命付出的男人，你还有什么话说呢？但到了这部片子，事业已没完成爱人的遗愿重要，而且之后，他还是打算继续活下去的。至少影片给了我们这样的信心。他一路所纠结的妻子的行为，也许迷惑在于，到底在哪个地方，让妻子"生分"地用了信件表达的方式？而且做这一切，妻子还笑得像孩子似的？我们当然不知道，在撒完骨灰的那一晚，他在港口的独坐，到底想了些什么。但从和南原的最后言谈中，我们明白他是有所领会的。

这位即将离去的妻子，就是想让丈夫完成这样一次旅程。旅行是一种打开，也是一种遇见。领略不同的人生，才能开阔心境往前走。

"永别了"说到底，是一种祝福：余下的人生，虽没有我相陪，但也请你走好，并珍重。

三　春日一瞬，究竟是哪一瞬呢？

说完日本片，最后说一部法国片。日本人拍生死欲念，实力最佳，但也难保闷骚的法国人，突然出手，同样做春水一击，于无声处听惊雷。《春日一瞬》，就是这样的好片。

2012年的片子，还有另两种译法：《春意暂迟》与《春宵一刻》。我取《春日一瞬》，因为它更接近我的感受。春天里发生的故事，讲述一个刚从监狱出来的男人，与其母亲相处的故事。母亲晚年迟暮，但举止优雅；儿子中年落魄，无处着落。一年半的牢狱期，皆因为做卡车运输司机，不小心被贩毒者利用。

一开始便是儿子出狱，与之有关的台词，配的是任何一部电影开始时都有的演职员表。因为没有画面，也就不知道中年男出狱的表情。春日一瞬，或许还不是这一瞬。

母亲的住所成了儿子的暂时落脚地。镜头很快就转到了餐桌。如果把这部电影反复观看，吃饭场景的反复铺陈，绝对是别有意味。关系融洽时，他们在一张餐桌吃饭，餐桌上有讲究的台布，上面码放齐整，灯光里映出的母亲身姿，美得如油画一般。关系有冲突时，另一张餐桌就派上了用场，那里仅铺简陋的塑料台布，东西很凌乱。母子俩分别都在这张餐桌上吃过饭，这里电影从来都给的是刺目的自然光，暗示着精神的失魂落魄。

如果说这部电影还有什么特别，那就得说是老太太这个角色。看了那么多中外电影，如此病入膏肓还镇定优雅的老太太真是少见。她患的是黑色素瘤。儿子出狱前她已做好安乐死的准备事项，她甚至不打算就这个事，和儿子说。

母子之间，绝少言语交流。以至于片中那只大狗，吃饭时常被呼来唤去，成了他们感情交流的纽带。

整部片子多数时只见动作，不见内心波澜。音乐大部分时候缺席，任何煽情的功用，都被减到最低。安静可真是安静，但并不表示什么事不发生。儿子恋爱了，在保龄球馆与一位女人四目交接。那场戏完全是眼神的流动，看得人心旌摇曳。之后上了床，也保持交往。爱情总是有魔力的，它甚至压倒了男人与母亲第一次冲突后的愤怒与郁闷。

心里有了爱，男人也变得关心起母亲来，发现母亲填写的安乐死资料后，他独自去医院找大夫咨询病情。答案当然不乐观，但转下来的镜头又是，他和女友漫步在山野中，情意缱绻。爱情总是给人幻觉，以为可以地久天长，殊不知，它经不起任何真相的碰触。女友问起工作上的事，他粗暴的态度导致二人分手。真实的原因是他羞于说出自己卑贱的工作。分手导致了他把邪火都撒向了母亲："你不是癌症吗？你去死啊！"这样的话都说出来了，也难怪那个老太太浑身发抖，行色凄惶。

但之后，她就装扮优雅地出门了，应该是去医院做她该做的事情吧——儿子在邻居大叔家里凭窗俯看，看到了母亲踽踽独行的背影。此大叔，暗恋老太太多年了。他知道她多年孤身一人的不易，尽管儿子不想让母亲知道他住在这儿，他还是向老太太传递了消息。他是想让这对母子重归于好。但老太太回绝：不，我觉得这样就挺好。

当然，母子关系还是修好了，因为那只大狗生病的缘故。剩下的电影部分，就都跟即将来临的安乐死有关。首先是执行安乐死项目的人来到了这一家，他们想确定，这是否出于本人自愿。有一个问题问得很哲学：您的一生是美好的吗？老太太答：我不知道，我的人生怎样就是怎样。

接下来邻居大叔与老太太告别，这一幕上了年纪的人看了会心有戚戚。人这一生中，并不只有一个你爱的人，和爱你的人。有的爱你的人或许就像这位邻居大叔，他知道自己魅力不够，还不能取代亡夫之位，他没那么大的野心，他只想陪你一起做拼图游戏。糖煮苹果就是最大的奖赏，当然还有最后的告别，他问：我能拥抱一下你吗？

所有的告别都完成，儿子带母亲上路，一起来到瑞士一座小房子里。喝下第一片防吐药片后，母亲问儿子：我给你家里的钥匙了吗？再接着，致命的药片喝下，老人躺在床上，儿子就在床边。他们对视着，无言，突然，老太太就抓住了儿子的手，这一次是一连串止不住的抽泣，急急地把儿子拉向怀里。"我爱你。"母亲说。"我也爱你。"儿子答。

以我们通常所理解的氛围营造法，这里可是大大的煽情点。但法国人竟然就让灵车云淡风轻地驶走，儿子也没有跟去。音乐倒是有了，钢琴声吧，你能感觉琴键是一下一下按下去的，像渐行渐远的足音。儿子的身影伫立于春光，他在想什么呢？

看这部电影前，正好看了一部一直珍藏的前苏联谍战剧《春天的十七个瞬间》碟片，那里面回荡着一首歌曲："有无数瞬间才凝聚成一年，有无数瞬间才凝聚成千年万年。有时候很难知道面临着的是第一个？是最后的？哪个一瞬间？"

春日一瞬，究竟是哪一瞬呢？看完这部电影，反而是这首歌在心里反复盘旋……

优人神鼓，击鼓者谁？

在大陆舞台上观鼓阵，多见的是热烈奔放，所谓锣鼓喧天，已经是固定词组。它呈现生命的恣肆，自也是一种释放，终究来想，还只是生命单一的面向。6月24日晚，国家大剧院，看台湾的优人神鼓，凝定、庄严、素净、神驰，一种自主的收放节奏，让观众也摄心一处，静静体会这动静之间的张力与深意。整场演出命名为《时间之外》，何谓时间之内，何谓时间之外，一个与自我存在相关的命题，伴随着鼓声之余响，一直到演出结束。我后来乘坐地铁，依旧听到有人在热烈地谈论。这都在佐证，这场演出有某种特殊的神奇魅力。

优人神鼓，一个红遍台湾近二十年的剧场团体，在大陆，依旧是个陌生的字眼。它的名气，远不及同样在台湾享有盛名的林怀民的云门舞集，但也许，看过两边演出的人，能对比出他们之间的不同。

此次北京演出，整场六个段落，中间没有休息，前后一气呵成。它们分别被命名为：大骤雨、千江映月、涉空而来、蚀、漩中涡、时间之外。观后细想，这也像极禅修的某种次第。暴雨现前，人在雨声中击鼓，人与雨，与鼓，宛如天地间纯然的存在，鼓声由鼓出，由手出，更由心出，震荡回旋，彼此相应。可以想象，这一番暴雨涤荡之后那种身心湛然。之后，千江映月。大自然如镜，照见幻影迁流，也照见自己的起心动念。然后，就有人子，涉空而来，于人世的纷杂漩涡中欲求解脱，其间历险、遇波，障碍重重，必须迎上，也必须迂回避让。解脱者，达至时间之外，自由就如同那一人或多人一起的旋转，可以无尽延续，也可以瞬间止停。

将舞台上的一切往生命的修行上去参，我相信这不是我单方面的意会。因为，此前一月，这个演出团体曾为这场演出，在同样的剧场有过一次热身讲座。优人神鼓的创办人刘若瑀、音乐总监黄志群邀台湾禅者、艺术评论家、"优"道艺一体的定调者，也是我的老师的林谷芳先生一同出席。林老师的开场白中，已经道出这个演出团体的与众不同。是舞蹈还是戏剧？单归某一类都好像无法涵盖整体，身心灵的锻炼，原就不是为艺术而艺术，而是在艺中体道，为道艺一体。这种理念，也贯穿于日常生活与排练。有幸在台下非正式场合，见过那些演员。他们衣着素朴，脸庞肤色，都透出大自然中风吹日晒过的痕迹。这种肤色与气质，已经不是只习惯在排练厅排练的演员所能拥有。并且他们禀行的训练方式是，先练禅坐后练打鼓。所有的演员都质朴而康健，有的女演员还称得上壮硕,但这都不影响他们舞台上的呈现。因为那种一招一式中所透出的静定之功,并不是所谓的优美的舞蹈动作就能达成。

刘若瑀与黄志群,都是有故事的人,我印象最深的是,刘若瑀讲她师从波兰老师时的一次练习。选了自觉最有东方特色的陆游《钗头凤》做题材,结果作品出来,老师却说,你有一个西方化的思维。之后回台湾,她走遍宝岛,遍访原住民艺术,既为自己的艺术寻根,同时也确证自己到底是谁。习武出身的黄志群,在被邀请加入这个团体时提出,要先去印度游历几个月。在那里,他被好奇的孩子们不断问到,你是谁,你从哪里来。他说这个问题问多了,便内化成一个哲学问题。跟着一位印度老师重新学打坐,是因为那位长者听完他打坐后的感受,说了一句:你还在糖果的外面打转,并没吃到糖果心儿里的甜。

这两个故事,其实都可以作为这场演出的背景性提示。所以,我知道,将一场演出做修行的对应,并无多少唐突之处。当然,既作为演出置放于舞台,当然还要经得起艺术标准的检验。以整场来观,无论是意旨表达还是空间呈现、演员技艺,都确实堪称精湛。你可以看到,虽然特色是击鼓,但是鼓中还有舞。而无论是繁复的鼓点,还是舞,均不给人炫技之感。你甚至可以说,演员以自己非凡的控制力,消解了鼓与舞相加所容易激发的热烈与抒情,由此映显出静。自然之静、生命之静乃至虚空之静,一般理解这便是禅境,但是优人神鼓的禅境,又不是一味的宁静。静若处子动若矫兔的肢体变化,所透出的生命的强劲,同样是

HOLD住全场的法力。动静之间，尤能带出生命内在的觉知，以及静中的澄明。鼓声虚实中有强弱，人声中，既有气息低沉的呼麦，还有清越悠远的女声吟唱，再加风月、云雨，共同烘托出一个浩大苍茫的天地景象。道在此，已体现为超越于文化艺术之上的生命的求真。这大概是不同于其他艺术团体之处。当然，它依旧还是透出东方文化的色彩：舞台布景极简而写意，演员衣饰，多在纯白与浅灰之间。因着这浅色系的衬托，《涉空而来》一幕中着玄色衣服的舞者，就更显鬼魅，这也是我印象最深的一幕。涉空的"空"，说来依旧是一个佛教理念，在舞台上所呈现的，其实是一个人涉空而来，又复入虚空的历险。这纯白之中黑色的呈现，无疑加重的是阻碍的分量。

舞台上还有多次旋转的动作。优人神鼓早年以苏菲旋转的方法旋转，演出还融入神圣舞蹈、太极等元素，但多年的训练，已使得他们将这些化为内在的自我，所以旋转也便成为只看着内在中心旋转。相比于身体于时空中的无限张力，念白反而稍嫌多余。也许语言在此确实有其难以企及处。

鼓之神奇，还在于谁在击鼓。日本人击鼓，击出的是鬼太鼓之韵。优人神鼓的出神入化，我私下以为，最离不开作为击鼓指导与音乐总监的黄志群。作为舞台上的定海神针，生活中的他一样质朴沉稳，亲切蔼然。他曾在那次交流会上带领大家做一个常用于练习的神圣舞蹈动作。即双臂依着不同节拍上下运动，慢慢再加上头部动作。初次练习，仅前者已经让我手忙脚乱，但因此也让我有一问请教于林老师：要完成这个动作，到底是要把自己的意念分几等份，还是要集中一念。他说，当然是通体一念，你若分心，动作肯定乱。

从他那儿我知道了泽庵禅师一句话：置心一处，则为一处所夺。也由此领会，优人神鼓无论是练打鼓还是练禅坐，练的其实就是这个全体贯注，系于当下的一念。有此自觉，优人神鼓的鼓，不管是众人齐击还是一人摇鼓，才会给人时空凝注之感。而做无数圈的旋转而无有动作之闪失，这里首先也是自己心神安稳。演出后确有观众好奇：你们这么多旋转，为什么不头晕？黄志群先生回答得好：旋转得稳，当然要靠训练。而通过训练你也会明白，向外看会头晕，向内则不会，因为看到的是自己。

这不禁又让人确证，这次演出，接近一次禅修境界的呈现。究竟何谓时间之外？我看后愿意以《圆觉经》里一句话作解："受用世界及与身心，相在尘域，如器中锽，声出于外。烦恼涅槃不相留碍，便能内发寂灭为安。"时间之外，并不是让我们脱离凡尘去成仙，而是同处喧嚣尘世，却能心中无染。

当然，这只是我自己的一番领会。击鼓者谁？看台上也是观自己，寻找自己生命的鼓点。如此，优人神鼓来了又去，就不仅是一次审美的享受，瞬间的惊艳。

清寒与丰饶：一种感官开启的日本文学阅读

一 清寒玉米香

2005年，我的第一次日本之旅，抵达的第一座城市是札幌。冬日，黄昏，与大通公园里一座诗人碑合影，有塑像，还有一行诗：

沉沉的秋夜
在广阔的街道上
有烧老玉米的香气。

从此记住了这位诗人，而那个旅途，真似乎就一直弥漫着烧老玉米的香气。

石川啄木，明治时代的诗人，其实也像明治、大正时代其他文人一样清苦。他只活了二十七岁。短与苦，并没影响他们的文学成就，反而给其文学打上一层动人的生命底色。这个底色也是我爱的，就如同我热爱某个清晨雾将散去的薄寒，某个深夜拥衾不能睡的孤寂。众生皆苦，而能将苦中的万般滋味说得水银泻地般弥满且丰盈，又似乎得兼具任性与天真。他们恰好就是这样一类。如赤子一样的生存，放在任何社会都是难的。及至于家庭，更有些可笑。所以早逝，似也是这类文人必然式的结局。我所喜爱的另一位大正时代的诗人金子美铃，也是在同样的年纪了断了自己的生命。而她清澈明亮的童谣，至今还被我们读着。这是清寒的另一种馈赠，它足以让我们被油脂充塞的粗糙感官重新磨拭得纤薄锐敏起来，如此与自然无隔，听得见蛙跳、鸟鸣，闻得见森林里朽木微微的香气。这些人似乎是通灵的，也更能传达出人这个物种，复杂而微妙的心意。

我总觉得日本有一脉文学，是沿着清寒一路流下来的。这在我近年来阅读的很多明治大正时代的文人作品中都看得见，清寒生孤寂，清寒也见生命的本真。所以才有金子美铃式的童谣，以及石川啄木这样的短歌。

关于金子美铃，我曾写过一篇短文，在此不赘说，很想说说石川啄木的短歌。国内出过周作人先生翻译的石川啄木诗歌集，是止庵先生编的。札幌大通公园诗碑上刻的那首也在其中，收录在《一握砂》集中。起先我读的时候，并没有在意后面的注释，因为就像日本俳句，我们即使知道那是诗人某一刻的体验，也不必追究由何事触发。因为那瞬间的喜乐悲哀，原也是有着同样喜乐悲哀的人能懂的。石川啄木的短歌，也可以这样懂得，但它恰好附有注释，我读着读着也开始做起了对照。

石川啄木，一位僧侣的后代——不知为什么，我所喜爱的日本作家，多少都与佛教沾点关系，只是石川啄木并没有得到佛的加持。早年当过乡间小学教师，月薪微薄，夫妻还双双患有肺病。体会过失子的悲哀，临死前都还在为治病的药发愁。曾辗转到北海道一带工作，因此留下很多短歌与札幌、钏路、阿寒湖有关。大通公园留下他一座诗人碑，在诗人的眼中，那时的札幌，"是伟大的乡村，美丽的树林的都市。洋槐树的林子里秋风起来了"。这样的景象于现代化的札幌已不复得见，但这文学的风景，却定格了一个时代。

明治时期是个变革的时代，诗歌也处于变革当中。对于诗人而言，在自己的时代怎样写诗，永远是一个选择题。而石川啄木固执地坚持了那种"可以吃的诗"。也就是从自己的眼中自己的脚下发现并感知到的生命一瞬。这一瞬有苦，有美，有生之绝望与留恋，石川啄木将它以短歌的形式加以咏叹，也就同时使它成为充满个人生命暗记的生活之歌。石川啄木这一首："对着大海独自一人，预备哭上七八天，这样走出了家门。"那种孩子式的直接，真让人无比的喜欢。一种赤裸无着的叙述，后面所附着的细碎的悲哀，读注释多少能知道一些，但在诗里全被省去。这是不需要你懂的不解释。同时也是诚实而不想言说的悲哀。作为人，绝对的悲哀，其实也正像他诗中意象，"用手一握，悉悉索索的从手指中间漏下"的生命之砂，流不止，自然也会有"为这点事就死去吗？为这点事就活着吗？"的哈姆雷特式的诘问。但这生命之问丝毫不让人深陷泥淖，因为很可能又在"把发热的面颊，埋在柔软的积雪里一般"的"想那么恋爱一下看看"的渴望，与"只因为想要独自哭泣，到这里睡了，旅馆的被褥多舒服呀"的顷刻的慰安中化解。心随万物，又能将它们凝于瞬间，我们也便随着他心绪的明明暗暗，感悟世间万物的流转。我喜欢这样的诗人，这样的诗人能闻得见烤玉米的香。

当然，清寒和清寒还是不一样。同样是日本小说家笔下，患病而困顿的主人公，也会将自己咳出来的血，兑成葡萄酒，送与隔壁正享情色之欢的男女来喝。清寒造就生命的乖戾，这原也是日本文学的另一个方向，相比之下，你会觉得，石川啄木式的清寒中，依稀还能看到远处那道微弱的光。

顺着这清寒一脉，我能想起来的还有三浦哲郎。他1931年出生，应该算做后辈作家。国内出版的他的书不多，而我之所以对他有感，也是因为他在《忍川》中呈现的作家自况，清寒到了狼狈的程度。但正是这清寒映衬出一种绝美，让大导演熊井启也拿它拍了电影，并请了栗原小卷这样的美女饰演女主人公志乃。

电影选的也是我心仪的《忍川》系列中第一部，讲两个出身低微又各有隐衷的男女相遇、相恋的故事。故事开展得很平淡，故事核里却隐藏了一个酷烈的宿命因子——因家族成员一个个自杀死去，或者不知所终，男子始终怀疑自己也将走上这条不归路。在爱上校园旁边小店的店员志乃后，他开始在理智与情感中挣扎。志乃自己是花街柳巷开打靶店的女子所生，这样的身世在交往中她也和盘托出，反而让他们灵魂靠得更近。终曲是男子带着新媳妇回乡，电影与小说在这一段真可谓交相辉映。新婚之夜，一番缠绵，二人在外面雪橇马车的声响中醒来，一起起床观看。熊井启的电影画面在此处极具诗意，小说也不遑多让："我们俩用一件棉袍裹住赤裸的身子，走出房间，将走廊的防雨套窗拉开一条缝儿，一道利刃般的寒光射进屋来，把志乃裸露的身躯染得雪白。雪原亮如白昼。"

好一个亮如白昼，读至此，眼前似也有一股开窗见雪的鲜凛冲来。

二 刀子，锐痛

是否该说，清寒与丰饶是一对互生词？日本文学给我的感官印象，也确实是这样。上面提到利刃般的寒光，我接着再回忆另一把刀子。出自泉镜花笔下，我被它毫无防备地举刀刺中，至今说起都有惊悸。

这么来说吧。接触他之前，尽管也读了各种各样的日本小说，但读他的《外科室》，仍诧异小说是这样的作法。躺在手术台上的高贵夫人，横说竖说都不想使用麻药。外科大夫便开始手术。一把手术刀，利索地滑开她胸前的肌肤。一刹那就被她一把握住，面向为她做手术的男人，女人问："你还记得我吗？九年前……"在得到欣慰的答复后，这把刀，就被她戳进了自己心窝。故事是倒叙着来讲的，但也就是短短两幕。两个男女先在手术台上相遇，再推到当年公园里的相遇。女人死后,外科大夫也紧跟着死去。世间真有"只是因为在人群中多看了你一眼,再也没能忘掉你容颜"的传奇吗?到底是什么让这对男女如此铭心刻骨?泉镜花竟没给这个故事多少起承转合。上来没多久,就让这把刀横在读者面前。到结局处他又写:试问天下的宗教家们,难道他们两人由于有罪恶而不得升天吗?不知为什么,不多说反而使得那把刀的力道又加重了几分。

有烈情的不只《外科室》中那对男女。《琵琶传》中的女人,也是咬断了置她心爱的人于死地的武官(亦即她名义上的丈夫)的喉咙后殉情的。《汤岛之恋》中艺妓与学士,分分合合、一路曲折,最终也以相拥跳河而告终。尽管这男女之情写到了如此极致,但我仍不想将这位小说家看成言情剧写手。或者说,吸引我的仍不是男女情感的鲜与烈,而是他讲述这些个故事的笔致摇曳。《外科室》的省略留白是一种,另一种则是在泉镜花式的镜花水月里徐徐展开。在其中你时不时会被描绘到的日本风物吸引。可能是一出剧,一把纸扇,或一枚发簪,它们都很有即视感,也很能在脑子里幻化成一幅幅浮世绘图卷。故事虽也能看出背景,但总体又像是时空遥远,读之也宛如听谣曲、观能剧或歌舞伎演出。芥川龙之介评价泉镜花"行文笔致兼备绚烂与苍古",我只能说,隔着翻译这堵墙,有些还只能在心中想象。但是将它们想象成日本传统的舞台艺术,或者从他去体味能剧歌舞伎演出,反而觉得,这条路是近的,也是暗通的。

有一个事实竟然佐证了我的看法。日本国宝级演员坂东玉三郎，到中国演出昆曲版《牡丹亭》。看他以如如不动之姿来演绎杜丽娘，我那时就想到了泉镜花。果然，有朋友告诉我，他确实出演过电影《外科室》和《天守物语》。而他心仪的作家，始终是泉镜花。

泉镜花同样诞生于新旧交替的明治时代，他属于我眼中丰饶那一脉。也许是他特殊的家庭氛围（父亲是雕金和象牙工艺师，母亲出身于能乐世家），使他始终能优游于一个逝去的古典世界。那曾被称为观念小说的这些作品，在其身后又被很多作家眼追手摹。我估计，他们最想习得的，仍然是如古老能剧艺术中那堪称为风姿花的韵致吧。

三 小鱼，寿司，东海道的神秘牵引

其实，我喜欢不断说其实，为的是把我心中最觉丰饶的那位，请到前台。每每提到这位作家，我的毛孔都好似要欢喜得全部张开，这就是横跨明治、大正、昭和三个时期的冈本加乃子。我现在所拥有的她的书，只有一本《老妓抄》，但它无疑已稳坐我喜爱的日本文学作家作品的宝塔尖。这还是一种随岁月更迭不断加深的喜欢，我总感到，那个著名的句子已经化成一只苍鹰，开始在我的生命内部回旋，是《老妓抄》里的老妇所说："衰老一年年加深了我的伤感，而我的生命却一天天更繁华璀璨。"

和读泉镜花小说一样，冈本加乃子的小说，也让我忽略其中的年代感。我总觉得那里活动着的男女，可以在每个年代里遇到。

其生命既脆弱又不寻常，因为他们总能奋力地从身边物中攫取生命的活力。

而这一点，又能激起你无限的感知力。这绝不是假的。看《寿司》那篇时，我真就在家中做起寿司来，为的是体味那个瘦弱不堪的小孩子，尝到母亲亲手做的墨鱼寿司时那种奇异的感觉："白色透明的食材，随着小孩的咀嚼，一股高雅的甜美味道立刻扩散开来，并混合着恰到好处的一股弹力，往小孩纤细的喉咙里流动而去。"那位小孩子后来长大成人，经常光顾一家寿司店，这儿时的寿司记忆，是他讲给寿司店老板女儿听的。在冈本加乃子的小说内部，人、食物、记忆、情感，经常如此这般地枝蔓缠绕着，然后通向一个意想不到的结局，同时也是人心深处一个幽微但又还始终孕育着生机的暗角。

《家灵》中那位雕金师，每到深夜必到一家食店。他想索要一碗泥鳅汤，但因欠债太多，店员已建议店主停止赊食。男人道出他对泥鳅的依恋："被我吃掉的小鱼虽然很可怜，吃下小鱼的我同样很可怜，不论是谁都值得同情，如此而已。我并不会很想要一个妻子，但是我很想要一个可爱的小东西陪伴我。每次当我想要一个可爱的东西时，只要看到这种小鱼，我悲切的心情总能获得平静。""今晚就让我好好品尝那小鱼的生命，让我的骨髓也能够感受到生命的力量，让我继续活下去……"咬噬与吞食这种词，听来总有些残忍，但被这男人一说，又呈现出生命可怜的慰藉与相依。一种直捣你心窝的哀切，在冈本加乃子的小说里，常常是用这种矛盾的意象共同来完成的。而这后面，竟然还有另外的故事。这个男人,以前面对的是老掌柜——现任店家的母亲。被丈夫遗弃的女人,守在柜台里面,生活也似乎被禁锢在这方寸之间。同情但又无力解救,这位工匠,便每晚向这位母亲索要一碗泥鳅汤,喝下这汤,他想的是:"一心一意只想透过我的职业技术,将生命的气息以及回春的力量,送给已经越来越形同化石的老板娘。"他因此打了一件金银发簪给她,而这位身患癌症的母亲至死保留。听完这个故事的女儿——"一种任凭命运处置的不安,以及一股打算接受宿命的坚毅勇气,加上一种相信救赎的既寂寥又虔诚的心情,朝夕不断地在久米子内心里交错着。"

翻译得如此繁复,也不知到位不到位,但也因此可以想见,冈本加乃子的小说词汇,就是一种漩涡式的搅动。它们的奇特在于,有时明明是奔向多个方向,最终却扭结成一股力。将生命的意蕴不断叠加,最后丰饶到难以诉说。

只是,冈本加乃子的丰饶并非清寒带来,她生于优渥之家,自小多才多艺。青年时暗恋过谷崎润一郎,却未被对方瞧上。丈夫才华横溢,一度也放浪风流,但在目睹过她自杀一回后,丈夫又做回了护花天使。反倒是从此她自己的生活状况频出,不断地陷入情感,又经历一个儿子早夭。戏剧性的人生一直相伴到临终,病床前是丈夫和情人同时陪伴左右。复杂的人生之境,使她的小说呈现出无限丰饶之姿,并且常有意外。打一记耳光只为让暗恋的人记住,《过年》所讲的故事,换一个人写真是难以想象,但冈本加乃子一路讲来,万般无理中,却能催开你心中的莲花。

用一个词形容,冈本加乃子所写,都是有"生命感"的小说。

这生命感不仅指人,而且指里面出现的植物、食物与器物,乃至道路。它们始终交感呼应,并给予另一方能量。《常春藤》一篇,就是门上的常春藤,和家中老年女仆、茶店小女孩生命意志的激发。而《东海道五十三次》的牵引力,也似乎来自这条道路曾走过的万千个魂灵。他们把日本的风雅,都留寄给后面的来者,无限寂寥,却又透着生生不息。

自己的人生堪称缭乱,但写起和僧人有关的小说,同样有小说之趣,并且与佛法不悖。这为我喜欢冈本加乃子又加一个砝码。小说《鲤鱼》中,小和尚与喂施的鲤鱼,还有被救女人的关系,确实有世间与出世间的矛盾,但一经老和尚处理,举重若轻中,又透出佛法的应机。说来,能写好佛教题材的作家,在我的阅读视野里也不多见。

附录 / 如是谈

李缨：靖国神社问题，是战争后遗症

大概从来没有一部电影，像李缨导演拍摄的纪录片《靖国神社》这样特殊：由一个旅日的中国导演花十年时间拍出，成为日本艺术文化振兴会纪录片的资助对象，进入圣丹斯国际电影节主竞赛单元，且在釜山国际电影节、圣丹斯国际电影节、香港国际电影节获得不同奖项。但这算不算日本电影的荣誉，日本人心存异议。

其间，围绕着它要不要在日本公映，日本国内早就炸了窝。右翼国会议员动用国政调查权审查此片，一些右翼分子扬言要在影院放炸弹，但许多影院最后仍然坚持放映，以至于它成为日本电影史上唯一需要通过安检放映的电影。

《靖国神社》最终获得2008年日本电影观众联盟特别大奖。其授奖词如是说："导演的视点切入了时代的本质，取得了确切的结果。"日本电影评论家佐藤忠男看后称："这是关于日本以及日本人的纪录片杰作。从电影一开始，我就不得不感慨，导演可不是一知半解的日本研究者。这是一部充满了决一胜负的气魄和意志所制作的电影。"但日本也有声音指责："这是一部明显不过的反日电影。对它提供资金赞助，只能证明日本艺术文化振兴会愚蠢。"日本文化部长因此受到议员咄咄逼人的质询，但这位部长始终坚持，要尊重日本艺术文化振兴会的判断。

此片的放映，还引发了是否对所拍对象肖像权侵权的诉讼案，法庭的审议与争论直至2010年年底才以和解告终。这期间日本电影界、法律界与很多知识界人士一直参与声援，一场围绕着电影的"《靖国》骚动"，就这样持续了好几年。

几年前我在常去的买碟的地方，买到这张纪录片，看完陷入长久的无语。但也因此，记住了导演李缨，一个旅居日本二十多年的中国人。而直到他的新书《神魂颠倒日本国》问世，才知道这是他在日本注册公司拍的一部电影。我们从中，既可以看到日本右翼在靖国神社前的疯狂作为，也可以听到日本普通百姓最真实的想法。看到日本青年因抗议参拜而被打得头破血流，也可听到台湾高金素梅们在靖国神社义正词严的声明：我们不是日本人。而一个美国人，虽然举着旗子对小泉参拜表示支持，日本人仍将他驱逐了出去。

"240万灵魂附在一把刀上"是李缨导演对靖国神社的概括。那把刀，就是靖国刀。画面中那位老人刈谷直治，是锻造这种刀的最后一代工匠。九十岁的制刀匠，是这部喧哗与骚动充满的电影中的静水深流。虽然造出的是战时能行百人斩的战刀，但他的整个人，其实并不狞厉，反而显得庄严肃穆。那是一个人，把他全部的生命与情感维系在一个点上，才有的庄严肃穆。也因此，那间连家人也不能踏入的工作间，也跟着庄严肃穆起来。面对这张脸，你不得不起敬畏——对人的敬畏，其实也是对其精湛手艺的敬畏。但是面对刀所连带起来的历史，人又不能一下子厘清自己的感受。

一 靖国神社，一个神魂颠倒的所在

孙：我是两年前看到你拍的纪录片《靖国神社》，当时非常震撼。这次因为你出了相关书，要采访你，又拿出来重看了一遍，再次震撼。就一个中日韩都密切关注的特殊空间，它盛载的东西太丰富太复杂了。现在正好，有了一部电影，也有这一本书，构成我们认真打量靖国神社的契机。而你用了一个形象的词来概括你所再现的特殊精神空间的特质：神魂颠倒。是个什么含意？

李：在我看来，神社就是一种灵魂装置，其中神与人的灵魂的置换又的确有很多错位。当然也蕴涵了日本自身的错位，中日之间认知的错位。

孙：这些错位展现在纪录片中，是一些非常有戏剧张力的画面。关于纪录片，我看时非常感兴趣的一点是，哪些有意味的画面，是突然撞到你镜头里来的？

李：应该说靖国神社是一个很有意味的戏剧性舞台。各种冲突各种现象都有。很多都是即兴发生的。但因为我一拍就是八年，每一年又不仅仅是8月15日，不同季节都在拍，慢慢就会发现，去年、前年这拨人又出现了。他们从哪里出发，线路是什么，又有什么特点，并且知道，在哪个地方能拍到他们有意思的东西。

在国际电影节放映时，一些人提到，画面中两个日本大学生突然出现，抗议参拜靖国神社，被当作中国人打出去，怎么像我们组织安排的一样，因为这两个人物的入场、入镜，以及后面的一系列冲突，拍得那么完整。我说这个是不可预测的。只是事件发生时，只有我在拍这个场景。其他媒体，还在另一个角度拍正面的参拜场面。

当然，即兴的场景记录累积多了，就会提炼出一些有意味的东西出来。给人感觉可能像是在某一天发生了这么多事，其实是很多年不同时空的重新组合。纪录电影是对时空的重新构造。

孙：以前，一提靖国神社，会想到那里供着几个甲级战犯，所以日本首相每每到靖国神社参拜，中韩人民就会提出抗议。在片中看到美国人举着旗子声援小泉，先是被一些日本人视为友好，后又被另一批日本人驱赶出去。会发现靖国神社折射的历史比我们预想的要复杂得多。

李：是。但确实能体现出日本的尴尬和二战后与美国的复杂关系。日本一部分人认为美国始终是他们的同盟，另一部分人又脱不开广岛、长崎的记忆，这完全是日本社会内部分裂的声音、不同结构的再现。靖国神社问题，从某种意义上说也是美国遗留下来的一个问题。说到底就是战争责任问题。美国在战后统治日本期间，因为想把日本纳入自己的同盟，就没有很好地清理这些战争责任。

孙：这一点日本学者高桥哲哉在他的《靖国问题》这本书中，也说到了。他说二战后的东京审判，里面存在的重大问题，"与其说是在于受到惩罚的人，不如说是在于没有受到惩罚的人"。也就是虽然甲级战犯受到惩罚，但对他们所侍奉的君主，也就是作为最高军事长官的天皇却不予起诉。这就造成了一个矛盾，即发动战争的人没有罪，对他效忠的人却有罪……

李：从日本的逻辑思维看，是这样的。我拍这部片子的时候曾找过一个日方制片人，看有没有机会合作。在讨论时他的观点是：我们日本是没有战犯的。我们只有战争责任。而战争责任，到底该谁负，在日本国内都是一个含糊不清的问题，何况对外。

孙：看清了这一点之后，会感到靖国问题无法解套似的。你在书中也提到一种面对历史的智慧的说法，但让人感到它也就是一种期许。

李：也许我们要做的是，从一种历史思维，从整个亚洲近代史的变化，来看待靖国神社问题。实际上，靖国神社240万亡灵，不仅包括二战中战死的军人，还包括以前日清战争、日俄战争的亡灵……靖国神社维系了这一整段的历史。中国人总是愤怒于日本为什么在二战中宣称自己是圣战，其实所谓的圣战理论，是在漫长的近代史土壤中形成的。所以说，我们对日本的认知，还有非常大的缺陷和误区。我很希望通过这本书，让大家认识到，原来我们对日本这么不了解。即使是在中国人这么感兴趣的靖国神社问题上，也是这么不了解。那怎么谈得上了解这个国家呢？

谈战争，还要认识到，战争是人类一直没有摆脱的一个现象。而有战争就存在一个战争责任问题，什么叫作正义，什么叫战争犯罪，什么叫和平，有没有一种可以宽恕战争的和平？在追究战争责任的同时，最重要的是，需要不同的时期，不同的国家，不同的有智慧的政治家，或者有智慧的知识分子，探讨如何不使它恶性循环的问题。

如果不是从单一的国家考虑这个问题，而从人类整体来看待战争问题，那就还要进一步去想，战争这种现象，最终对谁构成的十字架更为沉重？是对受害者还是对加害者？

孙：拍了这个片子，您的看法是？

李：有时候反过来想，其实日本的命运也可怜。我们作为受害一方，一谈起来很愤怒，但不会时时记得。但作为加害一方，不管他说与没说，如果他没有以一种很好的方式解决这个问题的话，十字架他是一直背着的。所谓恶有恶报，为恶的一方留下的十字架最为沉重。从这个意义上说，日本在战后也是拼命想把这十字架卸下来，你看他们每年都在纪念广岛长崎的灾难，渲染他们的悲痛，给外人的感觉是他们总是作为被害者出现，但在他们心中很明白，是因为什么而带来的这个。也就是说，当他反复渲染这一面时，他们作为加害者一方内心的十字架并没有放下。

孙：但这容易让外界觉得，他们好像在回避他们之前给别人造成的灾难。

李：其实大部分老百姓还是心里明白的，但又没法说出来，没法对自己的政府表示愤怒，没法对那个时代表达愤怒，就转化成强烈的悲剧意识。另一方面，当这个悲剧把他们压得喘不过气来时，就需要一个透气的出口。那么靖国神社就赋予了那些战争的亡灵牺牲的正面价值，强调他们是在为国家，为正义捐躯的，为所谓的亚洲解放。他们才就觉得死得其所了。人，谁不愿意死得其所，而老想着自己是冤死鬼呢？这就是靖国神社能给他们的一种安慰。

孙：只是这样做时，对于像高金素梅或者某些当时被胁迫打仗的非日本人的后代，就是一种伤害了。看纪录片我们会深深认同高金素梅们的想法。她说："我的父辈不是日本人，是被你们胁迫着打仗，是战争的受害者，受害者的亡灵怎么能跟加害者放一起。"但日本人却无法解决这个问题。

李：因为对日本人来说，那些人也是作为日本人去打仗的，是当时帝国命运共同体的一部分。日本很强调命运共同体。他们内部的命运共同体塑造得深入人心，但是拿这种内部共同体去对应外部，尤其是当原先那个帝国已经瓦解崩溃、不存在时，就乱了方寸。靖国神社是维系着这样的象征的空间，所以就矛盾冲突不断。这是日本很大的问题。

二　老人、靖国刀与电影公映余波

孙：无论在你的纪录片，还是你的书中，那个制作靖国刀的最后一代刀匠，都给人印象深刻。片中你是用他制刀的形象贯穿始终，而在书中你所提到的"《靖国》骚动"事件，他其实也被很深地卷了进去。这是一张颇有意味的面孔，他在对话间的沉默与笑，给人巨大的想象空间。你怎么读解你拍摄的这个老人。他一辈子都在做靖国刀吗？

李：对。但他同时也做建造神社的工匠，这个我没在纪录片中体现出来。他能做非常好的木工活。他的工作在他看来是充满神圣性的。太太也不能进入这个工作空间中来。甚至在做刀前，他还要认真地拜一下。这种作为刀匠的传统，他一直遵守着。

孙：那你怎么看待他在你提问时的沉默？是他不明白你的意思吗？

李：怎么可能不明白呢？但我们之间的对话，基本上不是我对他的采访。我并不想在这部电影中使用采访这种方式，是我随着他的思维，慢慢和他相处，对话。有些疑问他也很想知道，比如我作为中国人，怎么看待小泉参拜。但他也一直不好问我，直到忍不住才会问，这是自然交往方式中的对话，某种程度他也会有所预想。我们都在寻求捕捉一种彼此对话的方式，在历史与现实之间。这恰恰像日中关系，很微妙不是吗？所以我觉得他的沉默很正常。他也不知道有些东西该怎么表达。

孙：说到日本的匠文化，我的感觉是，他就专注于这一块。就像小津安二郎总是对人说："我就是做豆腐的。你要再问我多的东西，这事跟我没关系。"

李：这个感觉他也会有。我也尊重。你想一个刀匠，他的一生、他的情感价值都维系在这上面。把这种神圣的感觉破坏掉，还真是有些于心不忍。但又没有办法。谈靖国刀没法离开战争这段历史。所以我也有跟他在这方面的沟通交流。

这部片子放映时在日本引发争议，有人拿他说事，说他是在不知情的情况下被拍摄，我侵犯了他的肖像权。很多记者又去采访他，向他求证，你想他的痛苦可想而知。可能他一辈子也没这么大的内心动摇，晚年平静的生活真的是被打破了。一想到这个我总觉得歉然，但又无可奈何，我没找到和他就后来这件事对应的方式。他也没有。我们都是对着中间渠道在说话。这是很有意思的现象。各自有各自无可奈何的地方。

总的来说，这部片子在日本所引起的骚动，是日本社会矛盾性的反映。也许还激起了某种历史深处的痛苦，以及历史与现实的冲突与挣扎。或者还包括，我作为一个中国人，来拍靖国神社，让他们接受或无法接受的一个微妙心理。

三　日本人声援我，不是在声援一部电影，而是在维护一种理想价值

孙：你的纪录片提示我们，要了解一个东西，必须进入它的空间。否则，你不会想到，那个美国人举着国旗声援参拜，还会被日本人赶走。

李：是的，所有事情你若停止在门外想，就会把自己跟对方隔绝开来，变成自说自话。起不到沟通作用。

孙：而且好的片子，被大家解读出来的东西总是很多，有时超出你的预期。

李：引发各种读解是好事。恰恰能证明一个作品的能量。这本身也是我结构这个电影的方式。一个精神空间，你必须从多个角度来面对它、捕捉它、触摸它、感受它，才可能找到它最佳的呈现方式。这部片子也有人认为是反日电影，我自己虽不这么认为，但是并不反对他这样看。多种读解总是好事。

孙：但是这无疑是触动了日本最敏感神经的一部电影。所以看你的这本书，最牵动我的，是戏外发生的喧哗与骚动，真的是，戏很精彩，戏外比戏里还精彩。

李：对，戏外是戏里的一个延续。就像是电影构造的矛盾体，又延伸到现实生活空间来了，这只能说明，这个问题没有解决。

孙：你的电影得到很多日本人的支持，也遭到另一部分日本人的反对。书中有反对派的议员直接质询日本文化部官员，为什么会通过资助这样一部"反日"电影的资助案。那个质询读来咄咄逼人，但我很佩服另一方，在回应时一直坚守一种底线。他总是说：这是艺委会做出的判断。我们尊重这个判断。你的电影在日本所引发的诉讼，最终能以和解告终，也是和你的律师团，包括电影界的人，对你的声援分不开。他们让人感动的地方是，他们首先认为，不管这个电影如何让有些日本人不舒服，但是不该压制表达的自由。

李：所以我说，这就跟日本全国观众能给这部电影授奖一样，是日本的荣誉。没有一部电影，日本四大主要媒体，会同时为它写社论,但就这部片子,包括《产经新闻》《读卖新闻》《朝日新闻》《每日新闻》在内几乎都同时发表了社论。在被停止放映时,他们一致达成共识,不能让日本观众失去观看这部电影的权利。好与坏,看完之后再来评论。

日本观众能够看到它切入了这个时代的要害,看到它所代表的时代价值与意义,并给它授奖,这比允许它放映更不容易。我向来不认为,他们在声援我时,只是在维护一部电影,他们是在维护日本战后建立起来的理想价值体系。他们担心在这件事上,整个社会出现自我束缚、自我捆绑,让整个社会的生命机体萎缩。

孙:那这部电影之后,你感觉你在日本的处境是变好了,还是变坏了?

李:这几年可以说非常不好。

孙:也就是说,虽然那么多人声援了你,但是这部电影另一方面的影响并不是好的。

李:因为我已经成为一个争议人物,既然是争议人物,就不是简单地跟你合作或不合作的问题。对方要考虑很多因素。所以我要把这本书写出来,把自己的思绪整理了一下,也和这件事告个别。

四 用艺术作品沟通,胜过无谓的争辩

孙:通过拍摄这部纪录片,并完成这本书,你算是对日本文化有了更深入了解。你觉得作为中国人,还有什么地方没有充分

认识到？

李：日本人的礼仪文化。日本民族的文化是和它的宗教性离不开的。他又把它提炼成一种礼仪，用礼仪的方式，把很多东西和谐过来。这是很值得我们研究思考的一点，也是日本最有价值的文明体系。靖国神社在他们看来，就是这种礼仪文化的一部分。你尽管可以很愤怒，但也不能不正视这一点。

孙：说到这里，我总是想到小泉那句话：你们外人没法懂得日本人。一位研究日本历史的美国历史学家曾批评日本人所宣扬的日本不可知论。他说了一段尖刻的话：日本自身孜孜不倦地要界定何谓"日本性"，这种做法近乎执着。而很多所谓的日本传统，只不过是现代世界中所创造的神话而已。他认为，现代日本史跟总体的现代世界历史不能分割。

李：日本是岛国思维。岛国有其局限性，但它是否真的就是完全和外界隔阂呢？再一想，也不是。它的文化发展起来，就是不断吸收外来文化而形成的。其文化特质本质上是不保守的。只是在兼收并蓄的同时怎么和外界融合，这对日本是一个课题。现在的日本人也在思考，他们是不是应该重新和中国的文化体系结合起来，再面向世界。建立一个行得通的价值体系，包括一个世界影响力。

孙：所以也不能光靠小泉这样的政治人物一句话，来判断日本？

李：日本本来有很好的宗教观、世界观，八百万神，神无处不在，这些本身都不是局限于某个国家的概念。只要是从人类立场来谈的话，就不存在完全无法沟通的可能。问题是怎样沟通，能否以双方都能接受的方式沟通。

孙：对你来说，就是用一部电影作品去沟通。你曾说，你看了日本一个导演拍的关于东条英机的电影《尊严：命运的瞬间》，非常不同意他的立场与观点，辩论又说不通，所以拍了这部电影。

李：对，争辩总是很无力的。就像很多日本人一听说我拍《靖国神社》，最开始也是这么认为：你不可能懂我们。我们都搞不懂的问题，你一个中国人，就能搞懂？我们都没拍出靖国神社的电影呢。现在我不是拍出来了吗？很多日本人看后也觉得，以前他们总是觉得围绕着靖国神社问题的争议，都是外面世界的问题，是外交问题，或是其他国家的问题。现在发现，其实是日本内部有些东西没有解决而造成的。或者说，一种战争后遗症，被我揭示了出来。那么，这个问题怎样解决？我从来不认为，拍一部电影就会找到答案。电影的使命不是解答，而是刺激大家去想为什么，电影呈现了靖国神社"是什么"，而在这本书中我进一步思考了它为什么会是这样。追究了"为什么"，再考虑怎么面对，将来怎么办。这些都得一步步来。

2011年8月，采访于北京后海，猎猎风中

林白：心开了，世界也开了

2013年的夏天，暑热连连，我在持续的高温天里读林白厚厚的新作《北去来辞》，既没有欲罢不能，也没有在哪儿戛然而止，就这样时继时续地进行着，然后感觉书中的人物，在我眼前慢慢活了起来：我看到了海红、道良不同于一般人的婚姻世界，他们有一个女儿春泱，而他们各自后面，又有一个世界：海红背后连着广西她的家族，她的父亲母亲还有她北上之前所有的精神前史；道良背后连着湖北的乡村，他的教私塾的父亲，以及离开乡村，散落在城市各个角落的晚辈：银禾与雨喜。另一方向又连着患病的前妻，身在美国的儿子。

我不确定这应该归为哪类小说，但我确定，它和林白以前的作品不同。如果最早的《一个人的战争》，那个叫多米的女性，和外部的世界是一种拒绝与对抗关系的话，《北去来辞》里的海红，则呈现出一种接纳。世界因此在她面前平缓地打开，林白让她所有的人物都走到了开阔地带，每个人都以自己的方式生长着，行动着，他们不再是她透过当年那个敏感女性"多米"眼中看到的人物。

我喜欢这种开阔，我甚至觉得，写作这本书的林白，生命强大了。胸襟开阔了。心可以容下更多东西了，而且也可以不站在纯粹自我的角度看待人与事了。所谓心开了，世界也开了。这是不是她生命的成长，我很想从她那里得到印证，于是有了如下访谈。

一 渐渐地走向开阔

孙：即使是很厚的书，有些书也是一两天就看完，但这本书看了很长时间，我其实感谢这个夏天，有这么一本书"拖"着我，让我边读边想事。《北去来辞》让我想的是：书里的海红是怎么一回事，写她的林白又是怎么一回事。书中真是人物众多，那么大的时空跨度。那么多的场景纵横交错，时空与语言都是流动的，开阔是这部作品首先给我的印象，而且我还感到了你的改变。心打开了，才看见了这些。才愿意把这么多人这么多事放进来。

林：（笑）是的啦，这些以前是看不到的，以前也不会这么写人物。像道良这个人，熟悉我的人会认出原型，但以前不会这么写他，以前会有怨，《北去来辞》里没有。你说我的心开阔了，确实。因为心开阔，人也变了很多。以前怕很多东西，怕见人，怕和人打交道，怕开会，怕被人拍照。现在我装修，上下楼去交涉，和装修队交涉，和物业、燃气公司、地板商等都能打交道。感觉现在真是变从容、坦然了，内心的焦虑明显消解了，这跟写作这本书还是有关系。

孙：我太知道你以前的不敢了。和你接触，最容易感觉到你的紧张感，那种放大的忧惧……那你觉得是人先从容开阔了才写成这样，还是写了之后变成这样？

林：这个不太能说得清楚，或许是相辅相成的吧。但从创作轨迹来说，比如《妇女闲聊录》《万物花开》，都应该是向着这种开阔在走的。只是还没走到开阔地而已，后来一直走一直走，就走到了这部。

很奇怪，这部作品最先是想写《银禾简史》的，按理是奔着开阔去写的，不会写到海红这条线。因为海红和我自身是有关系的。但我恰恰是写了海红这条线，把自己的路走宽了。

孙：是，我看银禾那部分，会想到《妇女闲聊录》。如果这部小说真叫《银禾简史》，我会把它想成一个扩大版的《妇女闲聊录》。

林：对，换个叙述人而已。空间还是没有拓展开。

孙：现在看这几个人物，都像棋盘上的棋子，每个人都能拓展出一个空间，或多个空间，城市与乡村、北京与深圳，甚至北京和美国，都开始建立了交叉联结，人物在其中就变得舒展了。这是我喜欢它的原因。而更重要的是，许多小说家也想有这么一个大空间来驰骋，但又没有能力赋予这些空间实感。而在这部小说里,我能感觉那里面的器物都很有质感,人都有他该有的气息。我比较好奇,实感的获得,你是怎么准备的?

林:事先也没有准备,是一边写一边做。所以写得很慢,前前后后大概三年多吧。你说到实感,我在一篇创作谈里提到"实感经验",我觉得这很重要,不然就会是空的。要写雨喜到城里工作的网吧,我肯定没去过,就得问别人,反复地问,这就有采访的成分了。乡村那部分,我自己去过,2009年、2010年去过两次,后来也写了短篇。题目都很长,类似《从银禾到雨喜,从棉花到芝麻》这种的,不算精致,是像矿石一样粗糙的短篇。有些人比较欣赏精致的短篇,我是相反,我喜欢那种不完美不精致的短篇。写了几个这样的短篇,还是觉得不能囊括我那个阶段的感觉,所以就写出了《银禾简史》。依旧觉得不够,然后加进了海红这条线,一次次补充它。慢慢就发现,我越来越喜欢海红这条线,因为它更复杂,知识女性的纠结,文艺青年的自恋,这类人与世界的关系,她要追求自己的理想却又总不能落地,她的注定要弄得一团糟的极度缺乏现实感的生活,等等,都使这个长篇丰富起来。

二 写作是要解决自身的问题

孙:或许我现在更喜欢从生命的角度看作品,我在这里面看到了海红的精神成长。像你书中有一段,我就看得很感慨:"下一年就是2013年,海红将满五十岁。经过这么多年纠结的生活,她感到自己终于褪尽了文艺青年的伤感、矫情、自恋与轻逸,漫长的青春期在五十岁即将到来的时候终于可以结束了吧?生活真有耐心,它多等了你二十年,而没有一脚把你踢个稀巴烂。"

林:写海红对我来说,不仅有文学上的意义,而且有人生的意义。我记得写的过程中,正好史铁生去世,陆陆续续读到一些怀念文章,他有一句话我印象很深:写作归根结底是要解决自身的问题。必须和自己的人生有关系,或者首先是跟自己生命或者困惑有关。大意是这样,这里转述不一定准确。

孙:这个时代每个人都有自己的困惑,我看书里有个小标题,就叫"这个时代的秘密",你写的是乡下孩子雨喜在城里替人怀胎之事。类似这样的时代秘密真的很多,空间的阻隔,让他的亲人很难想象,千里之外的她到底在遭遇什么。

所谓的"这个时代的秘密",在书中还更多体现在不同人的梦中。海红、道良、雨喜都有梦。梦很怪诞,也很纠结,另一个意象是精神病院。海红怀疑自己也是个病人,这个时代人人都不同程度地病着,并寻找着解决的方法。

林:这一点我也赞同。我要写这本书,最早的动力是什么呢?就是在这个剧变的时代,几个不同的人怎么安顿自己,海红怎么安顿自己,道良怎么安顿自己。还有雨喜、银禾……

孙:是,我越来越意识到,安顿自我是个大命题。海红想要安顿自我,所以也就必须自我审视,这个我在小说里特别能感觉到。经常能看到,书中的叙述人称有时是第三人称的客观叙述,有时是"我",有时还用"我们的海红"这样的叙述口吻。让人感觉,始终有一个拉开距离的海红，在打量或者说审视着当时思想行动着的海红。

林：是，通篇是这样的自我审视与观照。现在的"我"看过去的"我"。当然，这也是一种叙述角度的转换，光一种叙述角度会显得单调。所以会想造成这样一种文学质地。当然主要还是为了审视与观照。

孙：只是这样的叙述转换，让一个新人驾驭，可能容易造成混乱。

林：我自己也不算成熟的小说家，我常跟人说，虽然写了这么多作品，但我决不是那种很严谨的写作者，有很强的叙事逻辑那种，或者说，我不会遵循通常的小说章法写作。但我还是会有一种整体感觉，会用一种力量把通篇笼罩住，事实上我认为《北去来辞》是笼罩住了。我充沛地表达了自己在这个时代的百感交集，所以我觉得就可以不要太去考虑章法和逻辑。世界上小说有很多种，都要奔着某个标准，就会变僵了。

孙：这个怎么说？

林：就像书法临帖，有一种观点认为，不用追求临得太像，也不用追求字写得好看与否，一追求你就会僵掉。我认为关键在于追求与否，追求是一种执着，一执着就会用力过度不放松，这样干任何事都不会干得好。书法是讲究气息的，而每个人生命底子不同，气息也不同，临的时候明明气不够，还要照着帖往下拖，做到每一笔都很像，写出来就会很难看。当然也有另外一种说法是你必须临得像，才可以不像。我个人倾向第一种，因为我承认人是有差异性的。每个人都得随着他的律动走。

孙：那么回到那个话题，写了海红，作为写作者的你，解决了自我的问题吗？

林：自我的问题不可能通过一部作品就解决了，解决人生的问题，解开那种根本的困惑需要在宗教领域进行。文学其实是永远不完成的，它书写的是人在困境中的纠缠、绝望、叹息、探寻、企望、超越等等。

但是前后三年的写作，是一个养自己的过程，虽然听来也是改了又改，四十二万字，但那都不是殚精竭虑，也不是耗尽心力之类，而是生活的任何一点，都在触发你，看到一个什么场景，就想着也许这个可以用到这部小说的某一处。我感觉，我是"长"在这部长篇里的，像一棵树一样，长得慢，但是根是根，干是干，叶是叶。在我的写作中，它算得上是枝繁叶茂。

以前写一部长篇，总是非常累，写完就想，这肯定是最后一部了，再也不写了。《北去来辞》写完，仿佛意犹未尽。

三 时间流，通往死亡的列车，再度出发

孙：每次看到"我们的海红"这种叙述，我都能对应到你书中一个意象：时间流。结尾，海红在回家返京的北归列车上，她恍然看到了所有曾经逝去的、与她有过生命联系的人。当时看到这儿，脑子里似乎已经看到一副经典的电影画面。而且超现实。

林："时间流"最早是从《天才与疯子》这本书上看到的，

当时灵光一闪，就用到了书上。这是我目前的小说最令我满意的结尾。时间飞逝而过，逝者都在车上，这是一辆通往死亡的列车。有关与死去的人相遇这一点，多少受了卡尔维诺启发，他的《看不见的城市》中有一句是：人的一生通常会走到这样一个转折点，从这一点开始，他认识的死者数量将会超过认识的活人的数量。这里有个极点的概念，我把它拎出来用了。车上的人物，其实熟悉我作品的人可能看出，他们有的是《一个人的战争》里面的，有的是《致一九七五》里面的，还有《守望空心岁月》里的，还有《青苔》……

孙：从很多方面都可以说，你的这部作品集大成，所有的人物都在此交会。而且能看出你许多以前作品的影子。但我也知道，集大成处理不好，就成了拼贴与堆积。好在你这部小说还没给我这样的感觉。

林：的确，书里陈青铜、海豆这两个人物，《守望空心岁月》里写过。但为什么还要在这里出现呢？因为总是觉得，当年那部作品，没有穷尽这个素材的能量，而我当时写出来还自认特别好，才华横溢，自选集都收它。现在发现太差了。《北去来辞》一开始还没有这两个人物的设置，写着写着，他们自动走了进来。进来之后，他们从当年的原点重新出发，变得越来越清晰，更加有实感，更加与海红血肉相连。当年这两个人物其实是没有完成的，他们在《北去来辞》里才获得完成。

孙：就是说，当年炉温不够，你炼出了生铁，现在火候到了，你要重新淬火锻造。

林：是这么个意思，我称之为再度出发。还是你这个比喻精妙！

孙：不过我很奇怪，这里面所有作品中的人物都出现了，怎么就没有《玻璃虫》里面的。甚至在你的谈话中，也好像忘了这部作品。

林：《玻璃虫》？多差啊，我把它彻底否定了。

孙：可我当时读的感觉不差啊。而且我记得，这部作品还拉近了我和你作品的距离。我们虽然以前做过短暂的同事，但是看你当时的作品，我个人感觉离你还是很远的。多米的姿态是不管不顾地往前走，哪怕前面是陷阱，我可能本质上是个保守主义者，不舍得自己，所以看到陷阱就会本能地躲开。对于你早期的作品，即使我承认，那些都是重要而独特的女性生命经验，但让我共鸣的还很少。到这部，我突然发现，林白喜了。生命见阳光了。金灿灿的感觉，所以就愿意和这样的林白接近了。

林：你这么说，让我意识到，它在我的写作历程中是有价值的。可能是受知识分子影响，觉得此书没意义，对发出生命光亮的东西视而不见，本来我是注重生命感觉的人，但时常有知识障，或意义障。现在客观地说，《玻璃虫》的确是一个生命打开过程中的作品。重要的是里面有了自嘲。人要能自嘲才能脱离自恋，所以我记得，写完这部之后我就去走黄河了，有了后面的《枕黄记》。之后我就不怕人了，能和人聊天，然后有了《妇女闲聊录》《万物花开》。

孙：是啊，真的是和以前不同了。但怎么这部作品在《北去来辞》里没有得到呼应？影子都没有。

林：也可能因为它是游戏性的、狂欢性的，而《北去来辞》是自我审视的类型，两者气质不搭。

四　道良这个人，过去我不会这样来写他

孙：实际上你的再度出发，也可以从生命成长的角度来看。我看微博上有人赞你笔下道良这个人的塑造。以我们习惯性的标签式归类法，作为海红丈夫的道良应该算左派，而且是过气的左派……但是在你笔下，这个人物反而更有质感。

林：评论家陈晓明概括他是共产国际的遗存，在承担暴力革命的后果。

孙：我没有他那样的理论高度。我只是觉得，这个类型的人物如此塑造，我在当代小说中还没看到。你并没有将他扁平化，写得让人讨厌，相反在他身上，我同时还能感到他生命深处的某个部分，是有依归的。比如他沉迷在旧物上面，还有他教海红书法。我觉得检验一个人物是否写得成功，就是看读者是否愿意去理解他。而不是这人上来你就给他画叉了。

林：你这话说得真好！"检验一个人物是否写得成功，就是看读者是否愿意去理解他。"当代作家可能会很回避写这种人物。因为把握不好就只有讨厌了。但我觉得，作家写小说，首先得喜欢他笔下的每一个人。不能把人当标签写。道良是一个失败者。而文学就该写失败者。甚至我觉得，作家最好也是现代生活中的

失败者。如果一个作家总是拿奖,一开机就印几十万册,每本书都平趟市场,动不动就到法兰克福去,名利双收,万众瞩目,对这样的作家我是有所怀疑的。当然,不排除也有人能超越这一切,不为所困。也许我对失败者更有感觉,他的外部和内部的面更多,更令人感慨,更适合小说表达。有媒体也问我,道良这个人是不是很值得同情,我回答我不这么认为。因为他能承担自己的命运,不需要别人同情。

孙:是,你写出了人的多义性。还包括场景的多义性。我对景山上的合唱那段描述印象太深了。生活中我们经常能看到某个公园不同团体在唱不同的歌,而我们落笔不好就变成了简单的反讽,或者批判什么的,而看你那段描述,只觉得微妙会心。真叫作:可意会不可言传。

林:如果是完全的批判立场,当然写出来就是批判。欣赏的立场的话,写出来就会传达出欣赏。我不是单一立场,而且我站得有一定距离,所以就写成了这样。

孙:但这也挺考验笔触功力。你的《一个人的战争》,绝对不多义。

林:到现在还是有很多读者很喜欢《一个人的战争》。前不久一个读者几次跟我说起《一个人的战争》,说"看到伤痛之处时,似乎听得到如刀切开器物时'刺'的一声,锐利、毫不留情、直指见心……"是,《一个人的战争》是单向的,锐利、充满激情和野性、奋不顾身,对有感受力的读者会有震荡,但《北去来辞》更丰富、沉潜,它不是一支呼呼作响的箭头,而是一棵静默的树。

五 当多米成长为海红

孙：现在我得说，有的作品是养自己的，有些是耗，包括阅读也是同样的。你的这部作品，我感觉是养自己的那类。而你最早的那几部，读来比较耗自己。客观上说，你是一个把自我经验用到最大化的作家，这部作品同样能看到你生活的影子。那你介意别人把海红与你画等号吗？

林：我早期的作品是有很强的自传色彩，但就这部，海红与我还是隔得挺远的。如果没有这个距离，很可能就会写成又一部《一个人的战争》。

孙：是，当年读那里面的多米的故事，感觉和当时的你是高度叠合的。

林：把《一个人的战争》称作我的自传性作品，接受起来都比较勉强，我比较同意的是有自传色彩。《北去来辞》更不能用自传来概括了！海红和我是有距离的，另外，这部作品无论从叙述角度，人物，包括海红的经历，都不是自传性的。比如，我自己的父亲是我三岁时去世的，也不是死于精神病。

孙：但是否可以说，这一部作品让我们看到了多米已经成长为海红？

林：这个还说得过去。因为成为了海红，所以她的世界开阔了，人生境界提高了，对人对世有了悲悯，而且可以容得下许多东西了。以前，或者说对多米来说，她的心是容不下这些的。

孙：那我接着要问一个问题，作为最早被划在女性私人写作这个类型的作家，现在的你对这个称谓有什么看法？

林：这个标签太难受了，用在早期的作品也许还凑合，到现在，包括女性主义，我都觉得把我圈得太死了。这样来看一个作品，不知会损耗多少东西！《北去来辞》，当然更不是女性主义可以概括的。

孙：当然不是。因为我在里面已经看到一个开阔的空间，还有无数条路。甚至说到海红的归宿，假如她是我们身边的人的话，我也不觉得她的婚姻是多么大的灾难。道良给予她的文化安定感，也许是别人不能给的。

林：文化安定感，说得真好！也有别的读者不这么看。我看到有人认为海红的选择很无奈。

孙：道良中间问过一句"你还离开吗？"是海红自己选择了在一起。我觉得她是慢慢想明白了一些事。小说中描述她和道良一起去乡下，又一起返回。我就感觉她的生活慢慢落地了。年轻女孩往往觉得，生命中只有爱情一件事。慢慢成长了，会觉得人世还有很多值得珍视，比如亲情，比如文化的归属感。包括写字、劳动，甚至自己种植的小东西收获时的喜悦。看你描述到这些，我其实已经能知道你近些年的生活，也是慢慢落地的状态。

林：是，落地的感觉太好了，2009年我到湖北农村拔花生，栽棉花，干得每天一身汗，特别愉悦。人是要每天劳动的，见见阳光，出出汗。

孙：还是要把自己打开，和真实的事物发生联系。

林：及物。及物很重要。人老处在形而上，会疯掉的。虽然说内宇宙无限广阔，但其实没那么无限，而且即使有，也是从外面来的。从历史中来，从你的文化中来。必须有外在的映照。

孙：说到文化，我发现一件有趣的事情，当代很多作家都开始写字画画了。我也经常看你在微博上晒书法，《北去来辞》扉页用的就是你的书法作品。我的字很差，但我能想象练书法带给你的生命喜悦。

林：书法真的能带给人文化安定感。以前我也临帖，但临的是唐楷，后来有朋友提醒我唐楷已经是书法的末端，该从源头临起。前一段我到云南小住，跟着朋友的孩子做了三件事，一是打坐，二是念咒，三就是练曹全碑。回家后下笔，发现字就变了，再没以前那么僵硬了。原来字的变法，是和人的心境状态有关的。

孙：小说里的海红的书法，还是道良引导的。

林：是。如果说，多米能够成为海红，和道良有关，我也是同意的。

还有，年初在微博上看到有读者说《北去来辞》不提供出路，这且存而不论，我认为海红精神上是有出路的，她一定程度上破除了我执，虽还远不够通透，但有解放感和喜悦感，所以雨后的沙石路面才是"崭崭如新"。

访谈于2013年8月，北京东四十条

宁肯：小说是小说家看世界的方式

二十年前，作为北京援藏支教队一员，小说家宁肯在拉萨的郊外、哲蚌寺的附近一所村庄学校教了整整两年书。同去28人，大部分都留在拉萨，他则笃定地认为，那个注满城市元素的拉萨，还不是真实的西藏。那时的宁肯，长发垂肩，落拓不羁，看世界做事情总抱持着文学式的审美维度。

返回家后，他没有迅速投入写作，甚至在很长一段时间内，远离并怀疑着写作这件事。但是最终，他还是拿起了笔。一路写来，他既是新散文写作的代表性人物，又是小说家群落中的一员，一部《蒙面之城》的小说，让他在网络上赚足了人气。只是对他而言，《蒙面之城》所言说的西藏，只是西藏的一部分。另一部分在哪里，他用今年的小说《天·藏》做了回应。这是他十年之后重写西藏，而这期间，他竟然一次也没有，甚至想都没想过要再重访西藏。写完《天·藏》,他才给出理由,理由竟是:把自己心中的西藏写尽了,它再变成什么样,就都无关紧要了。

一个奇异的答案,但相比这部小说,又不算多出位。《天·藏》里的西藏,有别于任何当代作家笔下的西藏,它不是某种传奇的延伸,也不是某种神秘氛围的强化,它有些接近于我们一踏入西藏,所能感到却难以言喻的那种存在:沉静,高远,真切,而又恍惚。语言也有同样的质感,通透、纯粹,既言说事物,也在呈现自己。还带着玻璃般的光泽。

书中第4页,一只大灰狗进到了课堂。它同人站在了讲台上,学生们却没有一点骚动。大灰狗同样安静,甚至可以说是安详的。"甚至好像它是讲师,我倒像助教,"宁肯写道,"我继续讲《天上的街市》,学生们大声朗读,整齐而有韵味。大灰站了一会儿,也许觉得上课学习也不过如此,于是朝天打了个哈欠,一转头下了讲台,没事儿人似的出了教室。它觉得挺没意思的,它对我是否定的。我在乎它的否定吗?不。是的。"

这只狗在小说中只出现了一次,却让我过目不忘,我愿把它的闯入,理解为对这部小说阅读的暗示:别把它看成传统意义上的故事书,这是一本有哲学意味的存在之书。阅读这样的书,你需要放弃对故事的渴求,同时也要做最好与最坏的准备——一部试图用诸多的存在构成的小说,不排除变成面目可憎的哲学小说的可能。它会吗?很奇怪我并不如此担心。因为在这一刻,我已感到了作者的气定神闲与胜券在握。

再往下读,竟然遇到了一本熟悉的书,我永远在读又好像总读不完的《和尚与哲学家》。它以纯粹的对话构成,思辨意味深厚,对话在一位哲学家父亲,和有着科学背景而又选择潜心修行的儿子之间进行。宁肯却把书中人,变成了他笔下人物,并对他们原本对话的地点做了微妙的位移——不再是尼泊尔,而是在拉萨,汉族教师王摩诘的乡间居所。对话的时候,身边还多了教师王摩诘,以及与他比邻而居的藏族女子维格。两副牌混打的架势,真亏他能想象得出。

而宁肯也果然打得娴熟,有网友因此说:"这本书,就像一条天路,把我带到了神奇的青藏高原。"评论家也难掩欣喜,因为他们从中看到了小说写作的更多可能性。有个疑问随之而来:下一步的宁肯,你究竟还要怎么写?

且先别拿这个难题为难他吧,你该为他欣慰,因为西藏,他终于可以返回。

一 有了《和尚与哲学家》,就有了宗教的维度,也是书写西藏不可或缺的维度

孙:今年西藏题材的小说奇怪地多,以至于想回避都不能。到这本,我更是躲不过。因为它给我带来的新鲜经验最多。尤其在书里遇到自己熟悉并喜欢的另一本书《和尚与哲学家》,真让我有老友相逢的欣喜。记得最开始发现这本书的影子之时,我曾发短信向你确认,你回得很有意思:正是因为等到了它,才有了这部小说。为什么那本书对你这部小说这么重要?

宁：它是这部小说一个重要维度。宗教的维度，也是书写西藏最不可或缺的维度。我在西藏待了一段时间，为此还写过《蒙面之城》这样的小说。但是我始终觉得，那个故事不能涵盖我在西藏真实的生活状态。

孙：你当时是怎样的生活状态？

宁：就是一个人在拉萨郊外教书，主要和我的学生打交道，经常在小山村散步，那里的一草一木，周围的寺庙，甚至寺庙里的狗，很多细节，都带给我非常真切的存在感，构成我在那里最主要的生活感受。但即使有这些体验、后来还模模糊糊找到一个王摩诘与藏族女人维格的爱情故事，还是觉得写的时机不成熟，欠缺条件。也就是宗教这个维度怎么表达，始终是我一个瓶颈。

孙：你觉得以一个单纯的喇嘛来表现还不足以？

宁：不足以，根本不足以。宗教这块，你怎么理解？它和世界是什么关系？它和生活是什么关系？它的位置怎么摆？第一，你不能完全浸在宗教里面，经册啊，佛法啊，以这些来代替一切，最后你会消失在宗教里。另一种，非常外在地、猎奇地看宗教，那样人和宗教是两张皮。后来出现了《和尚与哲学家》这本书：一个怀疑论的西方哲学家，向着儿子——一个有着西方科学背景、最终选择到西藏修行的和尚发问，这里面意味就多了，解决了我的问题。

孙：是这两种角色的意象在吸引你，还是他们争论交流的内容？在你的书中，他们真正的对话，只展示了一部分。

宁：吸引我的首先是它呈现了一个通道，即宗教与生活之间的通道：哲学。《和尚与哲学家》中谈到一个问题，在西方古代的哲学中，有一部分是告诉人们怎样生活的。可是发展到后来，哲学把"我们应该怎样生活"这部分交给了宗教，与个人的生活越来越不相关。这正好是西方后来感到缺失的一块。而佛教依旧保留着这方面的智慧，这使得佛教与其他宗教呈现出不一样的面貌。

《和尚与哲学家》这本书探讨的是佛教与西方哲学间的关系，那么对我而言，由哲学切入宗教是再好不过的通道，它给我这部小说撑起了一座精神屋宇，可以在东西方的高点上建构我的小说。

孙：我好奇你会不会关心他们讨论的细部问题，还是说，不管他们探讨的结果如何，这种思辨本身，就是精神屋宇的象征？

宁：不仅是象征，就是一个巨大的存在。这种巨大存在与王摩诘的专业是相关的，也是和他的生活相关的。屋宇和屋子主人的生活相通，所以是一个完整的存在。

孙：马丁格是一个东方立场，父亲是一个西方怀疑论立场。二人中你更认可哪一个？

宁：你注意到没有，在他们父子俩之间，王摩诘的位置特别有意思。如果他们两人一个是正题一个是反题，王摩诘正好是合题。他从哲学立场上说是倾向于父亲的，是怀疑论的，但从生活态度上，又倾向于佛教的生活方式，是反思的，修行的，自我完善的。他把二者集于一身，成为一种具有世界意义的融合。

二 我不是在讲一个人的故事，而是在讲一个人的存在

孙：这么一谈，这部小说好像显得特别抽象和哲学，但事实上它并没有很多灌注了哲学理念的小说那样面目"可憎"。在你这部小说里，思考与生活本身，仿佛有一个通透的走廊，可以自由穿越。

宁：这可能是因为，我的主人公王摩诘又回到了古代的生活，就是哲学与生活不分家的时代。我主张什么，我就怎样生活。所以你到处可以看到，王摩诘在大自然中散步，在乡村和孩子们接触，他对一草一木的感知，和他研究的东西是一体化的，他的生活是哲学化的，哲学是生活化的。

孙：你把王摩诘说成是主人公，我当然也可以努力地这么认为。但我个人同时又觉得，那进行着宗教哲学对话的西方父子也可以是主人公，或者我印象很深的灰狗，还有维格的祖母、妈妈，从某种意义上说，都是。因为他们都是西藏的存在。一种并置的存在，每个存在又有其独立意义。

宁：你的感觉，恰好可以用来说明这是一部和传统小说不同的小说。传统小说中的人物是有等级的，主角就是主角，然后是次要人物、结构性人物、跑龙套的人物，都服务于主人公的命运。但我这里没有一个主要的故事线等着你，所以你体会到的更多是诸多事物的存在感。

孙：而且每个事物细细体味，都既是一个具象的存在，又是一个抽象的存在。在抽象意义上，每个人物，甚至那些颇具存在

感的细节都是平等的，没有谁高谁低。

宁：所以我在这本书的一处注释中就说，我不是在讲一个人的故事，而是讲一个人的存在。不同的小说观念，就是不同的看待世界的方式。传统故事小说认为世界是那样的，我的小说认为是这样的。

孙：就是非戏剧化的，散漫而又沉静地存在？

宁：是这样的。

孙：那是什么样的动力，让你想写这种类型的小说？

宁：第一个原因是我对西藏那段生活的感受。我说过，那种状态不是一种故事性小说所能传达的。

孙：或许有人说，那你把它写成散文好了。

宁：对，恰恰是我已经写出散文了。写出了一批我在西藏纯粹感觉状态的散文。当时被称为"新散文"。但我觉得散文毕竟和小说的手段没法相比，散文没法建构一个世界，而小说可以，因为它有虚构的权利。小说建构世界的方式，过去最主要是通过一个故事，但如果故事性很微弱时，还能不能建构一个小说世界？小说有没有不通过完整故事建构世界的？

孙：应该说经典的实验性作品中有，我只是觉得，在这个重回故事性写作的时代，任何一种实验性的努力，都需要勇气，同时还要准备迎接读者的冷处理。

宁：比较欣慰的是，书出来后，反响还不错，已经开始加印，是个让我意外的消息。它没做一点宣传炒作，竟然走到许多同样不出声的读者手中。盛可以说，是书自己长了腿，自己会走路了。

三 时空上的并置共时，恰是西藏这个场域的独特气质

孙：再接下来问，一个没有故事线推动的小说，它的内在叙述动力是怎样的？

宁：是人物精神的建构，人物关系间的某种灵魂的张力，时间在空间上的流动与交互。这是有清楚的设计的。这部小说中的时空读来有一个回旋的感觉，比如它刚一开始就写了马丁格父亲来，甚至两人已经开始了一部分的对话。但是中间又把它跳过去，直到第二十八章，王摩诘、维格开始为马丁格父亲的到来做准备。前面那个在写作中叫预叙，就是把后面的事情提到前面来说。

孙：整部书，王摩诘的人生好像就点缀在马丁格父子对话的时间结构里。

宁：这是大结构。其间，又嵌着小结构。比如王摩诘和他的学生这条线，维格与她家族这条线，王摩诘与维格、妻子于佑燕的感情关系之类。这些小时间，小结构，哪个在前哪个在后，我并没有特别去交代，因为本身就是散点叙述，时空上是一种并置关系。这在西藏这个场域，是可以成立的。因为西藏空间的辽阔，常常让你只有空间感，没有时间感。时间无始无终、循环往复，经常是这一天和上一天完全相同，这个月与上个月无甚差别，所以我让这部小说多一些空间的并置与共时，又有本质上的联系，这也是我对西藏这个场域的一种理解。

孙：也可能就是这种处理方式，使得人在阅读时有种谁都是主人公的感觉。但这样写笔下会不会乱呢？或者从另外一角度看，

你这种非线性的结构、复杂精密的实验性的写作，是不是很累？很费神？很不自由？

宁：其实在我看线性写作才是不自由的，它看起来有序，省力，按着时间往下推就行了，但同时它又有一种很强的直线型的规定性。我这种写作看起来很费脑筋，实际上反而有着极大的自由。

孙：那这种自由是怎么得来的，而又怎样获得一种正当性？

宁：就是大的时间结构建立之后，小的时间结构就完全打开了，自由了，不被故事制约，不被人物制约，不被时间制约，想怎么写就怎么写，怎么写都对，没人说你逻辑混乱。那种自由感，真的就像行云流水一样……

孙：要说谁不想自由地写，但写不好就骂声一片，变成乱写。

宁：自由不是乱写，自由是在混乱中发现的秩序，其本质是理性，而混乱又是自由的前提。混乱首先是一种世界观、认识论，也就是说混乱是世界存在的基本面貌，构思小说之初就是要在保持这个面貌（而非使它像故事那样完整清晰）的同时，发现隐蔽的秩序，即自由。在混乱的表象中，自由获得最大的可能。

四　世界上还有另一种语言，更能传达事物的存在感

孙：那么就说到了语言。我以为，能让你完成这次存在感强烈的小说，语言没有掉链子是关键。那些语言，熟悉你的人能迅速闻到你当年那些新散文的印迹。它们都不是为叙事而存在，而是存在本身。有着纯粹而特定的精神指向。总之很难设想，那种

一地鸡毛式的日常语言叙述，会在这个舞台上显得协调。所以我说，语言也是这本书中诸多存在物之一。以这种语言呈现的西藏事物，感觉像被玻璃过滤了一样。

宁：语言也是这本书的存在物之一，说得太好了！光，譬如阳光，没有经过这层玻璃，就是光。但经过玻璃之后，就有了层次感，审美，有了语言后面的阴影。这种层次感呈现着作品本身，从根本上说，没有这种"透过玻璃的语言"，就没这本书。

孙：那么再问一个不怕被人说成是鸡生蛋蛋生鸡的问题，这种"透过玻璃的语言"从何而来？

宁：首先要找到产生这种语言的思维方式，或者一种认识世界的方式，才会催生这种语言。故事型的小说不产生这种语言，也不需要这种语言，只要文通字顺就可以讲一个引人入胜的故事。文通字顺无法讲我这种小说，因为它与故事紧密相连，不同我这种小说相连。而我这种小说不指向故事而指向精神，指向内心，指向感知，指向事物的内部，必然要求另一种，感性的、智性的、微小的、审美的语言。语言与内容密不可分，语言就是内容。事实上就连西方的哲学发展到现代都有一个"语言"的转向，即由语言或言语本身来认知发现世界，语言哲学认为黑格尔那样建立庞大体系并不能认识世界，相反远离了世界。海德格尔说语言是存在的家，世界的家。换句话说，连哲学都回到了语言，那么文学本来就被叫作是语言的艺术，它是不是更该回到语言上来呢？

孙：但我们更多人对语言的认识，还是它工具性的那部分。比如我今天进行采访，回去写这个访谈，就是通过对今天谈话的整理，把你写这部书的理念与思考传达出来。跟你说的那个语言还不是一回事。

宁：对，这种工具性语言是语言的常态，比较固态，浅表，它固定了事物，事物也固定了它，一般说来这样已自足。但如果习惯了工具性的表达，把更为复杂的不确定的事物也用它来表达，世界将因语言的工具化而变得工具性。毫无疑问，语言还有另一种方式，即审美的方式，关乎世界存在的方式，或者不如说探险的方式——很多时候，语言就是对世界的一种探险，一种发现。如果以故事小说的观点来看我这部小说，很多语言叙述都是多余的，因为和塑造人物无关，和故事无关，不指向行动，但它恰好能表达我心中难以言喻的那部分西藏。

五 注释相当于小说客厅，整个小说实际就是在客厅发动的

孙：总体来说，你的小说偏向精神性。关注人本身，人应该是怎样一个人，而现实中是怎样一个人，并试图对作品中的人有一个精神性概括。

宁：是，很多小说，自发性的情况比较多，比如说故事类的小说，其中精神性的东西需要别人概括、解读，而我的小说，本身就呈现了这个。

孙：你的注释性文字就说明了这一点。这本小说注释性文本占的量很大，已经是小说构成中不可分割的一部分。

宁：对，所以你能看出，这部书实际有两个叙述者，一个在小说中，一个于注释中随时在对小说中的人与事，言辞举止甚至小说创作本身发言、评判。注释相当于小说客厅，整个小说实际就是在客厅中发动的。

孙：这些注释是怎么产生的？

宁：其实有些注释，最开始是放在正文里的，最后觉得放在注上更好，就做了移动。因为这些注释，这本书还有一个更大的原始结构，比前面说的马丁格与父亲对话的结构还要大，就是有一个王摩诘对作品开始的"我"讲他的生活，即两个叙述者一个在讲，一个在听，在转述，在注释里评论一切。换句话说，"讲"的时候，"转述"的时候，所有的事情都过去了。这样一个隐含的"对话"结构同样决定性地构成了这部小说。

孙：维格这个人是怎样冒出来的，有影子存在吗？

宁：首先产生于一种想象。一个像王摩诘这样的人，待在那样的地方，我觉得该有一个特别的女性来呼应他。这种幻想很自然。我甚至在十年前的散文里就已虚构了她，也写到菜园子被破坏那件事，但当时只写了二百多字，是一个毛坯性的雏形，但这几笔对我来讲一直很重要。而她的家族故事，则是在西藏历史中有原型人物的。真实人物叫龙夏·多吉次杰，十三世达赖要改革，他去了英国，他的夫人在英国很活跃，回来之后参与改革，想搞西方议会制，被保守势力抓起来了。夫人也确实另嫁人了。我让维格出生在这样的家族中，一是使作品有历史纵深感，想让人们在阅读这段历史时对西藏有一个新的认识。至少，提醒人们西藏不仅有雪山寺院，还有这样鲜为人知的历史！

孙：那么书名怎么确立的呢？

宁：是写完之后才定的。以前叫《日光之城》，在《中国作家》连续两期发表时就叫这个名，又想过"太阳城"啊，甚至"天上西藏"什么的，都不如意。最后有一天这个名字突然冒出来了，和这个作品开放性与注释风格也很吻合。

孙：你说过，有了《蒙面之城》，又有了《天·藏》，你的西藏就算写完了。

宁：对，写完了。我如果不把它写完，就不敢去西藏。为什么我离开西藏二十年，仍然没去，就是因为对西藏想说的，想要表达的没完。

孙：很多人会觉得，为了写它，必须回去，而你不是。

宁：对，我是回避。因为世界是变化的，西藏是变化的，你感受最深的是特定时间段的东西。它久久存在你心中，在发酵。如果你见到了它的变化，它对你内心绝对是个否定。甚至是摧毁。你的写作欲望、冲动全部没了，至少支离破碎。所以我不去西藏，不故地重游。因为很可能已没有故地，我写的事实上是不存在的西藏、我心中的西藏，一旦去了，连心中的西藏也没有了。

孙：那你会看别人写的西藏吗？

宁：会看一些。正因为看了别人写的，我就更不去了。比如哲蚌寺，说那个地方已经变成旅游区，别墅区，开始收费营业，而我当时所在的哲蚌寺，安静极了，下面就是六中，哲蚌寺和六中之间就是一个村子。二十年前那是个郊区，没什么建筑，旁边还有许多沼泽地、湿地。你想我再去，根本也找不到过去。而找现在又没有意义。我既找不到过去，现在对我又没有意义，我干嘛去呢？

孙：那现在可以去了。

宁：对，这个事做完了，心情上有一种完成，一种解脱，你再变成什么样至少我保住了我心中的样子，这样就不再怕了。

访谈于2010年11月，北京三里屯

赵柏田：风雅的起处，是一颗随四季而动的心

在众多的写家之中，与柏田兄的缘分最是悠久。当年在《中国文化报》时做副刊编辑，我就收到过他的投稿，也编发，也书信往还，但就是没见过面。忽忽十几年，再见已经是他的历史小说《赫德的情人》作品研讨会。隔着席间几个座位，问他可曾记得我，他说记得记得，相视而笑，像是久别之后的重逢。

用士别三日，当刮目相看来形容我对今天柏田兄的认知，当是不准确的，因为这等于将他数年来在历史、文学间的苦苦跋涉一笔带过。事实上，能成就新书《南华录》这样既繁华又苍凉的风貌，他不知经过了怎样笔尖的锤炼，以及心灵对心灵的揣摩。

而我每读他的新作，似乎总有一种感觉，对这样的作者做采访，还是笔谈为好。

《赫德的情人》是这样做的,《南华录》也如此。虽然我一向认为,邮件采访会失去很多对谈时的应机与意趣,但对于他,我却从不怕他会错意,并且某些意趣因此失去。有些人,似乎专是为文字而生。但又在文字笔墨间,很好地彰显了他的性灵。《南华录》里的晚明风雅,合该由这样的人写出,因为他与他们是如此通契,当然,与我,也是暗流相通。

一　历史写作:我是历史海洋的一个打鱼人

孙:你的《南华录》出版消息刚一出来,我就果断下单买入。实在是对这个题材太感兴趣了。这么多年来看你的写作在明朝兜兜转转,现在这本厚厚的《南华录》,仿佛将你多年不同方向的研究,交汇到一个点上。应该是一次畅意的写作吧。

赵:一次很畅快淋漓的写作。当然也是缓慢的、迁延的。因为我完成了一次表达:我对南方的想象,我对好的中文的期许,都在这本书里了。

也有点好玩。五年前,"南华录"三个字只是在我心里偶尔跳出来,没有一个人知道我打算写这么一本书,突然就满城争说《南华录》了,我是不是夸张了?写作是有神秘性的,它真的是像一棵树一样生长起来的。我是说这本书的结构。一个人物带着一个人物,一桩事件带着一桩事件,然后当你回头,突然就枝叶相连了,有了绿意,有了鸟鸣。

说到历史写作,我称自己是历史海洋上的一个打鱼人。我的渔船打造得比较结实一点,所以跑得远。方法论就是一个作家的渔具。明朝的书,这本是第三本了,前面还有两本,《岩中花树:十六至十八世纪的江南文人》《明朝四季》。其实我关注的不只是王阳明和明朝中国,我还关注现代性转型中的中国,几年前你和我谈论过的《赫德的情人》,和即将出版的长篇小说《买办的女儿》,就是以现代性转型为背景的。

孙:是的,《赫德的情人》小说背景已是清代。不过,还是写明朝的著作给人印象深刻,尤其是写明代思想家王阳明那本《让良知自由》。王阳明重思想,而此书上诸多人好风雅,怎么就从王阳明往这些人身上转了呢?

赵:思想和风雅,都是我醉心的。而且前者对后者构成一种审视。可是我再怎么追慕前人,思想和风雅的皮毛也得不着。告诉你,十九岁那年我是有做一个哲学家的野心的。可是有人那时候对我说:想想可以,不要沉迷,因为这个时代已经不需要哲学家了。

从写作时间上来说,我不是从王阳明转到这群晚明人的。王阳明这个小长篇写于十年前,有点久了。我是写了《明朝四季》后,看一代又一代的文人精英在权力的角力场中被碾碎,突然起意想写一种艺术滋养着的人生。至于生活史的视野,十多年前我进入历史写作时就已确立。如果没有日常生活细节的照亮,写作就没有意义。

二　风雅之辨：人与物的相宜，是晚明风雅的基石

孙：书以《南华录》命名，你自解南华非关地名，非关南华经，就是南方的精华。这精华一录，众人看到的都是风雅。而且不是一个人两个人的风雅，而是以不同线索，带起的一串风雅。

何谓风雅，今天仍然需要说道说道。因为虽见有人既玩琴又品香，但人怎么看都透着种俗。也有人一身简衣，不涉任何风雅之事，却自有一种风雅透出。你写了那么多晚明文人的风雅，就先给他们的风雅来个说法吧。

赵：一串的风雅，就是一种气韵的东西了。不管他是什么行当，造园的、说书的、做生意的、唱的、卖古画的，有了这韵，就像李渔称赞有风情的女人的，如火之有焰，然后整个人都灵动了。

晚明的风雅，到底是种什么东西呢？我上个月在苏州自在书店的一次讲演中说：风是国风，关乎男欢女爱，饮食男女，雅指趣味，更有一种精神的高洁在里面。风雅合在一处，乃指一种生活形态，一种物质性和精神性高度结合的生活。

这种生活，它的一个特点是生活的艺术化，另一个特点就是艺术的生活化和日常化。那时候的人，早上一睁开眼睛，面对的就是饮茶啊焚香啊宴饮听曲这些东西。人就是养在这些东西里面。这种消弭了艺术与人生界限的生活，在晚明——一个"风华而又奢靡的年代"——到了登峰造极的地步。

风雅关乎性灵，在晚明，它有一个基础在，那就是物，特别是那个时代习称的"长物"，也就是与日常营生不甚相干的多余

之物，奢侈之物。人与这些物的相宜，是晚明风雅的基石。

　　画家文徵明的曾孙文震亨，万历末年写过一本叫《长物志》的书，书中所写，全是当时世家所用器物的制式及摆放品位。他最常用的语调，就是什么是宜的，什么是忌的。明人以古为美，把精神寄寓于器物，一个人得到了一件梦寐以求的东西，古画法帖啦，古琴或者什么器物啦，当然开心，但还不算真风雅，真风雅者，你要懂得怎么去使用它。这不是文震亨一个人推许的风雅，在晚明这样一个消费社会，如何使用物、消费物都是有定规的，文震亨只不过从中抽取出了一套普遍的规则。文化史家柯律格还引入了一个社会学的概念，"区隔"，说按照对待物的不同态度，可以区隔什么是精英人群，什么是大众，这是把风雅往深里说了。

　　昔年读谷崎润一郎《阴翳礼赞》，惊叹日人生活格调之精微，原来也是承袭了晚明人的风雅。

　　今人玩风雅的，也弹琴、焚香、追古物、与和尚游，但给人的感觉，总是错位的。前面我们说，晚明式的风雅是建立在人与物相宜上面的，而今人对物的态度，只是无节制欲望之下的疯狂攫取与占有。即使靠着资本的力量去玩，也只是徒具风雅的外衣，失却了本心，只是一群品位低下的"土老肥"。

　　大雅久不存，关键在人心，相对而言，从人与物的关系上来说，这是一个粗鄙年代，从人与人的关系来说，这是一个脆弱年代。

　　孙：收藏、制墨、闻香、造园、作画、刊刻、赋诗……风雅说到底，是文明的累积。所以我看书常想到陈之藩一句话："要有许多许多的历史，才可以培养一点点传统，许多许多的传统，才可以培养一点点文化。"仅想到这个，就还是要对书中这些致力于风雅之事的古代文人先表敬意。风雅是需要学习的，并且要和自己情性契合，别人才看得对。书中种种风雅，与你最契合的是哪一种？

赵：我喜欢的日本俳人松尾芭蕉说过，乾坤的变化，乃是风雅的种子。风雅的起处，就是随着四季更迭搏动的一颗灵敏的心。此念一生，就像你说的，布衣简衫，清风明月，也足够风雅；若无此念，坐拥满屋珍异，也是物累。

像董若雨那样，把做梦作为自己的事业，像九烟那样，给自己造一个想象中的花园，听着风雅，还是有一份人生的苦辛。我喜欢的那种风雅，是像张宗子一样，一人一舟，冒雪去看湖，天地有大美，我却无言。还有就是像汪然明那样，置一只精美的画舫，山水作宴席，热热闹闹，去结交我喜欢的朋友，去疼我爱的女人，湖光山色，终老一生。一静一动，我都喜欢。

这只是就生活的趣味而言。如果真活在那个年代里，我更有可能像黄宗羲那样，先大开大阖地奔走，然后，撤到书斋里，以文章、学术为职志，为寄托。物比人长久，但文章事业比起物，更虚无，也更具永恒性吧。就像现在，我也不是一个风雅的沉迷者，而是一个审视者。

孙：虽然是怀审视之心，但当人全身心去触碰这诸种风雅之时，还是会为某种风雅的遗落有所惋惜吧？

赵：一种惊人的美已经消逝，整本《南华录》，就是对精致文化传统衰落的一声叹息。愈精致、愈绚烂，叹息也更悠长。

如果明朝不是陷于两线作战的困境，一边要对付农民起事，一边要对付清兵压境，它的国运可能更长久些，这种精致的文化传统也不可能那么突然夭折。晚明的艺文之花，半个世纪的盛放之后，是被时代的罡风，一种外力强行摧折的。一种成熟（成熟到了糜烂）的文明，总是那么容易被野蛮文明征服，这也是文明之悲哀。

1644年，是书中许多人命运的转折点，也是一种文明的转折点。

以后几百年间，还有许多的时间节点，五四新文化运动、1949年后的历次运动、"文化大革命"，我们与这种精致文化传统之间的鸿沟越来越大。到今天，生活与艺术已完全不搭调，甚至尖锐对立。

弦已断，音已绝，大雅风流云散已久，但晚明士人对美精微的感受能力、精致的生活趣味已沉淀进了国人文化血脉深处，我相信有朝一日会被唤醒。

孙：晚明的风雅，后人看起来总有些矛盾。我甚至能感到你的态度也有所保留。其中一篇副标题，还用到了"伪"字。确实，风雅是好事，但好过了头便成耽溺。所以说起来你可能不信，我在你的书里虽然遍赏风雅，但过眼不忘的人，却是罗汝芳、真可和尚这类人，总觉得他们是在乱世之中，懂得风雅之外有别的境界的人。但我私下觉得，你写得最投入的又是汤显祖，也就是说，你在他的作为里，找到了自己对于情对于道，对于入世与出世的态度。

赵：罗汝芳、真可和尚，包括更早的王阳明，跟沉湎于情欲世界、物的世界的晚明士人们不同，他们是带着别一副眼光观照世界和人心的。你说得好，他们都是风雅之外别有境界的人，这境界是什么？就是对人生根本意义的追寻。

这种追寻，是晚明士人普遍缺失的。晚明士人都是非常世俗化的，他们都是在一些非常世俗的层面上建构起自己的精神世界。他们沉浸在绮丽的梦境中，把天地都做成一场大梦，把自己都做成梦的主角。

有真风雅，必有伪风雅，其实关于真与伪的考辨，一直是晚明人心头的一个结，是他们的一大焦虑。他们对赝品，以及随之而来的骗局、陷阱，有一种恐慌。

汤显祖的伟大在于发现了情的伟大力量。情可令生者死、死者生，穿越阴阳两界。他是以情入道。但写他的故事时，如果没有后来那群读得死去活来的女读者，这个故事还是立不起来，起码不会像现在这么好看。这本书里，我用力最多的是一个鉴赏家，项元汴，一个时光收藏者的故事。以他一人为关节，串起一段明代江南鉴藏小史，这是一项很具挑战的工作。围绕着他，王世贞、安国、文徵明、李日华、董其昌、沈德符、冯梦祯，一个个人物带出来，还有那些造假高手、骗子、女人。发现并梳理这张人物关系图，有一种创造的快感。这是这本书的写作给我的一个经验：写大的体量的作品，必须把笔墨多花在写关系上面，人物之间的各种关系，可以赋予作品以张力。

三　衣冠南渡与朝代交替：风雅之中看明朝

孙：很多人说，我们这个时代，最接近明代。或者说，文人的心绪接近明代文人。都还处于承平时代，可以有余力尽其风雅。也有自由（包括自觉），选择自己的进退与自处的立场。那就不妨跟你透过风雅再窥一下明代。文明是累积之物，而明代的文明与发达，又都体现于南方。这可能是拜几次衣冠南渡所致。但晚明文人之不幸，又在尽享风雅之时，同时感到江山的风雨飘摇。很多人读你的《南华录》，在繁华精致的风雅背后都有大苍凉，你是不是也越写越苍凉呢？

赵：如果回到历史现场，把自己"代入"晚明，我们都会传染上晚明人的那种普遍情绪：一边优游度岁，享受着那个时代带给我们的物质和精神上的财富，一边又有种末世的恓惶，承平之下乱象纷呈，好日子说不定哪天到头了呀！及时行乐啊！这是于物的焦虑之外，更大的一重焦虑，末日感笼罩在每个人的心头。这使得他们玩物、玩世的劲头更足，很有点舍身忘我。

其实宋室南渡以后，文化重心南移，江南成了中国文化的中心。这个江南已经不是区域性的概念了，实际上就是中华文明。

对江山之失的仓惶里又包涵着文化毁灭的恐惧感，所以在那个时代的关坎上，有"亡国"与"亡天下"之辨。旧政权覆亡了，新政权建立了，国亡就亡吧，但还是要保持文化的种子不亡，所以一下子有了那么多遗民。在我看来，遗民开始是一种政治姿态，到后来都成了一种文化姿态，他们都是文化遗民，黄宗羲、张岱，都是这样,在世界的尽头守着一点文化的种子。

写这本书,我起意是要写艺文对人性的救赎,然后我写出了一个时代的繁华精致,也写了艺文之花的凋敝。我的呈现,在点和面上当然是有局限的(有可能的话我会考虑写续编),但因为他们彼此勾连,形成了一种张力,在时代的总体氛围上是把握住了。美的凋零让人怅惘,但我依然相信,任何时候,人性必得有艺术与美的救赎。

孙:一直觉得你对那个朝代的文人的心灵有特别的通契之感,但有的人物显然还没有做足文章。是不是这其中,还是有心意难解之人?你至今还不能破其心灵密码的是谁?

赵:嗯。通契。我喜欢这个词。这还是有一些感性的、经验层面的东西……书中这些人,长久相处,他们都是我的朋友。对朋友,我欣赏他们的可爱,理解并容忍他们的不可爱。

我最想破译心理密码的是张岱。我本来应该单独写写他的,在我看来张宗子乃是天下一等风雅浪漫之人,又是一个繁花落尽之后有大痛苦的人。他生于16世纪末,是那个浮华年代的亲历者和见证者,在晚明的文化地图中,他是一个地标式的存在。但现在他只是偶尔穿插在别人的故事里,这有点亏待他。几年前我就想写他了,当时看了史景迁写的张岱,我放弃了那个计划。因为我觉得那时候写还不能超越那老头。或许以后我会重新写他。

我现在还时常读他,《陶庵梦忆》我有好多个版本。他写这部回忆录时,已是穷困不堪的晚年光景。他回顾自己的一生,检讨说，种种罪案，从种种果报中见之，"繁华靡丽，过眼皆空，五十年来，总成一梦"，说的是自家身世，也是对那个精致时代留恋而惆怅的临去一瞥。

访谈完成于 2015 年 8 月

【后记】
但于见闻觉知处认本心
—— 写在《印心》付梓之时

这是我第二本读书观影随笔集，距离第一本，相隔整三年。对于这一点，我多少有些惶恐与赧然，因为觉得这样的时间跨度，不足以让写作有令人惊喜的飞跃与提升——尤其对我这天资愚钝者而言。我其实担心它做了前一本的重复——只不过换了一些书和电影在说。

但在重新打量这些写下的文字时，我又分明感到了自己的一些改变——有些篇章，竟然写的是更早以前读过、看过的书与影。我惊讶于它们在我心中所留时间之长，而我又那么固执地不肯忘却。从某种意义上说，它们真的是深印于心，逼使我对它们做一个情感与文字的交付。这等于是让我检视出：我到底念念不忘的是什么。

写什么、怎样写，以及愿意呈现出什么样的面貌，通常是和人当下的状态分不开的。而我究竟又暴露出什么了呢？那可能是随着年龄增长，我的生活节奏越来越慢，新书掺着旧书读，会然于心的往往是旧书。观影也一样，虽然跑得最多的还是那家小西天电影资料馆，但首选的片目，仍然是从前通过 VCD 或者 DVD 看过的一些。新片也在看，只是心里愈加明白，要消化并有能力言说它们，还得往后再延长一段时间。这还得看它，是不是够久地存伫于心间。这越来越显著的回溯状态，或许就是中年后的怀旧心绪，但我也不觉得悲哀。因为它恰可以让我在过去与现在的双重时空交汇处，咀嚼一些什么，并由此观照到自身的改变。

将过去看过的电影再重温一遍——如果条件允许——是最能有如此的时空回流感的。比如今年在大银幕重看《巴黎最后的探戈》，再端详马龙·白兰度那张脸，已经不觉得它是那么老而颓，经不起再看了。是啊，拍片时 48 岁的男人，在今天的我眼中，怎么也还风华正茂正当年。之所以记忆中残留的形象那样不堪，只能见出当年看片的女子，心性稚嫩，基本无从理解生命那种越到后来越残破绝望的状态。换句话说，真要接受《欲望号街车》中那个帅男变成此片中的情状，也还得慢慢认下自己的命再说。而这，就是一部老片不同时期观看时的转变。另一个不同在于，再看一部老片时，影史上所留的资料与回忆已足够丰富，除了能感到自己于银幕上下的心绪交错，似乎还能看到这影像背后发生的种种。如此，银幕上的《桂河大桥》，那些演员穿越热带雨林的镜头，便像是叠印上了拍这部片子的大卫·里恩，在其间挥汗如雨的忘情与投入。那时的他并不知他在那里搭起的这座桥，会把他带向荣誉之巅；也不知过了这么多年，它依然被影迷放在珍爱的宝塔尖儿心心念念。但是坐在影院里的观众已然知道，所以投向大银幕的目光全都带上了热辣辣的敬慕。那是一种致敬，也是一种启示：经典原来是这样炼成的。

我当然没有停止思考，读书观影与真实人生的关系。也经常会反省，如此坐拥书城、或者看似已将电影当人生在过，会不会割断与生活的真实联系？似乎会，又似乎不会。我现在觉得，对任何事都不可执于一端，这中间依旧有一个迷与清醒的界限。就艺术对人生的补足功效来说，纪德曾说过："这诗意的世界，不管它如何美，可总不是我们所生存，我们所能及的。""但只要我们愿意，我们都可生活到那世界中去。"（摘自《日尼薇》）就电影与书而言，它们更让我感知到的，还有与自己的生活之间微妙的交融渗透——如果你是《天堂电影院》的铁粉，对此一定默契在心。再者，普通人虽然相信，艺术是在模仿生活。但自信的艺术家会认为，其实是生活在模仿艺术。连我有时候也不得不承认，确实是艺术在帮我发现生活。并确认某种意义的存在。当然还有启迪。这启迪，更微妙的是与我近些年所亲近的佛书佛理有所互证，在这一点上，我必须感激林谷芳老师（自然也同时感谢他为我所做的推荐语），二十年前的相遇至今，我从这位台湾禅者身上领悟多多，而正是这种潜移默化的影响，让我更加深信另一位禅者所说：能够贯彻真我，则"歌者舞者皆法音"。

这么多年与它们相遇，其实是一个印心的过程。而这里所说的"印心",并不完全等同于一般意义上说的"喜欢"。如《黄檗传法心要》中唐代禅师与居士裴休话禅时所示:"自如来付法迦叶已来。以心印心。心心不异。"佛家所印之心,其实是自己的本心,亦即佛心。从这个意义上说,我多少有些把所看之书、所观之影,当成生命的公案在参。"理须顿悟,事资渐修",需要时间来检验,但明理悟道,说来还得感谢多年这些书这些电影,至少它们让我有更多的"境"可参。

谢谢商务印书馆资深出版人丛晓眉的耐心等待。我从出版第一本随笔集后,她就为这本书报了选题且获得通过。之后她便安静地留出时间,让很多不成熟的东西在我心中冲撞融合。我其实一直在写着一些东西,但究竟要把什么样的文章纳进集子,我仍然一次次做着审视。我当然可以说,我所写的,都是让我心有戚戚且有话想说的,但是我的表达究竟有没有起到指月之功效,仍然是一思再思的问题。而在这编辑与整理的过程中,我竟先后经历了父亲与姐姐的离世,这在不到一年间发生的重大事件,多少也决定了我某些选择眼光。另外,我也有心将这本印心之书,敬献给天堂中的他们。与日语相关的理解与资料查询,我要感谢多年的好友、口译一级棒的张芳小姐,还有我在日本旅行时遇到的老乡安村朝蓉小姐。年轻的欧阳帆做了细致的编辑工作,我常不知比我年轻许多的孩子能否理解我笔下为什么汇聚了这么多生死,但在接触的过程中,我又觉得她其实是懂的,对她的理解我也表示感谢。需要说明的是,书中一些文章,曾发表在《文汇报》"笔会"、《世界文学》、《文景》、《中华读书报》、深圳《晶报》、《北京青年报》等杂志报刊，我要依次感谢这些编辑：潘向黎、高兴、王玲、丁扬、刘忆斯、陈徒手、刘晓春，以及虽稿件往来频繁但从未见过面的陈凯一。

我曾为自己最喜欢的电影《天堂电影院》写过一篇文章，标题起作《电影还家》。因为清楚地感到，在经过了那次动人的怀乡之旅后，长大的托托无论走得多远，都是走在还家的路上。他以电影还家，而我则是以书中这些文字。

在这本书即将出版之际，看佛书，有位禅师的话语跃入眼帘："有一人，虽在途中不离家舍。"他接着还有一层意思是："有一人，离家舍不在途中。"

就让我以此作为后记的结语，继续追寻生命的意味。衷心希望这本书能走到同有此愿的读者当中，如此便是另一种印心。

孙小宁

2015年12月27日改定

图书在版编目(CIP)数据

印心/孙小宁著.—北京:商务印书馆,2015
ISBN 978-7-100-11805-7

Ⅰ.①印… Ⅱ.①孙… Ⅲ.①随笔—作品集—中国—当代 Ⅳ.①I267.1

中国版本图书馆 CIP 数据核字(2015)第 283642 号

所有权利保留。
未经许可,不得以任何方式使用。

印　心

孙小宁　著

商 务 印 书 馆 出 版
(北京王府井大街36号　邮政编码100710)
商 务 印 书 馆 发 行
山东临沂新华印刷物流
集团有限责任公司印刷
ISBN 978-7-100-11805-7

2016年3月第1版　开本889×1194 1/32
2016年3月第1次印刷　印张10⅛
定价:48.00元